帰蝶【きちょう】
斎藤道三の娘であり、織田信長の正室と知られる謎多き女性。彼女の生涯や性格についての具体的な記録はほとんど残っていない。
1
信長の嫁、はじめました
Nobunaga no yome hazime mashita
Ponkotsumazyo no sengokunaiseiden
ポンコツ魔女の戦国内政伝
著者 九條葉月
イラスト 久賀フーナ

「……き、帰蝶なのか？」
「え？　あ、はい」
斎藤道三
【さいとう どうさん】

明智光秀【あけち みつひで】
「私は、仕えるべき主人を見つけたよ」
「帰蝶は面白き女であるからな。妻になれば毎日が楽しそうだ」
織田信長【おだ のぶなが】

「――道を知れ。神の奇跡を、今ここに《ヒルデガルト・フォン・ビンゲン》」
みんなの下へと歩み寄り、
周囲の魔力をかき集める。
自分の魔力を使うのは疲れるからね。

信長の嫁、はじめました

ポンコツ魔女の戦国内政伝

1

著者 ✦ 九條葉月　イラスト ✦ 久賀フーナ

Nobunaga no yome hazime mashita

written by Kujo Hazuki

illustration by Kuga Huna

contents

Nobunaga no yome hazime mashita
Ponkotsumazyo no senugokunaiseiden

プロローグ　失敗しちゃいました

――巫国《ふこく》リーシュラルト・魔女の森。

「ふっ、完璧。完璧な術式だと思わないかなプリちゃん！」

術式を書き記した紙を高々と掲げながら私はプリちゃん――人工妖精のプリニウスに向き直った。

名前は男っぽいけど設定性別は女性。前世・現代日本からの付き合いであり、ナノマシンの制御をはじめ、諸々のサポートをしてくれる人工妖精だ。

プリちゃんはピンポン玉くらいの大きさの光球なので表情は読み取れない。はずなのに、どことなく呆れの視線を向けられているのは気のせいかな？

『……まさか不可能とされていた異世界転移の術式を完成させるとは思いませんでした。さすがは誰もが認める天才《アホ》ですね』

「おや？　褒められているはずなのに貶されている気がするぞぅ？」

『この術式であれば、理論的には日本への転移も可能でしょう。そもそも日本へ転移する意味が分かりませんけれど』

「え～？　だって国王陛下《あのオッサン》が勝手に決めた婚約も相手から破棄してくれたし？　『追放だ！』って

宣言されちゃったんだからもうこの国にこだわる必要もないじゃん？」

『この国を出るのは理解できますが、わざわざ失敗するリスクを冒してまで異世界転移をする意味は分かりませんね』

「ふふふ、分からないかなぁ私の情熱が」

『理解不能ですね。魔法の才能があって魔術師や錬金術師として成功し、お金もあるというのになぜわざわざ前世《現代日本》の世界へ戻ろうとするのですか？　日本では魔法すら満足に使えないかもしれないのですよ？』

この世界には『魔素』という不思議物質が空気中に含まれていて、それを魔力に変換して魔法を使うのだ。それがないと体内で生成される限られた魔力を用いるしかなく、必然的に小規模の魔法しか使えなくなってしまうと。

魔法が実在しなかった日本——地球では魔素が存在しない可能性が高い。

でも、それでも私は日本に戻らなければならないのだ。

『……強い意志を感じますね。そうまでして戻りたいのは残してきた人のためですか？　あるいは何かやり残したことがあるのですか？』

「ふっ、プリちゃんにだけは教えてあげよう。キミは私の大切な親友だからね」

『………』

プリちゃんがゴクリと唾を飲み込んだ。気がした。見た目は光球なので断言はできないけど。

「私が日本に帰りたい理由。それは……」

『それは？』

「――味噌と醤油、あと白米が恋しいからさ！」

『…………、……はい？』

「そもそもこの世界には大豆がないし。大豆っぽい植物を使ってもうまくできないし。他の転生者が再現したのであろう味噌と醤油もちょっと違うのよ！　あと毎日パンは飽きた！　私は白いお米が食べたいんじゃーっ！」

『…………あ、そうですか』

なにやら多分に呆れの感情が込められている気がするけれど、きっと気のせいだ。なぜならば味噌と醤油と白米に対するこの熱き想いが理解されぬはずがないのだから。

「よし、プリちゃんからのお墨付きをもらったから術式は大丈夫と。さっそく異世界転移してみましょうか！」

床にささっと魔法陣を描いた私は、その魔法陣に魔力を込める――直前に動きを止め、プリちゃんに首を向けた。

「プリちゃんはどうする？　日本に戻るのは私のワガママだし、何だったら残ってくれても」

『何を言っているのですか？　〝親友〟でしょう？　ちゃんとお供しますよ』

「おぉ、プリちゃんがデレた」

『殴りますよ？』

「光の球なのにどうやるかちょっと気になる――いや、やめておこう。頭カチ割られそうだし」

『あなたは私を何だと思っているのですか……?』

プリちゃんの非難の視線から目を逸らしつつ魔法陣を起動。魔法陣の中に入ると全身が淡い光に包まれた。

(……この世界ともお別れかぁ)

感慨深くなった私は何気なく周囲を見回した。使い古されたベッド、乱雑に本を突っ込んだ本棚、古くなって使わなくなった実験器具に、所々焦げたテーブル……。

言いようのない寂寥《せきりょう》感を覚えていた私の視界の端に、ふと、舞い踊る蝶々の姿が飛び込んできた。

羽は紫と黒を基調として、所々に白と黄色の模様が入っている美しき蝶。名前は分からないけれどなぜだか懐かしく感じられた。

(……綺麗)

意識が蝶々に囚われた瞬間に魔法陣は所定の性能を発揮して。私は、異世界《ここ》から異世界《日本》へと転移し――

「――あ、やべ、ミスった」

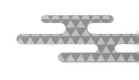

1 戦国時代へ

気がつくと森の中だった。

転移の際に着地失敗したのか私は地面に寝転がっていた。ケガがないか確認するために起き上がり、自分の身体を確認する。

どうやらケガはないようだけど、服が草だらけだったので払いつつ辺りを観察。……木。木。茂み。少し離れたところには舗装もされていない山道が。

どことなく見慣れた風景。見慣れた植物。

日本かなぁと私の直感が告げてきたけれど、同時に、何とも言えない違和感が頭を持ち上げた。

日本なのに、日本じゃないような……？

『――相変わらず観察力だけは確かですね』

プリちゃんの呆れ声が響いてくる。どうやら彼女もちゃんと転移できたみたい。

「まぁ、これでも本職は研究者だし、貴重な鑑定スキル：鑑定眼《アプレイゼル》持ちだからね」

『あなたの無駄なハイスペックさには頭が下がる思いですよ』

いつも通りの毒舌だけど、いつもより口調が辛辣な気がする。やっぱり『失敗』しちゃったせいだろうか？

『自覚があるようで何よりです。それで？　最後の最後で魔力が大きく乱れたようですが、何かあったのですか？』

「あ～……えっとねぇ……蝶々に気を取られて力加減間違えちゃった♪」

『……………』

プリちゃんの冷たい視線に射貫かれそうな私である。光の球である彼女に瞳はないけど。それでも射貫かれそうなのである。これは話題を転換しないと私の心が死にそうだ。

「と、ところでプリちゃん、ここはどこかな？」

私の問いかけにプリちゃんは黙り込み、ホタルのように点滅しはじめた。たぶん検索とか探知とかしてくれているのだと思う。

『――ここは日本の美濃。西暦で言えば１５４８年です。異世界《日本》への渡航は成功しましたが、時代がズレているので儀式は失敗ですね』

「……はい？　もう一度お願いできるかな？」

『儀式は失敗ですね』

「いや聞き直したのはそこじゃなくてね……わざわざ失敗を強調しなくても……え？　１５４８年？　それって何時代？」

『室町時代――いえ、戦国時代と言った方が適切でしょうか？』

「……せんごく？　え？　どういうこと？」

『理解力がないですね』

「親友の口が悪すぎる……。仮に戦国時代だとして、何で西暦まで分かるの？」

『妖精に不可能はありません』

ないらしい。凄いなプリちゃん。さすがは百科事典《プリニウス》を名乗るだけのことはあるね。

プリちゃんはこんな時に冗談を言うような子じゃないし、たぶん本当に戦国時代へとやって来ちゃったのだろう。

非常識すぎるとは自分でも思うものの、そもそも異世界への転移自体が非常識の塊だし、魔法陣に流す魔力が乱れちゃったからなぁ。目的とする時間軸というか時代からずれてしまっても不思議ではないかもしれない。

う～む、どうしたものか。とりあえずプリちゃんがいるからナ、ノ、マ、シ、ン、の方は問題なく使えるとして、あとは魔法が使えるかどうか……。

「……ん？」

なにやら誰かに呼ばれた気がする。

山道の奥へと視線を移すけれど誰もいない。空耳かなとは思うものの少し気になったから鑑定スキルの一種である鑑定眼《アプレイゼル》を起動し、鑑定する。

「………」

何度か瞬きした私はそのまま山奥へと足を進めた。

『何かありましたか？』

「……うん、魔力スポットがありそうな感じ」

日本的に言えば龍穴かな？　大地の気——魔術師的には魔力が吹き出している場所のこと。大気中の魔力が多いと魔法が使いやすいし、魔力を用いた実験もやりやすく、魔術師的には体調も良くなるので大抵の魔力スポットは有力な魔術師や魔術団体などが確保してしまっている。けれど、魔術師がいないであろう戦国日本なら魔力スポットが空いている可能性が高い。

山道を歩くこと数分。木々の開けた場所に到着した。

まず目に飛び込んできたのは視認できるほどの濃厚な魔力と、人の住んでいる気配がない小屋。そして、雑草に覆われている二つのお墓だった。一つは大きめで一つは小さい。小さい方は子供のお墓だろうか？

「…………」

ここで会ったも何かの縁。私は魔法でお墓周辺の雑草を刈り、水を生成して墓石にかけてあげた。日本《このせかい》で魔法が使えるかどうか少し不安だったけど問題なさそうだ。

墓前には陶器のコップみたいなものがあったので水を満たし、近くに咲いていたお花を挿しておく。

小綺麗になった二つのお墓に手を合わせてしばらく黙祷した後、近くの小屋に足を向けた。

「さて、誰かいますかー？」

立て付けの悪い戸を何とか開けて中の様子を確認。屋根に穴が空いているせいか草や木の枝が散乱していた。

一見するとあばら家。

でも、掛け布団代わりであろう着物は上質なものが置いてあったし、神棚には細やかな装飾が施された短刀が安置してある。

ただし、どれもこれも古びてしまっているけれど。

「人が住まなくなって何年か経った感じかな？」

靴を脱ぎ、土間から板の間へと上がる。

壁に掛けられているのは丁寧に乾燥された各種薬草であり、戦国時代の日本に存在したのかと疑問に思うような、この時代では効能も用法も解明されていないはずのものもいくつかあった。

木で作られた棚には無色透明のガラスビンが並べられていて、植物の種子が保管されている。

「プリちゃん、戦国時代にガラスってあったの？」

『外国からの輸入品であればギヤマンという名前で存在していました。ただ、これほどの透明度があったとは思えませんし、このような山奥に住んでいる人間が入手できるとは考えられませんが』

「ふ～ん」

何気なくビンの一つを手に取った私は、気がついた。状態保存の魔法が掛けられている。

もちろん魔法を掛けるには魔法使いがいなければならないわけであり。私のように異世界転移してきたのか、あるいはこの世界《戦国日本》に魔法使いが存在したのか……今の時点では判断することができなかった。

本格的に調べてみるかなと私がちょっとした探偵気分に胸を躍らせていると、プリちゃんがホタルのように点滅しはじめた。

『――こちらに向かってくる人間が10人います』

「10人？　結構な大所帯だね」

『1名だけ騎乗していますので、どこぞの有力者とその護衛でしょう』

プリちゃんの解説に『きゅぴーん』と来た私である。

「なるほど、これはつまり織田信長との出会いイベントだね？」

『……は？』

「だって、戦国時代にタイムスリップした現代人がまず出会うのは織田信長と相場が決まっているでしょう？」

『……マンガやアニメの見すぎというか、そもそもあなたはタイムスリップではなくて異世界転移者でしょう？』

「ふっふっふ、プリちゃん。細かいことを気にしちゃいけないよ。こういうとき、まず真っ先に出会うのは織田信長だと憲法にも記されているのだから！」

『…………あぁ、そうですか』

なにやら万感の思いを飲み込んだような『あぁ、そうですか』だった。万感のうち呆れが8割なのは気のせいだと信じたい。

そんなやり取りをしているうちに外から多数の足音が。リアル信長かも、と期待しながら小屋を出る。

山道を歩いてきたのはいかにも戦国時代っぽい格好をした足軽たち。山の中では不自由であろう長さの槍を携えている。

そんな彼らの中心にいるのが葦毛《あしげ》の馬に騎乗した人物だ。

戦国時代は栄養状態が悪かったという話を聞いたことがあるけれど、そうとは思えないほど筋骨隆々とした肉体をしている。顔の皺からして初老と呼べる年齢であるはずなのに、それを感じさせない力強さだ。

厚手の和服には汚れやほつれなどなく、それだけで『彼』が高い身分であることを察することができた。着物の両胸には家紋があり、どことなく見覚えがあるはずなのに、ちょっと考えても思い出すことはできなかった。

眼光は鋭く、おそらくは数多《あまた》の人間をその手で屠《ほふ》ってきたのだろう。

そして。頭部。

――禿げていた。

髪がなかった。

不毛の大地だった。

人体の急所を隠すことなく晒していた。

月代《さかやき》なんてレベルじゃない。ちょんまげなんて影も形もない。つるっつる。見事なまでにつるっつるだった。

「……え？　信長ってハゲだったの？」

『信長本人に聞かれたら首を落とされそうな発言は控えてください』

「あ～、そうだよね。死にはしないけど痛いのは嫌だものね」

『普通の人間は首を落とされたら死にますけどね。まぁあなたは普通という概念に戦争をふっかけ続ける人間（?）ですから無意味な指摘ですか』

「前から思っていたけれどプリちゃんは私にケンカを売っているのかな？」

『まさか、ケンカなんて売るはずがないでしょう？　あなたは私が最も尊敬する人なのですから』

「プリちゃんから評価されて嬉しいなぁ～棒読みじゃなければもっと嬉しいのだけど？」

『失礼。心にもない発言をしたせいで棒読みになってしまったようですね』

「辛辣……。私そろそろ泣いていい？」

『ご存分にどうぞ。光球《この姿》ではハンカチも差し出せないので放置することになりますが』

「たとえ人型でも放置される予感がひしひしと……」

私とプリちゃんがいつも通りのアホなやり取りをしている間。周りはざわざわしていた。山道を歩いてきた足軽たちがなにやら小声で話しているらしい。

プリちゃんとのやり取りが一段落したので耳を澄ませてみるけど、なぜか内容を理解することはできなかった。彼らの見た目は間違いなく日本人であり、衣服や装備からも日本で間違いない。だというのに会話内容が分からないのだ。

いや正確に言えば所々聞き慣れた単語が耳に届くことはある。けれど、それを意味のある会話として聞き取ることができないのだ。

こちらも小声でプリちゃんに話しかける。

「プリちゃん、プリちゃん。言葉が通じるようで通じないのだけど、どういうことかな？」

『そうですね……』

プリちゃんは少し悩んだあと、

『……最古の日本語の録音がパリ万博（１９００年）とされています。その日本語は「現代人」でも理解できますが独特の発音でもありました。それからさらに３５０年ほど時を遡《さかのぼ》ったとしたら……同じ日本人でも会話が理解できなくても不思議ではありません。特に戦国時代は方言も色濃かったでしょうし、関ヶ原の合戦時、石田三成が島津の夜戦案を蹴ったのはそもそも薩摩の方言が理解できなかったからという説もありますから。ただ、三成は豊臣政権下で島津を指南していますし、上京した島津義久や義弘を接待していますから、言葉が通じなかったというのは……いやしかし関ヶ原に通訳がいなかっただけという可能性も――』

「お、おおぅ……」

何という早口。プリちゃんの悪い癖『考え出すと止まらない』が発動してしまった。これはしばらくアドバイスしてもらえそうにない。

しょうがないので私は自動翻訳《ヴァーセット》を使ってみることにした。その名の通り自動で翻訳してくれる便利スキルだ。

「……お館様、彼女はもしや……」

騎乗のハゲ――じゃなくて精悍な男性に向かって、馬の手綱を引いていた青年が問いかけた。

青年は他の足軽に比べればいい装備を身につけているから騎乗の人の側仕《そばづか》えあたりなのかもしれない。

青年からの問いかけに騎乗の人は答えず、どこか呆然とした様子で私を見つめてきている。

「……これはあれかな？　私の美しさに絶句しちゃってる展開かな？」

『寝言は寝てから言ってください。まぁあなたは元いた世界では絶世の美少女ではありましたが、戦国時代の「美人」は瓜実顔とされていますし、そもそもの問題として、瞳と髪の色に驚いているだけではないかと』

「瞳と髪？」

空間収納《ストレージ》から手鏡を取り出し、自分の姿を確認。

腰まで伸びた銀髪。ルビーのような赤い瞳。ついでに言えばホリの深い、いわゆる外国人顔だ。

「……うん、普通だね」

銀髪赤目は元いた世界でも貴重だったけれど、毎朝鏡で見ていた私としては見慣れた姿だ。

『その見た目が普通だと思うのでしたら、一度目玉を取り出して丸洗いした方がよろしいかと』

「プリちゃんは私に辛辣すぎない？」

『アホなことばかりほざいているからです』

私とプリちゃんが微笑ましい親友同士のやり取りをしていると、騎乗していた男が馬から下り、私に近づいてきた。

なんだろう、男の瞳の奥にわずかな狂気が透けて見える気がする。

男は私の目の前で立ち止まると、微塵も遠慮することなく両手を伸ばし、私の頬に触れた。そのまま何かを確かめるように顔や頭を撫で回してくる。前髪を掻き上げられたりじっと見つめられたりするのはちょっと恥ずかしかった。

『……無礼者ですね。殺《や》りますか？』

ぶ、物騒なこと言わないでほしいなぁ……。

プリちゃんの声は他人に聞こえないのがせめてもの救いか。

意外と過激思想なプリちゃんに私がちょっと引いていると、初老の男性がわずかに震えながら質問してきた。

「……き、帰蝶なのか？」

「え？　あ、はい。（銀髪赤目は元いた世界でも）貴重ですよ？」

「……そうか、やはりそうなのか……まさか幼い頃に行方不明になった帰蝶が……」

震える声でつぶやいた男の目は潤んでいた。あれ？　何か変なこと言ったっけ私？

『なにやら盛大な勘違いが進行していますね……』

なぜか呆れ声のプリちゃんだった。

そんなプリちゃんは私の目の前の初老男性に視線を向けているような気がする。

『帰蝶。美濃。着物の二頭立波紋《たつなみ》……。西暦と外見年齢を突き合わせてみても、彼は斎藤道三である可能性が高いと思われます』

プリちゃんの姿は他の人には見えないので、不自然じゃないように念話でやり取りをする。

（え？　道三？　美濃のマムシ？）

『はい。まず間違いないかと』

（信長じゃないの？）

『まだ言っているんですか……』

（だってお約束が……あぁ！　道三ってことは、帰蝶か！　貴重じゃなくてね！　信長の正室の濃姫か！）

『むしろなぜ今まで気づかなかったのですか？　軍オタのくせに。剃髪で二頭立波紋ならばまず思い至りそうなものですけど』

（いやいくら軍オタだからって全部の家紋を覚えているわけないし。そもそも私は資料系じゃなくて装備系。人物じゃなくて兵器Ｌｏｖｅの軍オタだから。軍オタの中でも色々とジャンルがあってね――）

『あ、どうでもいいので解説は結構です』

（解せぬ）

『それにしたって二頭立波紋くらいは分かりそうなものですが……装備系ですか。では参考までに、火縄銃の作り方は分かりますか？』

（うん？　火縄銃なら捲成《けんせい》法だよね。まずは真金《まがね》とよばれる鉄の丸棒に板状の鉄板を巻き付けて鍛接。それだけだと発砲時の圧力に耐えられないから板棒状の鉄をさらに巻き付けて鍛接。真金を引き抜き研磨したあとは銃尾をネジでふさげば銃身の完成だね。ちなみにネジの作製方法としては２

種類が伝えられていて――)

『よくもまぁスラスラと。感心を通り越して呆れますね』

(自分から聞いてきたくせに!?)

私とプリちゃんが現実逃避を兼ねたアホなやり取りをしていると、

「――貴様ら！　何のつもりだ!?」

道三の側仕えであろう青年が緊迫した声を上げた。

視線を向けると護衛の足軽たちが私や道三を取り囲むようにして距離を取り、槍の穂先をこちらに向けていた。

「へっ、お前たちにはここで死んでもらうのさ」

足軽の代表格であろう男が下卑《げび》た笑みを浮かべる。

初対面の男性(道三?)は未だ私の頬に触れたまま。複数人から槍を向けられている私である。

いやいや、なんだこの展開?　どうしてこうなった?

戸惑う私を置いてけぼりにして足軽たちは盛り上がっていく。

「行方不明だった娘をこんなところに隠していたとはな。だが、好都合。大事な娘と一緒に地獄へ送ってやろう!」

とは、足軽の親分っぽい男の談。なぜだか私が『帰蝶』だという前提で話が進んでいるでござる。

(へぃプリちゃん。私って銀髪赤目だよね?　我ながら日本人離れしていると思うけど、なんでみんな『帰蝶』と勘違いしているのかな?)

『考えられる可能性としては帰蝶がアルビノだった、とかでしょうか?』

アルビノ。ごく簡単に説明すると遺伝子の疾患で先天的にメラニンが欠乏している=肌や髪などが白くなっている個体だ。日本では白子《しろこ》とも呼ばれていたんだっけ?

アルビノのイメージは『銀髪赤目』だろうけど、髪色はプラチナブロンドや金色、目に関しては赤以外にも青や褐色がいるらしい。

銀髪も見方によってはプラチナブロンドだし、もしもそうなら私を『帰蝶』と間違えてしまっても不思議ではない、かも?

いや明らかな外国人顔なんだから間違えるのもどうかと思うけど。

(そもそもの話として、帰蝶ってアルビノだったの?)

『そうだったという歴史的記述はありません。ですが、戦国時代は女性の記録が残りにくいですし、そもそもの話として、我々の知っている歴史であれば帰蝶は行方不明になっていません』

(う~む、師匠が言っていた平行世界ってヤツかな? となると私のいた日本とは繋がらなくなっちゃうとか?)

私が首を傾げている間にも事態は進行し、道三の側仕えであろう青年が怒りを露わにしながら腕を振り払った。

「貴様ら! なんという恥知らずな! 殿に取り立てていただいたご恩を忘れたか——ぐっ!?」

青年の言葉が終わらぬうちに足軽の代表格が槍を突き出した。穂先が青年の腹部に深々と突き刺さる。

槍が引き抜かれた傷口から鮮血が溢れ出し、これがドラマの撮影ではないことを教えてくれる。

戦国時代の医療水準だとたぶん致命傷。だけど、私は治癒魔法を使えるし、いざとなったら異世界ファンタジーの心強い味方『ポーション』を使えるので慌てる必要はない。

「謀反人が偉そうに！　我らが主《あるじ》は美濃守様のみよ！」

いや誰よ美濃守って？

こういうときはプリちゃん解説だ！　へ～いプリちゃん！　解説プリーズ！

『ノリが軽い……。美濃守様とはおそらく土岐頼芸《ときよりのり》のことですね。1548年《いま》ですと、少し前までの美濃の守護《国主》となります。斎藤道三は土岐頼芸の家臣でしたが、弟である頼満の毒殺から対立関係にありました。史実ではもうすぐ頼芸の後ろ盾である織田信秀《のぶひで》（信長の父）と斎藤道三が和睦、頼芸は美濃から追放されることとなります』

なるほど、劣勢だから道三を暗殺してしまおうと。

（……まぁ道三は主君の弟を毒殺するような人間らしいし、暗殺されても自業自得だろうけど……これ、私も槍でぶっすーと刺される展開だよね？　道三の娘として）

『あなたは槍で刺されたくらいでは死なないのでいいのでは？』

（やだよ！　いくら自動回復《イルズイオン》のスキル持ちでも痛いものは痛いんだよ!?）

私とプリちゃんがいつも通りすぎるアホなやり取りをしていると、道三が一歩前に出た。

そう、まるで私を庇うように。

――いいや、事実庇ってくれているのだろう。

私を背中に隠し、守るように広げられた手。その姿は私に『父親』という存在を強く意識させた。もしも『前世・日本』の養父が同じ状況に立ったとして。彼は、絶対にこのような行動はしないだろう。

自分の目的のため、娘すら利用したのが彼だから。私なんて肉壁代わりに放り出すに違いない。だからこそ、私を守るために前に出てくれた道三は。私と血のつながりはないはずだけど……それでも、私にとっては十分に立派な『父親』だった。

私は帰蝶じゃない。

でも……。

「父親なら、守らなきゃね」

小さくつぶやいた私は何度か手を握ったり開いたりした。うん、やはりこの世界の魔素も問題なく扱えそうだ。

「――颪よ、我が敵を切り裂け《エウロノトゥス》」

一陣の風が吹き抜けた。

こちらに向けられていた足軽たちの槍。その穂先がことごとく切断され、地面に落ちる。

「え？」

どこか間の抜けた声を上げたのは足軽か、それとも道三か。

「……逃げなさい。私だってあまり人を殺したくはないの」

完全なる善意で忠告しているのに、足軽たちは呆然としたり慌てふためいたりで逃げ出す様子が

ない。

『あのですね、常人には見えない風で切り落としても、あなたがやったとは理解されないのでは？』

「あ、そっか」

となると私がやったと理解できるような技を使わないと理解されないのか……。うん、面倒くさい。それに一度警告したのだから多少手荒な対応をしても許されるでしょう。

というわけで私は植物魔法の応用で地面から蔦《つた》を生やし、足軽の一人を搦《から》め捕った。そのままブンブンと振り回し、遠心力で遥か遠くへと放り投げる。

「う、うわぁあああああ!?」

投げ飛ばされた足軽の絶叫が終わらないうちに2人目、3人目と投げていき……数分もしないうちに足軽全員の排除は完了した。

『……あれ、着地に失敗したら死ぬのでは？』

「あまり殺したくはないけど、暗殺者に手加減する必要もないしね～」

『……あなたはときどき容赦ないですよね。存在自体がコメディのくせに』

「あはは、プリちゃんも投げ飛ばしてやろうかしらん？」

私とプリちゃんがいつも通りのアホなやり取りをしていると、道三が慌てた様子で槍で刺された青年に駆け寄った。

「光秀！　死ぬな！　お前はここで死ぬべき人間ではない！」

……みつひで？

「プリちゃん。光秀っていうと明智の光秀？　本能寺でファイヤーしちゃう系のミッチーさん？」

『単なる同名かもしれませんが……明智光秀は若いころ斎藤道三に仕えていたとされていますし、帰蝶と光秀が親戚という説が事実ならば当然道三とも血縁があります。重用されていたとしても不思議ではありませんね』

「…………」

あの深手だ、私が手助けしなければまず間違いなく『明智光秀』は死ぬだろう。

「ここで光秀が死ぬと本能寺も起こらないかな？」

『起こりませんが、そうなると織田信長を支えた明智光秀もいなくなりますね。代わりがいないほど優秀な外交官にして、行政官、軍司令官でしたから、信長の版図《はんと》が史実より狭まるのは確実でしょう。そうなると豊臣政権や徳川幕府といった統一政権の誕生が百年単位で遅れる可能性すらあります』

「……助けた方が良さそうだね」

私は光秀の側に膝を突き、彼の容態を観察した。前世の知識や経験もあるし、異世界に転生してからは何度か戦争に巻き込まれたことがあるので重傷者や流れ出る大量の血を見ても慌てふためくことはない。

（出血多量に臓器損傷……輸血が必要だけど戦国時代に実用化されているはずがなし。まずは治癒魔法で傷をふさいで、そのあとに増血しましょうか）

青年の傷口に手のひらを当て、回復魔法を直接流し込む。

回復魔法なんて久しぶりに使ったので最初は手間取ったけど、すぐにコツを思い出して治療は問題なく終了した。

「ふぃ～、疲れた疲れたと」

『……お疲れのところ申し訳ありませんが』

「ん？　何だいプリちゃん？」

『まだ説明する仕事が残っています』

「え？　説明って、今さらプリちゃんに回復魔法の説明なんて――」

はたと気づく。この世界にはたぶん魔法なんて存在しないし、もちろん本物の魔女なんていないはずだ。

つまり、この世界の人間は治癒魔法や先ほど槍の穂先を落とした風魔法、蔦を操った土魔法を初めて目にしたはずであり……。

呆然と自分の傷口（だった場所）を見つめる明智青年と、狸に化かされたような顔をしている道三。どうやら私は彼ら二人に色々と説明しなきゃいけないらしい。

このまま逃げ出してもいいけど、万が一追っ手を放たれても面倒くさいしなぁ……。

「……どうしてこうなった？」

大気汚染など微塵もない空を見上げながら嘆く私であった。

2 帰蝶

・私は帰蝶です。
・幼い頃、気がついたら異世界に飛ばされていました。
・異世界で『魔法』を習得した私は、何とかこの世界に帰ってきたのです。

と、いう嘘を即興で作り上げ真実のように語った私である。実際は現代日本から異世界転生したんだけどね。そして異世界から日本に帰ろうとして戦国時代に来てしまったと。

嘘については前もって耳にしていた「まさか幼い頃に行方不明になった帰蝶が……」という情報などを活用してよりリアリティが出るように頑張りましたともさ。偉いぞ私。

細かいことは「まだ小さかったので忘れちゃいました♪」と誤魔化せば平気でしょう、たぶん。

他人になりすますのは気が引けるけど……。道三は『娘』と再会できた喜びで号泣しているし。今さら別人だとは言い出しにくいのだ。

この人、美濃のマムシと呼び恐れられた人物じゃなかったっけ？

しかも『父様《ととさま》』と呼ぶようにと要請されたし。この年で『ととさま』ってどうなの？　幼い子が使う呼び方じゃないの？

『本人がいいと言っているのですから、いいのでは？』

美濃のマムシがねぇ……。

そんなイメージとのギャップがひどい道三――父様と光秀さんは私が雑草を刈ったり水をあげたりしたお墓の墓参りを終えたあと居城である稲葉山城に撤収することとなり。なぜだか私も稲葉山城へ行くことになった。

『それはまぁ「娘」である帰蝶ですし。必然なのでは？』

プリちゃんの容赦ないツッコミを聞き流しつつ……、私はとある事実に気づいてしまった。

私は帰蝶。ということになるらしい。

つまり、濃姫。

このままだと私は斎藤道三の娘として織田信長に嫁ぐルート確定なのでは？

う～ん、織田信長は好きだけど、あくまで歴史上の人物に対する好感だしなぁ。夫となるとまた話は別だ。

（プリちゃん。織田信長って性格的にはどうなんだろうね？）

『一言で言えば神経質で短気、でしょうか』

（それ二言っすよ？）

『あえて褒めるならば、お祭りで女装するなど愉快な一面もありますし、裏切り者を何度も許しちゃうくらい甘いですし、奇天烈で並ぶ者のないネーミングセンスを持っていますね。「奇妙」とか

「茶筅《ちゃせん》」とか「人」とか』

（それ、褒めているのかなぁ？）

特に最後。自分の子供にそんな名前を付けちゃうネーミングセンスはアレすぎると思う。

『……捨て子はよく育つと言いますし……変なネーミングもそれに倣《なら》ったのでは？　豊臣秀吉も棄とか拾丸とか名付けていますし』

プリちゃんのフォローが虚しくこだました。

（まぁ、無理やり嫁にされそうになったら逃げちゃえばいいか。転移の魔法でひとっ飛びだね）

『……逃げるくらいなら今のうちに「帰蝶じゃありません」と自白した方が良さそうなものですが』

（いやだって、あんな嬉しそうな顔されたら言い出しにくいじゃない？）

『分からないでもないですが……。毒殺謀殺が当たり前である『美濃のマムシ』のイメージとはかけ離れていますよね』

（だよねぇ）

そんなやり取りをしているうちに撤収の準備は終わったらしい。やって来たときと同じように父様が馬に乗り、光秀さんが轡《くつわ》を取る。

そしてなぜか私も馬の上に引き上げられ、父様の前に座らされてしまった。男の人との二人乗り。これがイケメン相手だったら胸の一つや二つときめかせるだろうけど、残念ながら相手は初老に足を踏み入れた剃髪男性だ。対する私は15歳。さすがに何回りも年の離れた男性相手にキュンキュンしたりはしない。

『………、……あなたの見た目年齢は15歳程度ですが、実年齢は道三より遥かに高――』

（しゃらっぷ！　女性の実年齢を口にしてはいけません！）

私の肉体年齢は15歳だし、精神年齢も15歳程度だと思う。ずっと研究とかで引きこもっていたし。

つまり私は15歳。証明完了。

『……あなたがそれでいいのでしたら、よろしいかと』

この世界で唯一私の実年齢を知っているプリちゃんが認めたので、私は15歳だ。そういうことにした。


「つまり魔法とは妖術邪法の類いではなく、理屈でもって行使される技術なのです」

城に向かう道中、父様（斎藤道三）に魔法の解説をした私である。狐狸の類いと間違われたりしたら大変だからね。

「ほう？　理屈とは？」

父様は興味深そうに続きを促し、光秀さんも静かに聞き耳を立てている。

「たとえばエゴマに火を付けてもすぐに燃え尽きてしまいます。エゴマ油に加工するからこそ長時間燃焼するようになるのです。魔法もそれと同じこと。空気中にある『魔素』というものを燃料とし、様々な事象を起こすのです」

いやエゴマに火を付けたことはないから本当にすぐ燃え尽きるのかは知らないけどね。『斎藤道三』相手ならエゴマ油を例に出すべきでしょう。油売りから身を起こしたという逸話があるし。

私は手のひらを広げ、魔法で火を灯した。

「この火は一見すると何もないところで燃えているようですが、実際は目には見えない『魔素』を燃料にして燃えているのです。極論すれば魔素とは不可視のエゴマ油ですね」

正確に言えば空気中の魔素を魔力に変換して——なのだけど、説明とは分かり易い方がいい。試験勉強というわけでもないし。

「その魔法とやらは誰でも使えるのか？」

「魔素を魔力に変換できるよう訓練すれば可能です。ただ、人には向き不向きがありまして。10年修行してやっとこの程度の火を灯せるようになれる人もいれば、最初からこれより大きな火を灯せる人もいます」

手のひらの上で燃える火を父様の目の前に差し出しながらそう締めくくった私である。

さらに事細かに説明すれば魔法は各属性に分かれているのだけど、まぁ今のところはこれくらい説明すれば十分でしょう。

「ふむ、武芸と同じようなものか」

父様なりに納得したらしい。この人は油売りの身から一転して武を志し、ついには武士になったとされる人だからね。才能と努力の重要さは理解しているのでしょう。

「儂《わし》に魔法とやらの才能はあるか？」

「そうですねぇ、ちょっと失礼します」

私は鑑定眼《アプレイゼル》を起動して父様を視《み》た。このスキルは魔法適性の他に本名や年齢、職業なども一緒に読み取れるのでかなり便利だったりする。

鑑定した結果、父様には魔法の才能がなかった。

「……残念ですが」

「そうか。火種もなく火を熾《おこ》せるのは便利だと思ったのだが……。光秀はどうだ？」

「へ？　某《それがし》ですか!?」

聞き耳を立てていたことは父様も気づいていたらしい。『衝撃の事実！　明智光秀は魔法使いだった!?』とか面白すぎる展開なのでさっそく鑑定眼《アプレイゼル》で光秀さんを観察する。彼からしてみたら今私の目は淡く光り輝いていることだろう。

「お？」

馬から軽快に飛び降り、光秀さんの手を取った。別に他意はない。魔力の同調と呼ばれる作業をしようとしただけだ。簡単に言うと自分の魔力を相手の体内に少量流すものであり、才能があればそれだけで魔力や魔素を感じ取ることができるようになる。

だというのに、

「い、いくら『いとこ』とはいえ、嫁入り前の娘が男の手を取るなど……」

少し顔を赤くしながら口ごもる光秀さんだった。戦国時代の風習なのかそれとも彼の頭が固いだけなのかどうかは分からない。

まぁとにかく、女の子から手を握られたくらいで赤面する光秀さんは男だけど可愛《かわい》らしかった。

『……正確な記録は残っていませんが、この時点で明智光秀は結婚済みである可能性が高いです。戦国有数のおしどり夫婦なのですから、浮気させるのはどうかと思いますよ？』

手を握っただけでひどい言われようだった。光秀と帰蝶が実は恋仲だったとか小説の読みすぎである。

内心でツッコミしつつも光秀さんの手に魔力を流してみる。

「――む？」

光秀さんも魔力を感じたらしくムズがゆそうにしている。

「これが魔力です。中々通りがいいですね。修行を積めばそれなりの魔術師になれるかもしれませんよ？」

「修行というと、どのような？」

「まず第一は体内に流れる魔力を感じ取ることでしょうか？　それが分かるようになればちょっとしたコツを習うだけで魔法が使えるようになりますよ」

光秀さんなら5年も修行すればそこそこの魔法使いになれそうだけど……武士だものね。怪しげな術を真面目に習得する必要もないか。

と、いうのが私の判断だけど。

『史実において、彼はこのあと妻の髪を売らなければならないほどの赤貧生活を強いられます。魔術《マジック》を奇術として売り出せば、小銭稼ぎ程度にはなるかと』

そんな提案をするプリちゃんだった。彼女は私と違って優しいのだ。ツッコミは鋭いけど。

光秀さんの意思を確認すると魔法に興味がありそうだったので、暇なときに教えるということで話はまとまった。

稲葉山城は前世知識と同じく山城だった。後の名前は岐阜城。織田信長が天下布武を発した城だ。

さすが堅城として有名なだけあって高いところに立っており「あ、この城を落とすのは無理だな」と直感で理解させせられてしまう。攻めるどころか山登りだけで疲労困憊になりそうだ。

ただ、史実では何度も落城しているし、井戸がないので飲料水が雨水頼りだったり各曲輪《くるわ》が狭すぎたりと長期の籠城戦には向いていない城だったりする。

もちろん今は戦国時代なのでロープウェイはないし、お城と聞いて真っ先にイメージする天守もない。かろうじて見える建造物もよくて二階建てだろう。

あと、ちょっと恐い話としてこの城の城主になった人間のほとんどが非業の死を遂げている。唯一の例外は池田輝政だけど、彼の場合は父と兄が身代わりになったから無事だったとかうんぬんかんぬん。

そしてそれは斎藤道三の呪いなのだという。私の真後ろで馬を操っているこの人、後々かなりの人間を呪い殺すらしい。生きているうちも死んだあとも他人に迷惑を掛けまくるとはさすが美濃のマムシである。

まぁその理屈だと国譲りをした義子織田信長すらも呪い殺したことになるのだけど……オカルトに真面目なツッコミをしても無意味か。

『あなたもオカルト寄りの存在では？』

どういうことやねん。

城に入ってからは怒濤の展開だった。

父様が襲われたことを知った家老っぽい人が襲撃者追撃の兵を出したり、私の女中（小間使い）になる人たちを紹介された際、初老の女性が私の姿を見た途端に泣き出したりと中々の騒ぎになったのだ。

そして怒濤の展開は続き。お風呂（サウナ）に放り込まれた私は全身の汚れを落とされ、いかにも高そうで動きにくい着物を着せられて、化粧ついでに眉毛を剃り落とされそうになったので断固拒否した。お歯黒も断固拒否した。強制するなら魔法使用も辞さぬ覚悟。

というかお歯黒とかって既婚女性にするものじゃなかったっけ？　何で自然にやらされそうになったの私？

『諸説ありますが、帰蝶は信長に嫁入りする前に二度結婚していますので』

「いつの間にかバツ2になっていた!?」

前世・今世と恋愛経験絶無だったというのに……。解せぬ。


「――いたぞ！　生きて捕らえろ！」

山狩りをしていた兵の一人が大声を上げ、周囲にいた兵たちも集まってきた。彼らの視線の先にいるのは捜していた足軽だ。胴巻きに斎藤家の家紋が付いているが正規の兵がこんな山奥にいるはずもない。

足軽は足が折れたのか何事か呻いている。しかし兵たちは容赦せず男を立ち上がらせ、後ろ手に縛り上げた。

「こ、殺さないでくれ！」

「何を今さら！　さっさと来い！」

連れて行かれる足軽と、連行する兵。そんな彼らを無言で見つめる男がいた。

男は猿のように木の枝の上にしゃがみ込み、深く深くため息をつく。

（……失敗か）

途中までは完璧だった。暗殺を何より恐れる道三が、唯一少人数で出かける今日この日。土岐頼芸の配下や金で買収した足軽をうまいこと護衛に付かせることに成功したというのに。あの『化け物』のせいですべてが無駄になってしまった。

地面から突如として生えてきた蔦に捕らえられ、投げ飛ばされる。そんな正気を疑うような攻撃によって他の襲撃者のほとんどが死んだか行動不能になり、男自身もまだ背中に鈍い痛みが残っている。

「………」

男は冷たい目で連行される足軽を見下ろした。あのような醜態をさらしていては秘密の厳守も期待できないだろう。

(口封じしておくか？　まだ吹き矢は届くが……)

男は懐から竹でできた吹き矢を取り出した。矢毒を塗れば即死は無理でも殺すことはできるだろう。

(……やめておくか。暗殺の首謀者が土岐頼芸だと知られても、儂に何か不利益があるわけではない)

しょせんこの男も頼芸から金で雇われただけ。頼芸に対する忠誠心など存在しない。むしろここで捕まった足軽を殺して、兵たちに周囲を警戒される方が厄介だ。普段なら難なく逃げられるが、あの蔓に投げ飛ばされ背中を強打した今では万が一ということもありえる。

(しかし、あのような女がいるとは)

幾重にも準備を重ねた今日の襲撃を、たった一人で、瞬く間に崩壊させてしまったあの女。

——帰蝶。

男の調べた限り、帰蝶は幼い頃に行方不明になったはずだった。部屋で療養しているというのは虚言に過ぎず、いずれ頃合いを見て『病死』するのだろうと判断していた。

しかし帰蝶は現れた。

銀髪赤目。伝え聞いていた通りの見た目だ。古くは『白子』として記録の残る奇特な存在……。

男も『忍術』という普通の人間には決して真似できない技を習得している。だからこそ分かる。

帰蝶の使ったものは妖術幻術の類いではなく、努力の末に獲得した『技』なのだと。

（あるいは、行方不明になっていたのではなく、修行の旅に出ていたのか？）

成り上がりとはいえ、守護代の娘に許されることではない。

だが、あのマムシであれば送り出していても不思議ではないだろう。

（――面白い）

男の頬がつり上がる。自分でも気づかぬうちに。

頼芸からもらった前金も足軽たちの買収で消え失せた。長年の『夢』への第一歩になるはずだった今日という日が邪魔された。本来なら許せぬはずだ。帰蝶という女を恨んでもいいはずだ。

けれども。男の顔には笑みが浮かんでいて。

（もう少し調べてみるか）

決意した男は音もなく枝から飛び降り、何処《いずこ》かへと消えていった。


「見たことのない者も多いだろうが、この娘は帰蝶。庶子ではあるが、我が子である。やっと病状が回復したようなのでな、本日を以て奥の養子とする」

バツ２（かも）という衝撃の事実が判明したあと。斎藤道三《父様》は家臣を集めてそう宣言した。父様のすぐ近くで深々と頭を下げる私である。

そんな私にプリちゃんが解説をしてくれた。

『庶子とは妾の子供という意味であり、奥とは正室——つまり小見《おみ》の方《かた》であると思われます。側室の子供を正室の養子にするというのは有名どころでは織田信長が跡継ぎの信忠に行っていますね』

ほーん。信忠って側室の子供だったのか。

『ちなみに史実において帰蝶は正室（小見の方）の実子だったはずなのですが……まぁ今さらですかね。史実で帰蝶は行方不明になっていませんし』

プリちゃんが解説《ツッコミ》を放棄しかけている。ゆゆしき自体だ。もうちょっと頑張れ歴史的事実。

さて、突然登場した私という存在を前にして家臣たちはざわついていたけれど、父様の「何か問題があるか？」の一言で押し黙った。信長もビックリの専制君主っぷりである。

『戦国大名が専制君主かというと首をかしげるしか——』

ボケに対して真面目なツッコミをされてしまったでござる。

まぁとにかく。家臣たちの私を見つめる目は様々だった。幼かった頃の『帰蝶』を知っている人は驚いたり涙を流したりしていたし、そうでない人は疑いの目を向けてきている。中には日本人離れした『銀髪赤目』を気味悪がっている様子の人も。

そして。事実なんてどうでも良さそうな人も数人。私が『道三の娘』であれば政略に利用できるとでも考えているのだろう。元いた世界の王宮や夜会でよく見た人種だ。

元々は引きこもりの私、多種多様な視線を向けられて胃が痛くなってしまったのは絶対の秘密。

『あなたの胃がこの程度で痛くなるはずがないでしょう？』

まるで私の神経が図太いみたいな物言い、やめてもらえません？

『あぁ、お腹空きすぎて胃が痛くなっちゃいましたか？』

プリちゃんは私を何だと思っているのか……。解せぬ。

そんな胃痛な時間も終わりを告げ。私は父様の私室に呼び寄せられた。戦国大名なのだから豪勢な部屋に住んでいると思ったのだけど、質素なものだった。目立つものは時代劇でよく見るようなお茶道具に、床の間の掛け軸くらいしかない。下克上した人物なのだからもっと強欲で成金趣味だとばかり……。

茶釜で手ずからお湯を沸かしながら父様が質問してくる。

「帰蝶は昔のことを覚えているか？」

「……正直申しまして、あまり覚えていません。身一つで異世界に放り出され、その日を生きることに必死でしたから。過日を思い返す余裕もありませんでした」

はい嘘です。私は『帰蝶』じゃないので昔のことなんて覚えているはずがないのだ。

ただまぁ今までの会話から何となく察することはできる。幼い頃に本物の帰蝶は行方不明になり、こうして異世界転移してきた私を帰蝶であると勘違いしているのでしょう。

「では軽く昔話をしておくか」

父様が語ってくれたのは私が行方不明になるまでの話。

昔々。父様は南蛮人の女性と恋に落ちたらしい。その人が『帰蝶』の母親であると。本来なら正室にしたかったがさすがに南蛮人は難しかったのだという。……だから日本人離れした私の顔つきに違和感を覚えなかったのか。

そして事件は起こった。父様に恨みを持つ男がまだ幼い帰蝶を誘拐。父様はあらゆる手を使って犯人を捜し出して追い詰めたが、もはやこれまでと悟った犯人は帰蝶と共に崖下の川に飛び込んでしまった。

助かるはずもない高さ。父様はそれでも必死に捜索を続けたが結局死体すら見つからなかったらしい。

それ以来帰蝶は城の一室で『療養』しているという扱いになり……本日、帰蝶の母親の墓参りに行く途中で私に出会ったと。

二つあったお墓。大きい方は帰蝶の母の墓で、小さい方が帰蝶本人のものかな？　お墓を作ったのだから父様も帰蝶の生存は諦めていたってところか。

……いや、『美濃のマムシ』の言っていることをどこまで信じられるのかって話なんだけどね。

湯が沸いたのか父様は茶器にお茶とお湯を入れてシャカシャカとかき混ぜはじめた。私は茶の湯に関する知識に乏しいけれど、なんだかとても綺麗な所作に見える。

『道三と言えば毒殺ですよね』

縁起でもないことをほざくプリちゃんだった。私これからその人が淹《い》れたお茶を飲むんですけど？

『あなたは毒くらいでは死なないので別にいいのでは？』

なぜだが貶されているような気がする。人をバケモノ扱いするのはやめていただきたい。

『毒を飲んでも死なない存在は普通バケモノ扱いされます。ラスプーチン並みですね』

歴史に残る怪僧と比べられるのは喜ぶべきか嘆くべきか――いや喜んじゃいけないな。父様から茶器を差し出されたのでとりあえず受け取る。

「……私、お茶の正式な作法など知らないのですが」

「気にするな。親子二人でいるときにそんな堅苦しいことは言わんさ」

とのことなのでなるべく上品になるよう気をつけながらお茶を口に含んだ。

にっがい。

それ以外の感想が出てこなかった。苦い。苦すぎる。よくもまぁ戦国武将は好き好んでお茶なんて飲んでいたものである。実は我慢比べをしていたのではないだろうか？　むさ苦しい野郎共が狭い茶室で苦い茶を飲みながら我慢比べ……なんだその地獄絵図。

「くくく、やはり苦いか」

「やはり、とは？」

まさか普通より苦くしたのだろうか？　さすが美濃のマムシである。

「いやなに、昔おぬしに茶を飲ませたとき、まったく同じ顔をしたのを思い出してな。幼子に対する戯れであったがいい顔であった」

「………………」

じとーっとした目で見つめると父様はあからさまに話題を変えてきた。

「うむ、よい行儀だな。日の本のものとは異なるが品はある。それも異世界とやらの所作なのか？」

「そうですね、宮殿に招かれることもありましたので」

「ほぅ、宮殿に？　異世界とやらでも高い地位を得ていたとは、さすがは我が娘だな」

「……自分で言うのも何ですが、異世界うんぬんを本気で信じているのですか？」

「他の者が語れば正気を疑おう。だが、帰蝶は生きて帰れぬほど高い崖から落ちながらもこうして我が下へ戻ってきた。それに、『まほう』だったか？　致命傷だった光秀を瞬時に治したあの技を見れば、異世界という妄言も信じなければならないだろうよ」

何とも柔軟な思考だった。こういう怪しい存在を受け入れるのは信長の専売特許だと思っていたのだけど。

「しかし、実の娘ではなく、狐狸の類いが帰蝶に化けている可能性もありますが」

罪悪感からか、思わずそんなことを口走った私である。

「ははは、美濃のマムシを騙したのなら見事なものだ。であるならば最後まで付き合ってやるのも一興よ。酒池肉林を成すもよし。美濃を手に入れたければ好きにせよ」

「ご冗談を」

と、言い切れないのが斎藤道三という人物か。なにせ史実においては人生を賭けて乗っ取った美濃という国を、義理の息子とはいえ血のつながりのない織田信長に譲ってしまおうとしたのだ。自分が認めた相手になら『ぽんっ』と渡してしまいそうな気がする。

もちろん家臣や国人たちは反発するだろうけど。それすらも何とかできると確信している相手だからこそ国譲りしてしまうかもしれない。実際、信長は実力で美濃を手に入れて死ぬまで守り抜いたわけだし。

「……うむ、苦いな」

自ら入れたお茶を飲んでつぶやく父様だった。そんな茶を娘に飲ませるな。

じっとーっとした目で見つめると「あのときと同じ目だな」と父様は苦笑していた。

「さて。ここからは提案というかお願いなのだが」

「なんでしょう?」

なにやらイメージよりだいぶ愉快な美濃のマムシであるが、マムシはマムシ。「織田信長に嫁いでくれ」と言われても不思議ではない。

「光秀を救った魔法。あれを他の者に教えることはできるか?」

「…………」

まぁ手に入れたいだろうね。特に戦国大名は。本来なら死んでしまう兵士が生き残ればそれだけ戦力の減少を抑えられるのだから。

たとえば、敵国では負傷兵の42%が死ぬのに我が国では5%しか死なないとする。つまりそれだけ負傷者が戦線復帰できて、兵士として使える人間の数が増えると。それはどんな武器にも勝る『力』となるのだ。

「……回復魔法は人を救う術ですので、こちらとしても秘術とするつもりはありません。しかし、馬上でも話しましたが才能に左右されます。教えた当日にものにする人間もいれば、10年経ってもろくな術を使えない人間も出てくるでしょう」

「才能の見極めは儂には分からん。帰蝶に一任する」

「教える対象は斎藤の一族でしょうか？　それとも家臣にも広げますか？」

「できれば城下の者にも教えてやってほしい。さすれば救われる命も増えよう。むろん最初は我が一族や家臣を優先してもらうが」

「……よろしいので？」

一族や家臣であれば秘密は比較的守られると思う。でも、庶民にまで教えたら一気に拡散するはずだ。下手をすれば敵国にまとまった数の治癒術士が誕生し、従軍するかもしれない。

私ですら思いついたのだ、美濃のマムシが気づかぬはずがない。なのに父様は面倒くさそうに手を払った。

「近頃は家臣たちからの突き上げがひどくてな。このあたりで『民』のための政策の一つでも打ち立てなければ義龍《よしたつ》めに強制隠居させられてしまう」

『斎藤義龍は道三の息子ですね。今から6年ほど後に道三を半ば強制的に隠居させ、ついには長良川の戦いで道三を討ち取ることになります。ちなみに道三が隠居させられた理由は領国経営の稚拙さにあったという説も』

プリちゃんが解説してくれた。さすがの私でも斎藤義龍くらいは知っている。……ときどき子供の龍興《たつおき》とどっちがどっちか分からなくなるけど。戦国武将、名前が似ている人間が多すぎである。

『美濃はまだマシですね。尾張なんて「織田信〇」が多すぎですし、同一人物でも「織田信友、あるいは信豊、広信とも」なんてパターンもありますから』

もはや後世にケンカ売っているとしか思えないでござる……。

それはともかくとして。――民のため。それだけ聞くと真っ当な理由だけど、まだ他に訳がありそうな気がするなぁ。

しかし私程度の人生経験値でマムシの腹の内を読み取ることなど不可能なのでここは大人しく提案を受け入れることにした。

「回復魔法だけでは使える者が限られます。民のための政策として、通常の医療技術も教授しようと思いますが、よろしいですか？」

元いた世界でも治癒術士は貴重で、大体の治癒術士は貴族や有力者のお抱えとなっていた。必然的に庶民の間では通常医療が活用されていたのだ。おそらくこの国でも似たようなことが起こるはず。

民のためにと考えるなら治癒術だけではなく、前世の知識も活用した通常医療も同時に広めた方がいい。

「帰蝶の思うようにせよ。費用は望むだけ――いや、できるだけ出そう」

最後がちょっと不安だったけど、とりあえずやるべきことができたのは僥倖だろうか。この国で治癒術士を増やす仕事をしていれば『他の国に嫁がせる』という選択肢も上りにくいだろうし。

難しい話はまた明日ということとなり。私は父様にせがまれる形で元いた世界の話をしてその日を終えることとなった。

「さて、どうしたものか……」

父様の要望に添い治癒術士を増やすことはさほど難しくはない。才能がある人間を集めて、基本を教えたあとは実践で鍛え続けさせればいいのだから。

この国には光秀さんのように魔力を操る才能を持っている人間はいる。なのになぜ魔術師や治癒術士がいないかというと、そもそも教える人がいないからだ。

たとえば馬に乗る習慣がない世界があったとして、いきなり馬に乗ろうとする人は滅多にいないだろう。……いや、天才であれば「馬に乗れるかもしれない」と考え、努力の人がいれば実際に乗れるよう訓練するかもしれないけれど、こと魔法に関しては話が別となる。

馬は目に見えるが魔素は目に見えない。野を駆ける馬を見て「乗りこなせれば速く移動できるかも」という発想に至っても不思議ではないけれど、目に見えないもの・存在するかも分からないものを操ろうとするのはもはや狂人の類いだ。

認識できないのなら存在しないも同じ。

観測機器が発達するまで原子や分子が存在しなかったように。いつかの未来において魔素が観測されるようになれば魔法も発達することがあるかもしれないけれど、現時点においては魔素は存在しないし、それを使おうとする者もいない。

私が才能のある人間を見つけ、治癒の魔法を教え込めば近い将来日本人の治癒術士は誕生するだろう。そうして誕生した治癒術士がさらに弟子をとり続けていけばかなりの数の治癒術士が生まれるはず。

でも、生まれ持った才能に左右される治癒術士だけで日本の患者すべてを治すことは不可能だ。貴族や大名などのお偉いさんは治癒術士を使い、他の者たちは医学に基づいた治療を受けるといった棲み分けが必要――というか、自然とそうなっていくだろう。

「あとの問題はこの時代の医療水準かな」

『病気になれば加持祈禱。ケガをしたら尿か塩を傷口に塗り、馬の糞を水に溶いたものを飲む。腸が飛び出ていたらとにかく押し込んでから縫合。とても素晴らしい医療水準ですね、とても真似できないですね』

皮肉が効きすぎである。

「とりあえずちゃんとした消毒液の作製かな」

『あなたの得意分野ですね』

「元いた世界も消毒の概念が薄かったからね」

さすがに傷口へ糞尿を塗るようなことはなかったけど、きちんとした消毒液も存在しなかった。なのでプリちゃんの知識も提供してもらい、お酒から作ったエタノールやコークス製造のついでにできた石炭酸《フェノール》から消毒液を作ったのだ。別件でお酒を大量生産する必要があったので、そのついでに。

コークスはすぐには無理だけどエタノールなら問題なし。要は蒸留酒を造ればいいのだ。そしてアルコール度数が60～70％くらいになるよう調整すればいいのだ。うちの師匠が飲んべえだったので、作り方は叩き込まれた。

あとはお酒を買ってきて蒸留して……。

『この時代の酒は基本的に濁り酒ですが、蒸留酒は造れるのですか？』

「造れる……と思うよ？　やってみないと分からないけど。いざとなったらお米を買って清酒を……」

『お米を買う元手はあるので？』

「国王陛下からもらった金貨や銀貨なら有り余ってるけど。使えるかな？」

『お金《かね》としては使えないでしょうが、金《きん》としては使えるでしょうね』

つまり貨幣としてではなく貴金属として使えと。ま、いざとなったら錬金術で金を作ればいいか。

『……錬金はいいですが、金相場が暴落しない程度にしてくださいね？』

「ははは、なんだいその口ぶりはー、まるで私が金相場を暴落させたことがあるみたいじゃないかー」

『…………』

プリちゃんの熱視線に心が折れそうだった。

まぁとにかく。信頼できる商人か両替商を見つけなきゃなぁと私が考えているとプリちゃんが少し真面目な声を上げた。

『ポーションはどうするのです？』

「……どうしようかな？」

ポーション。異世界ファンタジーでおなじみの万能回復薬だ。もちろんというか何というか私も作製することができる。

まぁポーションとは言っても魔法魔法しているものではなく、その実態は前世の知識とプリちゃんの協力によって作られる医療用ナノマシンなのだけど。

ナノマシン・ポーション。これは増殖させた医療用ナノマシンを使って肉体を修復したり病原菌を退治したりするものだ。

ポーションはプリちゃんもいるから作製自体はできる。何かの拍子に私がこの世界からいなくなっても元となるポーションからナノマシンを株分けしていけば継続した大量生産も可能なはず。

でも、ポーションが広まってしまうとその手軽さから治癒術や医術が駆逐されてしまうだろうし、そうして他の手段が滅びたり進歩しなくなったあとポーションが何らかの理由で作製できなくなったら大変だ。治癒術や医術を捨てた人類は容易く流行病に屈してしまうはず。

「……ポーションを大々的に作るのはなしで。万が一のためにいくつか準備しておくくらいにしようかな」

『賢明な判断かと』

プリちゃんが珍しく褒めてくれたので、さっそく治癒術士の育成と簡単な医術の伝授をはじめることにした。

治癒術を広めるとして、まず必要なのは生徒の確保。次に教える場所。治癒術を訓練するならケガ人も必要になるけれど……戦国時代なのだから戦場にでも行けばたくさん見つかるでしょう。

『医学を修めんとする生徒を戦場に駆り出すとは鬼畜の所行ですね』

「言い方に悪意しかない!?」

相変わらずプリちゃんのツッコミの鋭さは抜群だぜ。……いやこれツッコミか？　ただの悪口では？

まぁでも生徒の安全確保は重要だよね。

とはいえ戦場の後方にゴザでも敷いて、僧侶の格好をさせておけば身の危険はないと思う。いや流れ矢が飛んできて刺さるかもしれないけど、そのくらいは自分で治療できるようになってもらわないとね。

とりあえず最初は城の中を歩き回って才能のある人を探せばいいかな？

『銀髪赤目が城の中をうろつくとかちょっとした怪談ですね。恐怖、稲葉山城で山姥《やまんば》を見た』

「誰が山姥か。いや山姥＝白人説もあるけど、『姥《うば》』はないでしょう『姥』は!?」

『実年齢的には十分「姥」なのでは？』

「私の年齢は15歳です！　いままでも、そしてこれからも！」

そろそろプリちゃんには本気のお説教が必要だなと考えていると、私付きの女中さんが襖の向こうで座る気配がした。

「姫様。明智光秀様がお見えです」

「え？　あ、そうですか。通してください」

ふすまの向こうで女中さんが立ち上がる気配がして、しばらくすると光秀さんが入ってきた。

「先触れもなくすまんな」

「いえいえ、いとこ同士なのですからお気遣いなく」

私がそう言うと光秀さんは床に直接腰をおろした。戦国時代であるからか座布団は見当たらない。

「殿（道三）から、しばらくはおぬしの小姓をやるように命じられた。これからよろしく頼む」

「……こしょう？」

私が首をかしげていると、プリちゃんが解説してくれた。

『小姓。主に少年が受け持つ役職であり、平時は武将の近辺に仕えて雑事を行い、戦時は親衛隊として活躍した存在のようですね。有名どころでは織田信長に仕えた森蘭丸ですか。将来の側近候補ですが……女性に付くというのは聞いたことがないですね』

ほぅほぅ。

「私、あまり詳しくはないのですけど、女性に小姓が付くものなのですか？」

「拙者もあまり聞かないが、殿がいいと言うのだ。問題はないのだろう。まぁ、護衛だと思ってくれた方が分かり易いか」

なら最初から護衛と言えばいいのでは？　というツッコミを光秀さんにしてもしょうがないか。命じたのは父様なのだし。

話を聞くと護衛の他にも交渉役や、この国の常識に疎いであろう私へのサポート役も含まれているらしい。だから単純な護衛ではなく小姓にしたと。

「そういうことならこちらとしてもありがたいですが、光秀さんはよろしいのですか？　色々と忙しいのでは？」

「先の戦で尾張に大勝したからな。しばらく戦もないだろうし、問題はないさ。それに命の恩人である帰蝶の役に立てるなら本望だ」

『先の戦とはおそらくは加納口の戦いだと思われます。織田信秀、つまり信長の父親は大敗し、戦死者は2000人とも5000人とも言われています。そしてこの戦をきっかけに斎藤道三と織田信秀は和睦し、信長と――』

プリちゃんの声が聞こえていない光秀さんが深々と頭を下げた。

「改めて感謝を。帰蝶のおかげで私は死なずに命を繋げられた。まだまだ殿にお仕えすることができるし、妻も悲しませずにすんだ。この恩は必ず返させてもらう」

「……お気になさらず。あのとき光秀さんと出会ったのは何かの『縁』でしょうから」

というか、「いま光秀が死ねば本能寺の変は起こらないんじゃない？」とか考えていた私としては恩を感じられると罪悪感で心に致命傷を負いそうだ。

「……ふっ、帰蝶はいつの間にか大きくなっていたが、心の優しさは変わらないな」

懐かしそうに目元を緩める光秀さんだった。私、本物の帰蝶じゃないのに。罪悪感で心に致命傷以下略。

「……そんな心優しい帰蝶にぜひ頼みたいことがあるのだが」

「？　何でしょう？」

「我が妻のことだ」

『妻木熙子《つまきひろこ》のことですね。側室を持つことが普通だったこの時代、明智光秀は生涯彼女のみを愛しました。妻木熙子は重病となった明智光秀の看護疲れが原因で命を落としたとされています。もしかしたら……。愛する妻が自分のせいで死んだ——その事実が光秀の心を蝕み、本能寺の変に繋がった可能性もあります』

何とも小綺麗な仮説だったけど、個人的には嫌いじゃない。

『まぁ、側室がいたという説もありますが』

小綺麗な仮説を自分から破壊するの、やめてもらえません？

突っ込んでいる間にも光秀さんの話は続く。

「我が妻は昔疱瘡《ほうそう》を患ってな。幸いにして命は拾ったのだが左頬に痕が残ってしまった。その痕が今になって疼く……のではないかと思うのだ」

疱瘡。またの名を天然痘。非常に高い感染力と罹患率、死亡率で恐れられてきた病だ。運良く生き残ることができても顔や身体に痕が残ってしまうのが辛《つら》いところ。

しかし、

「ずいぶんと遠回しな物言いですが、本人が語ったわけではないのですか？」

「妻の様子を見てそうではないかと思ったのだ」

よく奥さんのことを見ている。伝承通りの愛妻家みたいだ。……別に羨ましくはない。恋愛経験絶無な私だけど羨ましくない。ぐすん。

「では、奥方の様子を診て、場合によっては治療をすればいいのですね？」

「できるのか？」

「実際見てみないと分かりませんので、断言はしないでおきます」

と、いうわけで。

私は光秀さんの奥さんを診察することとなった。


翌日。

私の部屋をまだ年若い女性が訪ねてきた。光秀さんの奥さん、熙子さんだ。元現代人な私から見ても美人さんで、か弱そうな雰囲気が男心をくすぐる、のかもしれない。

ただ、やはり、美人であればあるだけ左頬の瘢痕《はんこん》が惜しくなってしまう。本当に傷口が疼くかどうかは置いておいて、早急に治療してしまった方がいいでしょう。光秀さんも期待に目を輝かせているし。

そんなことを考えながら私は早速空間収納《ストレージ》の中から初級ポーションを取り出した。

ちなみに初級、中級、上級ポーションの区分は単純に使っているナノマシンの性能の違いだ。上級が一番性能が高いけどその分増殖させるための『エサ』に高価なものが必要となる。

「なんと美しいギヤマン（ガラス）だ……」

光秀さんが感心したようにつぶやいた。そういえばポーションを入れているビンは透明なガラス。戦国時代じゃ珍しいのか。

『といいますか、無色透明ガラスの製造方法は欧州ですらまだ確立されていないはずです。しかもカットガラスともなれば宝石と同じかそれ以上の価値があることでしょう』

元いた世界は錬金術（科学）が発達していたし、多少の無茶は魔法で押し通せたものね。基本的な社会構造は中世だったけど、一部の科学技術が先行していてもおかしくはないのか。

プリちゃんの解説を聞きつつ私はポーションを手に馴染ませ、化粧水のように熙子さんの頬に塗り込んだ。ちょっと冷たかったのかくすぐったそうな顔をする。

ナノマシンはすぐに所定の性能を発揮し、まるで時を巻き戻したかのように熙子さんの瘢痕は消え失せた。

考えるまでもなくポーションは便利だ。

でも、これに頼りすぎるのも危険だよね。やはり治癒術と通常医術の二本柱で教育するべきか。

そんなことを考えていると光秀さんは飛び跳ねる勢いで喜びはじめ、状況を理解していなかった熙子さんも私の差し出した鏡で事態を飲み込んだのか――二人はキツく、キツくお互いを抱きしめ合いながら涙を流していた。

何という深い愛。

感動だ。

こっちまで涙が出そう。

そう。私は愛し合う二人を純粋に祝福しており。けっして、ぜったいに、『リア充爆発しろ』なんて考えてはいない。いないのだ。

『本音がダダ漏れですが』

プリちゃんが深々とため息をついていた。

3 ✦ 異世界の魔女、行動開始

とりあえず光秀さんと城内を回った結果、回復魔法の適性者は二人だけだった。それも私の女中さん一人と台所の下働きをしている下男さん一人なので、父様が最初に教えてほしいと頼んできた『斎藤家家臣』かと問われるとちょっと微妙なところ。確かに斎藤家で働いているけれど、少なくとも父様の想定していた『家臣』ではないと思う。

あ、でも光秀さんには回復魔法の才能があるから、その意味で言えば家臣一人は確保できているのか。

ちなみに家臣たちの前で帰蝶であると挨拶したとき、それとなく鑑定眼《アプレイゼル》で皆の素質を視ていたので、あのとき集まった家臣の中に回復魔法の素質持ちがいないことは確認済みだったりする。

稲葉山城で二人、光秀さん含め三人。そう聞くと少なく感じるかもしれないけど、回復魔法の適性者は1万人に一人とも言われているのでかなり多かったりする。

「ご、権兵衛です」

「ち、千代でございます」

私の部屋に集められた台所の下働きをしていた男性と、女中さんがたどたどしく頭を下げた。もちろんもう一人の適性者・光秀さんも並んで座っている。

『斎藤道三の娘に呼び出され、隣には重用されている明智光秀が座っている。下男や女中からしてみれば胃が痛いことでしょうね』

くすくすと笑うプリちゃんだった。この子ときどき性格悪い。

『あなたよりはだいぶマシです』

真顔で断言されてしまった。いやプリちゃんは光の球なので表情はないけれど、真顔で断言されてしまった。

気を取り直して私は集まってくれた二人に質問する。

「ええっと、お二人はどこまで話を聞いていますかね？」

「は、はい。光秀様からはなにやら治癒の方術を教えてくださると」

方術とか怪しさ満点である。いきなりそんな話をされたら逃げ出すね私だったら。まぁでも光秀さんから言われたら断れないか。

私は小さく咳払いした。

「このたび、父様からの命によりあなたたち二人に治癒術を教えることとなりました。この治癒術は熊野の山奥に暮らす一族が伝え続けてきた秘術であり、選ばれた者しか使いこなすことができません」

即興でそれっぽい設定を作った私である。異世界の魔法よりはまだ信じてもらいやすいはず。

以前の説明とは違うためか光秀さんが首をかしげる。余計なことを言われてもあれなので私は光秀さんに向けて念話《パス》を繋いだ。

（説得力を持たせるための方便なので、お気になさらず）

「むぅ!?」

突如として頭の中に声が響いてきたせいか光秀さんが素っ頓狂な声を上げた。隣にいた権兵衛さんと千代さんが怪訝な顔を向けたので光秀さんは咳払いで誤魔化す。

（き、帰蝶。なんだこれは）

（念話と呼ばれるものです。内緒話ができて便利ですよ？）

（確かに便利ではあるが、説明もなく使うのはやめてくれ。二人からも変な目で見られてしまった）

（それに関してはごめんなさい）

ちょっとした罪悪感に苛まれた私はさっそく仕事をすることにした。まずは台所手伝いの男性、権兵衛さんの手を握る。この前光秀さんにやった魔力同調をするためだ。

権兵衛さんは何というか特徴がないのが特徴っぽい男性であり、派手さはないけど心根は優しそうだった。たぶん「彼氏としてはないけど結婚相手にはいいかもー」とか言われちゃうタイプ。

ちなみに私の女中でもある千代さんは10代後半くらい。素朴な美人さんだけど心の強さを感じ取れる目をしている。

「へ!?　ひ、ひ、姫様!?」

私に手を握られて権兵衛さんが気絶しそうなほど驚いていた。千代さんも目を丸くして光秀さんも眉間に皺を寄せる。

『次々と男性の手を取るとは「ふしだら」な女ですね（戦国時代基準）』

女性に厳しいなぁ戦国時代。

内心ため息をついていると少しの違和感。握った権兵衛さんの人差し指に使い古された布がまかれていたのだ。

『切り傷ですね。台所で働いているそうですから包丁で切ったのでは？』

止血に布をまくのは分かるけど古布を使うのかぁ。いや血で汚れるから新しい布を使いたくない気持ちは分かるけど……衛生観念が本当に未熟なんだね。そちらも教え込まなきゃダメっぽい。傷口から黄色ブドウ球菌が移って食中毒の危険性もあるし。

決意を新たにしてから私はふと思いついた。まずは治癒術の実演をした方がいいんじゃないかなと。光秀さんはともかく他の二人は胡散臭そうな顔をしているし。

権兵衛さんの人差し指にまかれた古布を解《ほど》き、傷口を確認する。すでにカサブタになっているけど結構深い傷だ。

私が傷口に手をかざして魔力を注ぎ込むと傷はみるみるうちに小さくなり、消えていった。まるで時を巻き戻したように——というか、実際に時を巻き戻しているのだ。

自分の傷が消えていく様子に権兵衛さんは絶句し、千代さんは目をぱちくりさせていた。治癒術を見るのは2回目であるはずの光秀さんも驚きを隠せていない。

「これからあなたたちにはこの術を使いこなせるようになってもらいます」

「は、はい！」

「し、身命に代えましても！」

床に額を押しつける勢いで頭を下げる二人だった。千代さんや、身命に代えたら死んでしまいませんか？

いったん仕切り直して再び権兵衛さんの手を取り、魔力の同調をする。権兵衛さんの才能は光秀さんと同じかちょっと高いくらいであり、次に行った千代さんはかなり高めだった。具体的に言うと権兵衛さんと光秀さんは辺境の村にいるくらいの治癒術士、千代さんは地方都市でやっていけるレベルの治癒術士になれそうな気がする。

私は３人に治癒術――というか魔力の操り方を教えた。端的に言うと「ほぁああ！」だ。「ほぁああ！」とすれば治癒術は使える。

『……致命的なまでに説明が下手ですね』

しばらく私の説明通りにやってみたのに、誰も魔力を操れず……。見かねたプリちゃんが口を出してきた。

『まずは深呼吸して空気中の魔素を体内に取り込みます』

プリちゃんの説明をそのまま３人に伝える。あの明智光秀が真面目な顔で深呼吸している姿はちょっと面白かった。

『魔力の元となる魔素を身体に取り込みましたら、魔力への変換作業です。肺の中にある温かい「もの」を、先程あなたの手を握った際に流れ込んできた「もの」に変換します。温かいものを冷やして、冷やして、自分の中に取り込んでいく感じで。これはコツを掴むまで練習するしかないですね』

少し練習させてみるとまず千代さんが、次いで光秀さんと権兵衛さんも魔素を魔力に変換することができた。

『続いて魔力を手のひらに集め、身体の外へと放出します』

ちなみに治癒術に関して言えば呪文を唱える必要はなく、患部に手のひらを添えて魔力を注ぎ込むことによって『治癒』されていく。使う魔力の量によってちょっとしたケガから大病に至るまで対応するって感じだ。

まぁつまり端的に言うと「ほぁああ！」とするとケガを治せるってこと。

『まだ「ほぁああ」にこだわっているんですか……』

プリちゃんが呆れている間にも千代さんが魔力の放出に成功した。やはり一番才能があるみたい。

しばらくして光秀さんが、そしてさらにしばらくして権兵衛さんがコツを掴む。

一応鑑定眼《アプレイゼル》で視てみてもちゃんと回復魔法は使えている。それを確認した私は空間収納《ストレージ》から手術用のメスを取り出して――自分の手の甲に切り傷を付けた。

「はぁ!?　き、帰蝶！　何をしているのだ!?」

光秀さんが慌てて私の手を取り傷口に布を押し当ててきた。

「はい、回復魔法の練習をしてもらおうと思いまして」

「だからって自分の手を切りつけるやつがあるか！」

「すぐ治るので大丈夫ですって」

「そういう問題ではない！　練習台ならどこかで適当にケガ人を見繕ってくればいいだろう！」

「しかし都合良くケガ人がいるとも限りませんし、今現在の３人の回復魔法で治せないケガ人を連れてこられても練習になりませんもの。ここは自分で自分たちのレベル――熟練度に合わせた傷を作った方が合理的であるかと」

「……一理あるかもしれないが、いやしかしだな……」

納得できないのか眉間に皺を寄せて唸る光秀さんだった。そんなに気にしなくてもいいのにねー。光秀さんは心配性だなー。

『今回もあなたが悪いですね、全体的に』

プリちゃんの冷酷な指摘はある意味傷口より痛かった。というか『今回も』ってなんやねん。私が毎回悪いように言わないでほしい。

『……自覚なしですか？』

「ない！」

断言するとプリちゃんから冷たい目で見つめられてしまった。いやプリちゃんは光の球だから以下略。

お姫様の一日はけっこう堅苦しい。

まず着替えなどの身だしなみは女中さんがやってしまうし、自分でやろうとすると怒られる。

……着物の着付けなんてできないからどっちにしろ任せるしかないけれど。

もちろんお歯黒、引き眉は断固阻止だ。これだけは絶対に譲れない。

『眉を剃られても魔法で元に戻せるのだからいいのでは？』

「そういう問題ではありません。これは乙女心の大問題なのです」

『なぜ敬語……？』

化粧も色々ヤバいけど食事もアレだ。質素というか栄養バランスなんて概念はなく、そもそもの問題として動物性タンパク質が足りない。そりゃあ平均寿命が短くなってもしょうがない。これも近いうちに改革しないといけないだろう。とにかく肉だ、肉を食わせよう。

『古い時代の日本には五畜という考え方がありまして。天武天皇が牛、馬、犬、鶏、猿の肉食を禁じていました。牛は耕作の手伝い、馬は人を乗せる、犬は番犬、鶏は時を知らせる、猿は人間に似ているためだそうです』

「わざわざ禁じたってことは猿を食べてたのか昔の人……」

『禁止期間は農耕期である4月から9月までとされていました』

「結構ゆるいね。まぁ冬場にそんなこと言っていたら飢え死にするか」

『以降、日本では長らく肉食が避けられてきました。神道による穢れの考え方や殺生を避ける仏教も影響を与えたと考えられています』

「信仰心で健康を害したら世話ないね。宗教ってのは人を救うためにあるのに」

『ただし武士や庶民の間では隠れて肉食がされていたようです。五畜以外の野鳥やイノシシなどはもちろんのこと、五畜でも犬や猿は特に好んで食べられていたようですね』

「やっぱり猿を食べてたのか昔の人……しかも好んで……」

『そもそも戦国時代は小氷河期。飢饉で生きるか死ぬかの瀬戸際にいるときに「でも私は肉を食べません」なんて言える人はごく少数でしょう。そしてそういう高潔な人間から飢え死にすると』

最後にちょっと毒を混ぜるプリちゃんだった。結論するなら意外と肉食も受け入れられるんじゃないかってところだろう。

まぁとにかく『姫様』としての私は朝起きて着替え、食事ときたら次はお勉強だ。内容としては武家の作法やら歌、茶道、書道や古典といったものを一通り習わされる。元いた世界の貴族作法が応用できるものが多かったのでそれは不幸中の幸いだったかもしれない。

そんな七面倒くさい授業は「父様から命じられた仕事がありますので」と午前中で切り上げて、午後は光秀さんたちを自室に呼び、治癒魔法を教えたりそれ以外の応急処置を教えたりして過ごすことになる。

治癒魔法に使う魔力も有限。小さなケガなら普通の応急処置をした方がより多くのケガ人を治せるからね。

応急処置を習得させたら今度はちゃんとした医学を教えよう。幸いにしてみんなやる気はあるようだし。特に光秀さんなんて「あなた将来医者になるんですか?」ってレベルで勉強しているもの。

『明智光秀は前半生において医者をやっていたのではないかという説もありますからね』

「手広くやりすぎでしょう明智のみっちゃん……」

日常になりつつあるそんな一日を過ごしていると家臣の男性がやって来て、父様が呼んでいることを教えてくれた。

「治癒魔法を教えるのは構わんが、帰蝶の部屋に招くのはいかん」

父様に呼び出された私はそんなことを言われた。

「あ、はぁ……？」

「いとこであり小姓である光秀や、元々帰蝶の女中であった千代はともかく、下男の権兵衛とやらが出入りするのは許さん」

怒っている、というよりは不安そうな顔をしている父様だった。

『親バカですね。まぁ行方不明だった娘が――しかも正室にしようとして叶わなかった女性の忘れ形見がやっと帰ってきたのですから必然でしょうけど』

ふ～ん……。

いい機会だなと私の中で悪魔がささやきかけてきた。最近は『お姫様』として一日中城にいて堅苦しい生活をしているけれど、この件をうまく使えば城下に遊びに行けるようになるんじゃないかなぁと。

もちろん私の心の中には天使なんて胡散臭い存在はいないので悪魔の提案に全力で乗っかりますともさ。

「しかし父様。場所がなければ教えることもできません」

「別の部屋を用意しよう」

「これから徐々に才能のある人間を集めていけば、部屋では手狭になります」

「……近いうちに小屋を作らせよう。それまでは城内の部屋で我慢してくれ」

「分かりました。もちろん新しく作る小屋は城の外――城下町に作るのですよね？」

「……はぃ？」

父様が「なんでそうなるの!?」といった顔で私を見つめてくる。分かり易すぎだし取り乱しすぎ。この人本当に美濃のマムシなのだろうか？　同姓同名の別人じゃない？

「父様はおっしゃいました。治癒魔法をいずれは斎藤の一族や家臣だけではなく、城下の者にも教えてやってほしいと。無関係の人間を稲葉山城に入れるわけにもいきませんし、となると城下町に小屋を作るしかないのでは？」

「……いや、別に城に招き入れても……」

「防衛施設である城。しかも美濃における最重要拠点かつ斎藤家にとっての最後の砦がこの稲葉山城でしょう？　そう簡単に第三者を招き入れてはいけませんよ」

城の縄張りは軍事機密。部外者には絶対に知られてはいけないものなのだ。

「……じょ、城下町は危険が多い。帰蝶を行かせるわけには……」

「そのために護衛の光秀さんがいるのでしょう？　それに、父様を暗殺しようとした足軽たちを私が排除したことをお忘れですか？　私、これでも結構強いですよ？」

なにせ魔法だけじゃなく、師匠から「銀髪美少女剣士って格好いいよね！」というどうしようもない理由で剣術も叩き込まれたし。攻撃魔法による遠距離戦から接近戦までこなせるハイスペック美少女なのだ私は。

父様がどこか面白くなさそうにそっぽを向く。

「……帰蝶が城下に行ったら、親子として話す時間も減ってしまうではないか」

もしかしてそれが本音ですか？　あなた本当に美濃のマムシですか？

「そもそも父様は忙しくて日中はそんな時間も取れないでしょう？　その間に城下へ行っても問題はないはずです」

「ぬぅ」

「大丈夫ですよ。夜には帰ってきますから」

「夜はいかん。夕方、いや日が傾きはじめたら帰ってきなさい」

日が傾きはじめたらって、それ、午後になったらってことじゃありません？　思春期の娘を持った父親か。……いやまさに思春期の娘を持った父親なのか。

『あなたの思春期はとっくの昔に過ぎ去っているでしょうが』

見た目はまだまだ思春期なので、問題ありません。

「では正午過ぎたら帰ってきますわ。それでいいでしょう？」

「…………、…………分かった。城下に小屋を準備させよう」

「ありがとうございます。もちろん、すぐに作ってくださるのですよね？　わざと建設を遅らせるのなんてダメですよ？　私、仕事の遅い男性は嫌いです」

「…………………………も、もちろんだとも。すぐに準備させようじゃないか」

　このマムシ、娘バカすぎである。

　父様の部屋を辞してからプリちゃんと相談だ。

「ねぇプリちゃん。父様って娘バカすぎない？　美濃のマムシってもっと狡猾で、陰険で、卑怯卑劣な人間のクズだと思っていたのに」

『道三が聞いたらショックで死にそうですから気をつけてくださいね』

　プリちゃんがやれやれと肩をすくめた、ような気がした。

『信長公記における道三は、もちろんマムシらしい逸話もありますが……意外と面白いというか、愉快というか、ちょっとアレな描写もありますね』

「ほうほう？」

『たとえば道三と信長が初めて対面したことで有名な正徳寺の会見ですが、道三は信長を驚かせて笑ってやろうとします』

「……うん？」

　暗殺とかじゃなくて？

『道三は古老の人７００～８００人に折り目正しい服装をさせ、御堂の縁に並んで座らせました。そしてそこを信長が通るように仕向けて驚かせてやろうとしたらしいですね』

「そりゃ正装した人間が何百人も並んでたら驚くだろうけど……やってることが子供だ……権力と

金を持った子供だ……」

『そして普段の「かぶき者」な格好から正装に着替えた信長に逆に驚かされると。こちらは有名な逸話ですね』

「実は似たもの同士？」

『その時の道三は「苦虫をかみつぶしたような」様子で、「面白くなさそうな顔」をしていたと記されています』

「子供だなぁ……」

『信長も信長で、村木城を攻める際、居城である那古野《なごや》城を攻撃されるかもしれないからと道三に援軍を求めたのですが、一千の兵を率いて援軍にやって来た安藤守就《もりなり》に那古野城の城番（留守番）をさせて、信長は出陣してしまっています』

「……居城の留守を任せたの？　それ、城を乗っ取られるんじゃないの？」

『乗っ取られないんですよね、これが。信長が自ら陣中見舞いとして安藤守就の下に出向いた際も無事に帰していますし』

「美濃のマムシがねぇ」

『そして道三は信長の様子を毎日報告しろと家臣に命じて、報告を聞き終えたあとに「恐ろしい人物だな。隣国にいてほしくはない人物だ」と語ったそうです』

「なら暗殺すればいいのに……むしろ義理の息子を誇ってない？　親バカ？　義父バカなのか道三……」

『しかも自分は信長に援軍を寄越すくせに、自分が負けそうな戦には援軍を要請しない親バカっぷりです』

「義父バカだなぁ」

『と、まぁ、そんな人物なのですから、多少の娘バカであろうとも不思議ではないのでは？』

「……帰蝶《わたし》って結婚できるのかなぁ？」

なんか「娘が欲しければ儂を倒してからにしろ！」と叫ぶ父様の姿を幻視してしまう。いや戦国時代的にありえないけどね。

『史実では結婚していますね。ただ、この世界が我々の知っている歴史と同じ道を歩むかどうかは不透明ですが。実際に『帰蝶』が行方不明になっていますし。行方不明だったのですから信長との婚約の話も進んでいない可能性が高いです』

よく考えてみれば、それもそうか。

『それに、尾張から婚約の打診があっても素直に進むかどうか……。具体的に言うと道三が娘バカさを発揮して縁談をぶち壊しても不思議じゃありません』

「いやまぁ結婚するつもりなんてないし、それが政略結婚なら尚更だけど……そんな理由で結婚をぶち壊されるのもちょっと面白くないかもしれないなぁ」

思わずため息をついてしまう私だった。

父様が商人から屋敷を買い取ったらしい。光秀さんによると私が治癒術を教えるための『小屋』として使わせるつもりだとか。

「光秀さん。美濃国では商人の屋敷を『小屋』と呼ぶ習慣でもあるのですか？」

「……そんなわけないだろう？」

光秀さんも呆れ顔だった。いや父様に「仕事の遅い男性は嫌いです」と言い放ったのは私だけど、まさか屋敷を買い取るとは……。

まぁしかし買ってしまったものはしょうがない。私は光秀さんや数人の護衛を伴って稲葉山城の城下に行き、その『小屋』を見学することにした。まずは城を出て、城下町へ。

「お～、時代劇」

城下町で思わず声を漏らしてしまった私である。舗装されていない道に平屋建ての建物。地味な和服を着た人たちが歩いている。

屋根はもちろん瓦などではない板葺きで、重しのためか石が等間隔に載せられている。壁も木の板ですきま風が凄そうだ。

「じだいげき？」

「お気になさらず。独り言です」

光秀さんの背中を押して『小屋』への案内を促す。ちなみに歩きづらいので今日の服装は和服ではなく、元いた世界で着ていた洋服っぽい服だ。ブレザー型の上着とロングスカート、そして金糸の刺繍が入った黒のローブという魔術師の正装。そのせいか道行く人の視線を絶賛独占中な私である。

『格好もそうですが、何よりも銀髪赤目だからなのでは？』

「なるほど、私の美貌に目を奪われていると？　まさしく10人いれば10人が振り向く美少女だと？」

『美少女というより珍獣扱いでは？』

「解せぬ……」

そんなやり取りをしているうちに目的地へと到着。先ほど見た建物とは打って変わった立派な屋敷だ。周囲は土壁で覆われ、かなり広い庭付き。驚くべきことに瓦葺きだ。元所有者の羽振りの良さが察せられるというもの。

屋敷では複数の人が忙しく動き回っていた。どうやら家財道具や荷物などを運び出しているらしい。いかにもな引っ越し風景だ。

そんな引っ越し作業の陣頭指揮をしていた男性が私たちに気づいた。私を見て少し驚いた顔をしたあと、商人らしい笑顔を張り付けてこちらに近づいてくる。

白髪の交じった髪や深く刻まれた皺などから高齢であることは間違いないはずなのだけど、真っ直ぐに伸ばされた背筋や淀みない歩みによってどこか若々しさすら感じられた。

「これは明智様。本日はどのようなご用件で？」

しゃんと伸ばしていた背を曲げ、いかにも商人といった態度で光秀さんに挨拶をする。この時代

にも『揉み手』ってやっていたんだね。

「いやなに、帰蝶様が屋敷の様子を見たいとおっしゃってな」

いとこである光秀さんはいつも私の名前を呼び捨てにしているのだけど、他人の目があるせいか今日は様付けだった。

「おぉ、これはこれは。そうでありましたか。お初にお目にかかります姫様。手前、馬借を営んでおります生駒家宗《いこまいえむね》でございます。姫様におかれましては――」

家宗さんが「よいしょよいしょ」している間にプリちゃんが解説してくれる。

『馬借とは馬を貸す――つまりは輸送業ですね』

（なるほどつまりクロネコヤ○ト）

『だいぶ違いますが、まぁいいでしょう。しかし、生駒家宗ですか。資料によっては馬借を営んでいたとかやっていなかったとか馬借の護衛をやっていたとか伝わる人ですね』

（歴史って曖昧だなぁ）

『そして馬借と同時に商人もやっていた説があります。灰や油、あるいは武器弾薬。その商圏は尾張三河から飛騨にまで至ったとされています。もちろんここ美濃国も商圏ですね』

（ほうほう？　じゃあ鉄砲とか買えるかな？）

『お金はあるのですか？　鉄砲は1挺60万円とか250万円とかしたとされていますが。ちなみに種子島にやって来た際は1挺1億円ですね』

（むぅ、元いた世界の金貨はあるから……まずは両替商を捕まえないと）

『そもそも鉄砲を買ってどうするのですか、というツッコミはした方がいいですか？』

（ＨＡＨＡＨＡ、装備系の軍オタが貴重な戦国時代の、本物の鉄砲を手に入れられるチャンスをみすみす逃すとでも？）

『……ですよねー』

（そもそも戦国時代には日本国内に何十万という鉄砲が存在したと言われているのに、はっきりと戦国時代に作られたと断言できるものは意外と少なくてね――）

『あ、解説は結構です。興味ないので』

（ひどい!?　というか百科事典《プリニウス》なのに知識への興味がないのっていいの!?　あいでんてーが崩壊しない!?）

『アイデンティティーですね。見た目外国人なのですからそれくらい発音してください』

プリちゃんのツッコミとほぼ同時に家宗さんの『よいしょ』も終わりを告げた。

そんな彼に対して微笑《ほほえ》みかける。猫を三匹くらい被りながら。

「生駒様。今回は父様が無理強いしたようで申し訳ありません」

ほんとは頭を下げたいのだけど、姫様というのはそう簡単に頭を下げちゃいけないらしい。

「いえいえ、お気になさらず。こちらはあくまで別邸ですから。代金もいただきましたしね」

話を聞くとこの屋敷は美濃や飛騨で商取引をする際に拠点として使う屋敷だったらしい。父の代に見栄を張って大きな屋敷を作ったまではいいものの、それほど使わない上に維持費もかかるのでもう少し小さな屋敷にするかと考えていた矢先に父様から話があったのだとか。

そういうことなら気にしなくていいかぁと考えつつ、私はふと思いついて服の袖に手を突っ込んだ。そのまま空間収納《ストレージ》に接続し、元いた世界の国王陛下から大量にもらった金貨のうち1枚を取り出す。

わざわざ一度袖に腕を突っ込んでから空間収納《ストレージ》に接続したのは、空中から取り出すと無駄に驚かせてしまうから。父様や光秀さんの反応から学んだのだ。

と、わざわざ驚かせないよう気を遣ったのに、差し出された金貨を見て家宗さんは絶句していた。

「ひ、姫様、この金は一体？」

「ええ、生駒様に両替商の知り合いはいないかと思いまして」

「りょうがえしょう？」

『この時代は金屋や銀屋、替銭《かえせん》屋と言った方が伝わりやすいかもしれません』

プリちゃんから助言をもらったので言い直す。

「あ～、えぇっとですね。この金貨を永楽銭に交換したいのですが、そのような商いをしている知り合いはいますか？」

「き、金貨とは噂に聞く甲州金のようなものでしょうか？　て、手にとって確認してみてもよろしいですか？」

「どうぞ」

家宗さんは冷や汗を流しながら金貨を受け取り、まるで国宝を取り扱うかのような慎重さで金貨を観察していた。

「し、失礼ですがこの金――金貨ですか。どちらで手に入れられたので？」

「母から譲り受けたものですわ。生国で使われていたお金であるとか」

「なるほど……」

私の顔を数秒見つめてから納得する家宗さんだった。ホリの深さから母親が外国人であると察したらしい。

家宗さんは慌てた様子で「爺《じい》を呼べ！」と近くにいた人間に指示した。しばらくして家宗さんよりさらに白髪の多い老人がやって来る。

爺と呼ばれた男性に金貨を見せ、ひそひそ話をはじめる家宗さん。はて？　そんなに慌てるものだろうか？　金貨は貴重だけど、それでも日本円で5万円程度の価値だったはず。庶民ならともかくこれだけ大きな屋敷を買える商家なら驚くほどではないと思うのに……。

『……元いた世界ではどこかの誰かさんが金相場を暴落させましたからね』

（はっはっは、一体どこの超絶美少女のことだろうねー）

『ちなみにあの金貨は純度も高いですし、貴金属としての価値では20万円を超えるのでは？　1文100円で換算すると2貫文ですか』

（わぁお、ほんとに元いた世界だと金価格が暴落していたんだねー）

『誰かさんのせいで、ですね』

（一体誰のせいなんだ……きっと絶世の美少女に違いない……）

『そういうところです』

いつものやり取りをしている間に相談が終わったのか家宗さんが値段を提示してきた。

「そうですね、こちらにお売りいただけるのでしたら4貫文でいかがでしょう?」

「……4貫ですか?」

プリちゃん鑑定だと2貫なのに? 2倍ですよ2倍。

私としては「高すぎじゃない? 大丈夫?」という意味での疑問だったのに、家宗さんは逆の意味に受け取ったらしい。

「では、4貫と500文——いえ、5貫文で!」

なんだかこのままだとどんどん値段がつり上がっていくような気がする。

「あの、価値的には2貫文くらいだと思うのですが?」

「!? さ、さすがは姫様。ご慧眼感服いたします。ええ、確かに金の重さで見れば2貫程度だと思うのですが、何よりこれは細工が美しいですからな。2倍3倍の値を付けても惜しくはありません」

『あちらの世界は数百年に及ぶ金貨製造のノウハウがありますから。レリーフが芸術と見なされても不思議じゃないのかもしれません。比較対象になり得る甲州金はさほどの装飾は施されていませんし』

う~ん……。ちょっとした罪悪感。美術品としての価値も大量に流通したら低くなるだろうし、私の空間収納《ストレージ》には価値を低くできるほどの金貨が眠っているのだ。

「……では、2貫文でいいですわ」

「へ!?　いえ、そういうわけには……」

「金貨はまだまだありますから。あまり高く売ってしまうと罪悪感があります。あとは屋敷を無理やり買い上げてしまった罪滅ぼしといったところでしょうか?」

「し、しかし……」

「代わりと言ってはなんですが、欲しいものがあります。まだこの国では入手も難しいと思いますが、手に入れてはもらえませんか?　もちろん代金は別にお支払いします」

「そ、その商品とは?」

「——火縄銃を3挺。それと弾薬を」


——鶴山城。

稲葉山城から見て北方に位置するこの城の主、斎藤義龍は信頼できる家臣数人を集めて極秘の会議を行っていた。

斎藤義龍。斎藤道三の嫡男であり、母親は違うが帰蝶の兄に当たる人物だ。

義龍はまだ20代前半であるが、さすが『マムシ』の息子なだけはあり油断ならない顔つきをしている。戦国時代においては異常と言えるほどの高身長と恰幅の良さも相まって、戦う前から敵対の意志をくじかれかねない男である。

そんな義龍は仕切り直しとばかりに扇子を自らの膝に打ち付けた。

「して。本物の帰蝶なのか？」

「はっ、幼少期の帰蝶様を見たことがある者は間違いないと断言しております」

「ふむ……」

道三による帰蝶の紹介は突然のことであったため、鶴山城にいた義龍やその家臣たちは詳細を知らないままだ。

兄妹とはいえ、母親は違う。さらに言えばいずれは他家に嫁入りするのだから義龍に挨拶がないことも不思議というほどではない。むしろ妙な『情』を移さないためには会わないことが自然とすら言える。

「………」

義龍の脳裏には幼い頃に見た帰蝶の姿が映し出されていた。年は離れていたし母親が別という『壁』も存在したためそれほど交流があったわけではないが、まるでこの世には善人しかいないと言わんばかりの朗らかな笑顔が強く印象に残っている。

10年も前に行方不明となった帰蝶。それが今になって帰ってくるなどということがあるのだろうか？　義龍としては帰蝶が偽物ではないかと疑ってしまうが、しかし実物を見たことがある者は本人であると言う。

帰蝶は母親譲りの特徴的な外見をしていた。南蛮人譲りのホリが深い顔。この世のものとは思えぬ銀髪に、赤い瞳。そのような人間が二人も三人もいるとは考えられず、替え玉を用意することは不可能だろう。

（ならば、本物か？　……いや、ここで重要なのは真贋ではない。政略結婚に使える『駒』が一つ増えたことを重視するべきか）

斎藤家が今最も警戒するべきは尾張の織田弾正忠《だんじょうのじょう》信秀（信長父）だ。

しかし、信秀は最近病で臥せりがちだというし、長男は側室の子で支持基盤が弱い。さらに言えば正室の息子は『うつけ』であるという。そこに来ての先年の大敗だ。今であれば有利な条件で帰蝶を織田に嫁がせることも可能だろう。

（まずは信秀が支援する美濃守護・土岐頼芸の追放。そして尾張方についた長屋景興《ながやかげおき》や揖斐光親《いびみつちか》らへの後援をやめさせて……いや、父上であればその程度は考えておられるか）

義龍は今後の展開について頭を悩ませるが、強面の巨漢が押し黙っているとそれだけで場の空気は悪くなる。

重くなった雰囲気を打破するかのように家臣の一人が口を開いた。

「う、噂によりますと、帰蝶様は怪しげな術を使うようですな」

「……ほう？　詳しく話せ」

「はは、なんでも致命傷すら一瞬で治せると豪語しておられるとか」

「某は下働きの者を集めてお互いに斬り合いをさせているとの噂を」

「なんでも毎日のように下男を部屋に招いているとか」

「……ふん、怪しげな妖術を使い、下々の者に殺し合いをさせ、毎晩快楽にふけっておると？　そんな女を父上は娘として紹介したと？」

義龍の不愉快そうな顔を見て家臣たちの悪態も加速する。

「その様はまるで殷《いん》において国を傾けた妲己《だつき》がごとしと」

「大殿（道三）も帰蝶様の言いなりとなり、先日は商人に無実の罪をなすりつけて屋敷を召し上げたとか」

「城の金庫から金を持ち出し火縄銃を30挺も買い占めたとも」

「なんと、あのような音ばかり大きく役にも立たない武器を買い占めるなど無駄遣いにもほどがある」

「いずれ問い糾《ただ》さねばなりませぬな」

家臣たちは次々と帰蝶の悪評を口にするが、その多くは誤った情報だ。致命傷を治せることは事実だが、配下に斬り合いうんぬんは治癒術の練習のために小傷を作っているだけ。下男である権兵衛を部屋に招いていたのはあくまで治癒術を教えるため。商人の屋敷は双方納得の上で買い取ったもの。

火縄銃に至っては購入資金は帰蝶の自腹。買ったのも30挺ではなく3挺と、正しい情報は『火縄銃を買った』しかない。

しかし人の噂には尾ひれがつくのが常であり。その情報の正しさを見極める方法を義龍は有していなかった。

「ふむ……致命傷を治す、か」

事実であればそれでよし。うまく利用すればいいだけのこと。

もしも父上が怪しげな修験者か陰陽師あたりに騙されているとしても……それはそれでよし。妄言暴挙によって家臣の心が離れれば後々やりやすくなることだろう。

「帰蝶についてはしばらく静観しよう。妲己であればいずれ尻尾を出すだろう」

時の帝を操り国を傾けんとした九尾の狐がごとく。

義龍の言葉に家臣たちは深々と頭を下げた。


――同時刻。

道三は私室に光秀を呼び出していた。大名ともあろうものが自室に家臣を呼び寄せることなど滅多にないのだが、今の道三にそんなことを気にしている余裕はない。

「よいか光秀。屋敷の準備が終わった以上、これから帰蝶が城下に出かけることも増えるだろう」

「ははっ、万難を排し帰蝶殿をお守りする所存」

「そう、その通り。すべての難事は排除せねばならん」

そう言って道三は光秀に近づき、一本の太刀《たち》を差し出した。

「よいか光秀。帰蝶に近づく男がいれば斬れ。帰蝶に色目を使う男がいたら斬れ。帰蝶に――」

「――こ、」

この親バカ。と、口を突いて出そうになった言葉を光秀は何とか飲み込んだ。

「お、落ち着いてくだされ。そのようなことをしていては帰蝶様の評判に傷が付きます」

「む、それはいかん。ならば闇夜に乗じて処分せよ」

「帰蝶様が知れば悲しまれるでしょう。そのような命を下した殿をお嫌いに――」

「よいか光秀。半殺し。帰蝶に知られぬよう半殺し程度に抑えるのだ」

「…………、……御意に」

すべてを諦めた光秀は深々と頭を垂れるのであった。

後に明智光秀は織田信長と出会うことになるが、その時の様子を彼は『明智軍記』の中にこう書き残している。

――信長殿は噂通り破天荒な人物であったが、殿や帰蝶に比べると幾分か増し《マシ》であった。


なぜだかプリちゃんに呆れられている私である。

『火縄銃を買うのはまだ理解できますが、なぜ3挺も?』

「え？　鑑賞用、保存用、布教用だけど？」

『マンガやDVDじゃあるまいし……しかも値段を聞いていませんよね？　1挺1億円とかふっかけられたらどうするのですか？』

「い、いざとなったら錬金術で金を錬成しちゃうとか？」

自分でも忘れがちだけど、私、錬金術士。錬金できる錬金術士なのだ。

『そしてまた金相場を暴落させると？』

「いやー、金相場を暴落させるだなんてーとんだ悪党もいるものだねー」

プリちゃんの苦言を聞き流しつつ私は稲葉山城下の町に繰り出していた。生駒家宗さんの引っ越し作業が終わり、屋敷の引き渡し当日となったのだ。もちろん護衛として光秀さんほか数人が同行している。

家宗さんと定型文な挨拶をしてから屋敷の引き渡し。細かいことは父様がやってくれていたのですんなりと終わった。

家宗さんの先導で屋敷を案内してもらう。無意味なまでに広い庭を通って正面玄関から入るとかなり広めの土間がある。何かの作業場としても使えそう。

土間の右側、一段上がった場所はいわゆる板の間で、40畳ほどの広さがあった。たぶん得意先を招いた大宴会の会場としても使うのだろうけど、畳も座布団もないのでのんびりするのは難しそうだ。絶対お尻が痛くなるね。

板の間の真ん中辺りにあるのは囲炉裏。川魚を焼いたり鍋をつるして料理をしたら美味《おい》しそう。

『もうちょっとマシな感想は抱けないのですか？』

プリちゃんがなぜか呆れていた。解せぬ。

ちなみにトイレは室内になく、庭の隅。しかもボットンだった。水洗トイレなんてないのだから仕方ないけどさぁ……。内政チートを頑張って水洗トイレを作るしかないか？　ローマ帝国にもあったらしいからいける、はず。

『水洗トイレ開発に邁進する濃姫なんて見たくないですね……』

身も蓋もないことを言われてしまった。でも生活環境の改善は急務だよね。まずはトイレ。あと早急に何とかするべきは寝床か。この時代にはもちろんベッドなんてないし、布団すらない。なんと畳の上で眠っているのだ。もちろん寝心地は最悪。

元いた世界では研究中に寝落ちすることも多かったから床で寝るのは慣れているとはいえ、さすがに毎日となると憂鬱だ。なぜ人生の三分の一を固い畳の上で過ごさなければならないのか。

城下町で買えればそれが一番だけど……。

「へいプリちゃん。この時代に布団はないのかな？」

『ないでしょうね。貴族ですら畳の上で寝ていたとされる時代です。布団の中に入れるなら木綿でしょうか。木綿の栽培自体はされていたと思われますが、普及するのはよくて戦国末期じゃないでしょうか？』

今は１５４８年だったかな？　織田信長でさえ15歳くらい。戦国時代、しばらく末期にはならなそうだ。

「う～ん、木綿、木綿かぁ。木綿ってどうやって作るの？」

『綿の木の種子から作りますね』

「へ～。綿か。たしか硝酸と硫酸をあれこれして綿をあれこれすると無煙火薬である綿火薬が作れるよね。材料も何とかなるだろうし、そのうち作ろうかなぁ」

『なぜ木綿の原材料すら知らない人間が綿火薬の作り方を知っているのですか？』

「もちろん私が軍オタだからさ。うん、とにかく木綿か綿の木を入手すればいいのかな？　綿の木があれば大量生産できるだろうし」

　育て方なんて知らないけど、たぶんプリちゃんに聞けば答えてくれるはず。というか魔法で時を進めてしまえばぐんぐん育つだろうし。

　私がそんな予定を立てていると、生駒家宗さんにも聞こえてしまったらしい。一応小声で話していたのだけどね。やっぱり他の人がいるときは念話をしなきゃいけないか。

「おや？　木綿をご希望ですか？　三河か堺あたりから運んでくることもできますが」

　何に使うか教えてくれ、と家宗さんの目が語っていた。前世とか異世界《元いた世界》のことを教えるわけにはいかないのでそれっぽい話をでっち上げることにする。

「ええ。母の故郷では布袋に木綿を詰めて、寝具として使っていたようなので。畳よりもはるかに安らかな眠りを得ることができるとか」

「……詳しくお話を伺ってもよろしいですか？」

　家宗さんの目が光っている。商機を嗅ぎ分けたかな？

　布団の細かい作り方なんて知らなかったけど、まぁたぶんこんな感じだろうと思ったことを家宗さんに教えておいた。

「なるほど興味深いですな……。一度作ってみて、具合がいいようなら販売してもよろしいでしょうか？　もちろん上納金は納めさせていただきますので」

特許料みたいなものだろうか？　断る理由もないので了承しておいた。出来がいいようなら私が使うのに一つ売ってもらおう。私よりはいいものを作ってくれるだろうし。

ついでと言っては何だけど枕のことも教えておいた。この時代にも枕はあるけどね、かなり固いのだ。しかも高さがあって首が疲れるし。最近の私なんて枕なしで眠っているほど。異世界転移するときに寝具を持ってこなかったのは一生の不覚。

家宗さんの活躍に期待しつつ私たちは屋敷を一通り見て回った。全体的な感想としては、広い。床の間のある部屋の他にも大きめの部屋が四つもあり、納戸や屋根裏部屋まで存在していた。屋根裏部屋なんて実質的な二階相当の広さがあり、蚕だって育てられそうなほど。

治癒術の教室として使うだけなのはもったいないなぁ……。いっそのこと病院か薬局でも始めてしまおうかな？　そうすれば光秀さんたちは治癒魔法の実地訓練にもなるし、患者さんは助かるし、私は集めた治療費で火縄銃や名剣、名槍を買うことができる。これこそまさに近江商人の言う三方よしと。

『一方はどうしようもないほど欲望まみれな気がしますが』

プリちゃんのツッコミは聞き流した私であった。

病院というか治癒院での治療は回復魔法が使える光秀さんたちに頑張ってもらうとして。薬局を始めるにはまず材料となる薬草を集めなきゃだね。

幸いにして家宗さんには薬種商の知り合いがいるそうなので薬草の入手をお願いすることにした。

もちろん中間マージンは取られるけど、見ず知らずの私が出向くよりも知り合いに頼んだ方が売ってもらいやすいはずだ。

薬草はこの時代の日本にもありそうなものを注文したのだけど、今と昔では名前が違ったり薬草として認識されていなかったりしたので少しばかり苦労した。

自分で山に入って薬草探しをしてもいいけど……『姫様』な今の身分じゃ気楽に山へも行けないし、大量に入手するのも難しいので家宗さんが協力してくれたのは助かった。

……いい薬ができたときはぜひうちで専売を、と頼んできたのはさすが商人といったところか。

まぁとりあえず、近いうちに風邪薬や下痢止め、胃腸薬などの基本的な薬は作れるようになると思う。もちろん現代日本の薬ほどの効果は望めない、いわゆる漢方薬に近いものだ。それでも戦国時代なら革命的な薬になると思う。

そんなことを考えていると、プリちゃんが少し深刻な様子で問いかけてきた。

『ペニシリンなどの抗生物質はどうしますか？』

「う～ん……」

前世の経験から作れないことはないし、プリちゃんもそれが分かっているから尋ねてきたのだろう。でも……。

「作っても耐性菌が恐いかな。もっと医療水準が上がってからじゃないと、別の抗生物質が開発できないよね。もちろん耐性菌が生まれるまでは多くの人を救えるだろうけど……」

遠い未来。『歴史』より早く誕生した耐性菌のせいで本来抗生物質で救えるはずだった命が救えなくなるという場面も出てくるかもしれない。たとえば第二次大戦中の英国首相、チャーチルとか。今救える命と、未来に救われるはずの命。そもそも天秤に掛けられない問題だ。

どうすればいいのか。私には判断できなかった。

『……行方不明の帰蝶。正妻ではなく側室の子供である帰蝶。民のための善政を敷かんとする道三。すでに本来の歴史とは別の道を歩いているのですから、今さら歴史改変を気にしてもしょうがないのでは？』

それはそうだけどね。やっぱり救われるはずだった命が救えなくなることは避けたいかな。

薬は量産すればするだけ救える命は増える。でも、抗生物質は耐性菌という問題が付きまとうから……。

「……とりあえず研究機関の立ち上げかな。医療系の、パスツール研究所みたいな場所を作りたいよね」

ルイ・パスツール。パスツール研究所。

公衆衛生と消毒法確立への多大なる影響。弱毒化細菌を用いたワクチンと予防接種の開発。結核ワクチンの開発など。彼と彼の設立した研究所が人類医学にもたらした影響は計り知れない。

彼が生まれたのは１８２２年。そして今は１５４８年。

もしも今からパスツール研究所のような場所を設立できれば……多くの英雄、幾多の秀才、数多の凡人を救うことができるはず。

私には知識があり、経験がある。

ならばそれを広めなければならない。

「まぁ、まずはちゃんとした医学を広めないとかな。基本を知らなければ発展させることもできないし」

場合によっては人体解剖も覚悟しなきゃいけないかもしれないね。

『どんどんやるべきことが増えていきますね』

「なぜか医療関係でね。私、専門は軍オタなんだけどなぁ。火縄銃を改造してライフルとか後装式銃とか作ってみたいのに……後装式ライフリング火縄銃とか浪漫の塊なのに……」

『こちらの方が平和でいいじゃないですか』

くすくすと笑うプリちゃんだった。親友が楽しそうで何よりだよ。


数日後。とりあえず現時点で入荷できた薬草を家宗さんが届けてくれた。代金の支払いは死蔵しまくっている例の金貨。薬を作って売れば今度から永楽銭で払えるようになるでしょう。

『この時代には質の悪い鐚銭《びたせん》などもありますから、同じ永楽銭でも価値が違うので代金の受け取り時や支払時には注意が必要かと』

「あ〜、びた一文ってやつか。分からないからプリちゃんにお任せしよう」

私ができること――薬草の処理をすることにする。

乾燥が必要なものは風魔法で乾燥させてすぐに使えるようにしておく。こういうとき魔法って便利だなぁとつくづく思う。機械と違って乾燥させすぎるってこともないし。

ただ、風魔法は適性持ちが少ないので、人を雇っての量産を考えるなら自然乾燥のやり方を教えなきゃダメだろう。

ちなみに漢方の原料を生薬と呼ぶけど、生のまま使うわけではなく長期保存できるように天日干しなどの加工をするのがほとんどだ。

「え～っと、白芷《ビャクシ》、羌活《キョウカツ》、防風《ボウフウ》に……」

納品書と実物を見比べながら順次加工。ときどき質の悪いものも交じっていたので弾いておく。あとで家宗さんを通じて文句を言っておこう。そうすれば次からはいいものを送ってくるでしょう。こういうのは「どうせ分からないだろう」と舐められたら終わりだ。

一通り加工作業が終わったあと、私は家宗さんから譲ってもらった紙袋を開けた。中に入っているのはこの時代の薬だ。同封されていた説明書を読む。

「なになに？　菩薩様が教えてくれた気つけ薬に、滋養強壮に効果がある水飴、腹痛や小児の虫などに効く薬……？」

胡散臭さ盛りだくさんである。菩薩様うんぬんは権威付けとして納得するとしても、小児の虫って何やねん。

『いわゆる疳《かん》の虫ですね。といいますか奇応丸は現代日本でも販売されていたはずですが』

「あぁ、奇応丸のことか。商品名が書かれてなかったから分からなかったよ」

『この時代の薬は秘伝ですからね。わざわざ商品名を書いて渡すこともしないのでしょう』

「ふ～ん。……現代のものと成分は一緒なのかな？」

ちょっと気になったので便利スキル：鑑定眼《アプレイゼル》で奇応丸を鑑定した私である。

「うわ、古いっ」

何年前に作ったのさこれ？

作製から時間が経過しすぎていて有効成分が抜けてしまっている。多少は効くだろうけど……これだけ古いとお腹を壊す可能性の方が高そうな気が。

『この時代の薬の値段からしても、少し古くなったくらいで捨てるという発想はないでしょうね』

「それでお腹《なか》を壊したら意味ないでしょうに……」

これから作る薬には消費期限を明記しよう。固く決意した私であった。

とりあえず家宗さんが近辺で商取引をしている間に常備薬として使えそうな風邪薬と下痢止め、胃腸薬、あと湿布代わりとして軟膏をいくつか作って渡しておいた。実際に使ってみて効果が実感できたなら注文も入るようになるでしょう。


生駒家宗さんの仕事は速く、数日で布団の試作は完成した。

このままで問題ないと判断したのか、さっそく三河に人をやって原材料（木綿）の確保に乗り出したみたい。

ただ、この時代だと三河でもそんなに量を作っていないらしく、いきなりの大量生産は難しいのだとか。

なので、庶民向けにはもっと安価な藁やら枯れ草やらを詰め込んだものを量産するつもりらしい。

それ、めっちゃチクチクするんじゃないのかなぁとか、虫とか大量発生しそうだなぁとは思うのだけど……さすが戦国時代。そんな細かいことを気にする人はいないだろうとのこと。

『貴族は畳の上で眠れましたが、庶民は藁を床に敷き詰めて寝ていたり、『箱床』という箱の中に藁を敷き詰めたものをベッドのように使っていたとされています。海の近いところでは綿の代わりに海藻も使っていたとか』

日本人の寝床にも詳しいらしい。凄いなプリちゃん。

まぁとにかく。生駒家宗さんとしては木綿のお布団を高級品として扱いたいらしく、その一環としてお偉いさんへの贈答品としても使うつもりであり……何を隠そう、試作品の一つはすでに父様(斎藤道三)に送られたのだとか。

あとは尾張の織田信秀《のぶひで》にも送る予定みたい。

——織田弾正忠《だんじょうのじょう》信秀。

織田信長の父親、らしい。私はよく知らないけれど。

この時代の斎藤と織田は敵同士だというのに、生駒家宗さんは構わず両方にいい顔をしているみたい。まぁ尾張と美濃で活躍しているから当然と言えば当然なのだけど、商魂たくましいというか何というか。

もちろん、贈答品として使っているお布団は家宗さんの買い取りという形になるので私の懐に上納金がチャリンチャリーンと入ってくるって寸法だ。大した金額にはならないとはいえ、こういうのはきちんとしないとね。

『錬金術も使えるくせに、ケチくさい——ごほん、いちいち細かいことを気にする人ですね』

それ、言い直した意味がないんじゃないですかね？

尾張と美濃を中心として活躍する商人・生駒家宗は、新しく築城されたばかりの尾張末森城を訪れていた。織田弾正忠家から依頼された武器弾薬を納めるため。そして、織田弾正忠家当主・織田信秀に出来上がったばかりの『布団』を献上するためだ。

織田弾正忠信秀。

——織田信長の、父親である。

織田信秀は病身であり、最近は往年の覇気もすっかり衰えてしまった。もう長くはないだろう。と、そんな噂が各地に流れていた。

それが、どうであろう。家宗の前にいる弾正忠信秀はただ座っているだけなのに、こちらの息が詰まるような覇気を発しており……衰えたとか、長くはないという噂をその有り様で吹き飛ばしていた。

「其方《そなた》の持ってきた『布団』とやら、中々評判が良いらしいな？」

ククッ、と。何か裏がありそうな笑みを見せる信秀。

「…………」

おそらくはすべて知られているのだろうと察した家宗は、意を決してその事実を口にした。

「ははっ、美濃の斎藤帰蝶様のご協力もあり、完成した一品で御座《ござ》います」

家宗の発言に、信秀ではなく織田家家臣たちが反応した。

「斎藤帰蝶？」

「よもや、」

「斎藤道三の娘か!?」

答えにたどり着いた家臣らが激高する。

「家宗！　よりにもよってマムシの娘の手が入ったものを献上するなど！」

「何を仕込まれているか分かったものではない！」

「殿！　もしや毒でも混ぜられておるかもしれませぬ！」

家臣たちは次々に立ち上がり、

「――騒がしいぞ」

たった一言。

怒鳴ったわけでもない、平坦な声。だというのに家臣たちは例外なく押し黙り、沈黙がこの場を支配した。

そんな雰囲気の変化を気にも留めずに信秀が顎髭を撫でる。

「うむ、」

悩むような小さな声。

しかし家臣たちや家宗はまるで怒鳴られたように縮こまり次の発言を待つ。待つことしかできなかった。

「これで帰蝶とやらのことを黙っておるなら、たくらみがあるとして首でも刎ねてやるのだが……。さすがは儂と道三坊主を秤にかける男よ。よく鼻がきくことだ」

何がおかしいのかクックッと喉を鳴らす信秀。家宗としては自分の首が繋がったのか、未だ別離の危機にあるのかすらも分からない。ただただ背中に冷や汗が流れていく。

そんな家宗の様子を存分に楽しんだのか信秀は鷹揚に頷いた。

「儂の分だけではなく、奥（妻）や息子たちの分も準備するとは見上げた心掛け。家宗よ、感謝するぞ」

「……は、ははっ、有難きお言葉で御座います」

ようやっと一息つくことができた家宗は深々と頭を下げたのだった。

「――ほぅ！　これが『布団』というものか！」

床に敷かれた布団を見るなり、13～14歳くらいの少年が布団に飛び乗った。この時代にしては信じられぬほどの『ふかふか』さに感激し、そのまま左右に転がってみせる。

なんとも奇妙な少年だ。

それは草鞋《わらじ》を履いたまま布団に寝転がっている様子もそうであるが……何よりもその格好が奇妙である。

髪はいわゆるちょんまげで、萌黄色の紐で巻いてある。上着は薄い着物を半脱ぎにしていてだらしないし、袴の色も常軌を逸している。しかもその袴を膝の高さで切り取って『半ズボン』のようにしているのだから……まさしく、かぶき者と呼ぶに相応《ふさわ》しい身なりであった。

「わ、若様！　みっとものう御座います！　織田弾正忠家の嫡男として――」

見かねた傅役《もりやく》（教育係）の初老男性が苦言を呈するが、若様と呼ばれた少年はどこ吹く風だ。

「爺。そう固いことを言うな。おぬしも乗ってみろ。何とも言えぬ柔らかさであるぞ」

布団の柔らかさに感動しているのか、普段よりも口数の多い少年であった。

「い、いえ、それは大殿と若様に献上されたもので御座いますれば」

「相変わらず固いのぉ、爺は。……可成《よしなり》はどうじゃ？」

問いかけられた側近の青年は朗らかに笑ってやり過ごす。

「はは、平手《ひらて》殿に叱られますのでな。ご遠慮いたしましょう」

「で、あるか。いやしかし見事な一品よな。家宗め、武器だけではなくこのようなものまで売っておるのか」

「……その件に関しては面白い噂がありまして」

「噂とな？」

「ええ。なんでもその布団は、美濃のマムシの娘が作ったのだとか」

「マムシの娘？　それはまた、毒の塗られた針でも仕込まれていそうじゃな」

毒という可能性を口にしながら、布団から離れる様子のない少年であった。肝が据わっているのか、布団を気に入っただけか……。

「その帰蝶という女性《にょしょう》、『山姥』のような見た目をしておるとか」

「ほぅ！　マムシの娘は山姥であるか！」

なぜか目を輝かせる少年であった。

「逆に、誰もが息を呑む美しき少女であるという噂も」

「ほう？　うぅむ、噂など当てにならぬが、そこまで真逆だと気になってしまうな……」

「……斎藤帰蝶、気になりますか？」

そう問いかけたのは爺と呼ばれた傅役の男性。

「うむ！　気になるな！　一度でいいから会ってみたいものよ！」

「左様で御座いますか……」

傅役としては「ここまで興味を抱いたなら、政略結婚の話を進めてみるのも……」などと考えているし、少年としては「こっそり美濃まで出向いて見てみるか」と考えている。どうにも嚙み合わない二人であった。

派手に傾《かぶ》いた格好をした少年。

名を、織田三郎といった。

――後に、織田信長と呼ばれることになる少年である。

4　町歩き

最近の私は「治癒術の授業のため」と称して稲葉山城を出ることができるし、「治癒術の才能がある人を見つけるため」と嘯《うそぶ》いて城下町を散策することもできる。戦国大名の姫としては破格の対応だと思う。

しかし、もちろんというか何というか、護衛として光秀さん他数名が付いてくるので息苦しいことこの上ない。森に引きこもって数百年――ごほん、ちょーっと長い期間自由人をしていた私としてはもう少し気ままに町歩きをしたいのだ。

というわけで、のんびり一人歩きをすることにした。

まずは「薬を作るのでしばらく誰も部屋に入らないでください」とお願いして、私が出かけている間の人払いをする。製薬は各人・各家の秘伝とされるので特に怪しまれることはなかった。

そして念のため。事前に空間収納《ストレージ》に詰め込んでおいた土を使い、身代わりの人形を作っておくことにする。こうすれば誰かが部屋を覗いても誤魔化せるからね。

まずは空間収納《ストレージ》から土を取り出し、土属性魔法で『ゴーレム』を製造する。核とするのは魔力を溜めることのできる特殊な石・魔石だ。この世界にあるかどうか分からないので空間収納《ストレージ》に入っていたものを使う。

「――仏造りても魂入らず。精心込めれば魂入る」

呪文を唱えると土塊《つちくれ》が波打つように胎動し、数秒もしないうちに私そっくりのゴーレムとなった。

うんうん、我ながらいい出来だ。

『……土から作ったのに肌色や髪の色、瞳の色までも完璧に再現されているのはどういう理屈なのですか？』

考えるな、感じるんだ。

とりあえずゴーレムさんには薬草の整理や薬の作製などをお願いして、私は転移魔法で城下町へ遊びに――じゃなかった。道三の娘として必要な視察に出かけることにした。

『今さら取り繕わなくてもいいのでは？』

プリちゃんのツッコミは今日も絶好調でござった。


「……薬屋さんは見当たらないなぁ」

『そもそも庶民はあまり薬を使わなかったと聞きますしね』

この時代の薬にどんなものがあるか知りたかった私はしばらく城下をぶらぶらしてみたものの、薬局っぽい店はなし。なにやら無駄に注目を集めただけで終わっただけの気がする。やっぱり銀髪赤目の南蛮人顔は珍しいらしい。

『そういえば、この国において白子——いわゆるアルビノの人間は見世物小屋で見世物にされていたらしいですね』

「その情報は今必要なものなのかな？　人間、知らなくていいことってあると思うよ？」

『ちなみに古代日本には国津罪《くにつつみ》というものがありまして』

「うん？」

『その中では白人《しろひと》が罪人として制定されています。なんでも島流しにされてしまうとか』

「人間！　知らなくていいことってあると思うな！」

まったくもー、っとぷりぷりしながら町を歩いていると、『茶屋』の文字が目に入った。まさしく掘っ立てと呼ぶにふさわしい粗末な小屋。軒先に並べられた長椅子に座った商人らしき人がお茶とお餅を食べている。

ちょうどよく小腹も空いてきたし、家宗さんとの取引で得た永楽銭もたっぷりあるので小休止することにした。

『周りからこんなにも注目されているのに……やはり神経図太いですよね』

プリちゃんからの大絶賛を聞き流しつつ小屋の中に入る。

「すみませーん。お茶飲みたいのですけどー」

「はーい、いらっしゃ——」

振り向いた中年女性が私の姿を見て動きを止めた。たぶん店員さんだろう。戦国時代の庶民ってみんな痩せているイメージがあるけど彼女は中々に恰幅がいい。『かあちゃん』と呼びたくなる見た目だ。

店員さんはしばらく目をぱちくりさせたあと震える声で私に質問してきた。

「えっと、帰蝶様ですか?」

「ふっふっふ、違いますよ店員さん。今の私の名前は、胡蝶《こちょう》! 世を忍ぶ一般庶民なのです!」

ちなみに道三の娘は『帰蝶』という名前が有名だけど『胡蝶』じゃないかという説もあるらしい。byプリちゃん。

「………、……あぁ、はいはい、偉い人の道楽ってヤツだね。しかし噂よりずいぶんと愉快なお人じゃないか」

なにやらすべてを諦めたような目をする店員さんだった。解せぬ。

「こっちは礼儀なんてものは知らなくてね、姫様じゃない『胡蝶』なら多少無礼があってもいいのかね?」

「もちろんですとも。なにせ今の私はただの一般庶民☆胡蝶ですからね」

「………、……胡蝶ちゃんだね。あたしの名前は『津《つ》や』だ。よろしくね」

なにやら言いたいことをゴクリと飲み込んだような津やさんだった。

「うちは茶屋だけど簡単な飯も出している。餅の味噌焼きと湯漬けがオススメだよ」

「ほう、湯漬けとな?」

織田信長の好物として有名だけど実際に見たことがない食事、湯漬け。これは一度頼んでみるべきじゃないのかな!?

『……期待しているとがっかりしすぎて死ぬと思いますが』

がっかりで死ぬってどんな料理やねん。

プリちゃんにツッコミつつ湯漬けを頼むとすぐに出てきた。ほんとにすぐに。

お椀と漬け物。お椀の中にはお米――いや雑穀？　混ぜ物が多すぎてお米がほとんど見えないけど、まぁお米ということにしておく。それにお湯が掛けられていた。

お茶漬けではない。お湯だ。いかにも冷え冷えのご飯（という名の雑穀）にあまり温かくなさそうなお湯がぶちまけられている。

『そもそも湯漬けは保温機能のなかった時代に冷えて固くなったご飯を食べるための料理であったと考えられます。昔はお茶が高級品でしたのでお湯を使うのは必然でしょう。将軍や貴族の食べるものでしたら出汁が利いていたと記録されていますが、庶民が食べるものに出汁など望むべくもないはずです』

冷えたご飯にお湯。味付けはナッシング。漬け物が付いていることがせめてもの救いか。

言いたいことは多々あるけれど頼んでしまったものはしょうがない。食べ残してはもったいないオバケが出てしまう。私は意を決して湯漬けを食らい、食らい、箸を置いた。

うん、まっずい。

がっかりしすぎて死にそうだった。こんなものを好んでいたのか信長よ。味覚が死んでいるにもほどがある。もしキミと結婚する未来があったなら食生活を調教――じゃなくて改善しよう。

「……プリちゃん。私は大切なことを思い出したよ」

空になった茶碗の前で腕を組み、私はしんみりとした声を出した。

『はぁ、』

「初志貫徹。初心忘るべからず。人間、最初の謙虚さを忘れずに――」

『端的に言いますと？』

「味噌と醤油、あと白米が恋しいでござる」

『……この時代にも味噌はありますね。味噌があるのだから醤油も作れるでしょう。白米も食味は劣りますが存在しているはずです。ただし精米技術が未熟なのでそれを何とかしないといけませんが』

ため息をつきながらもちゃんと解説してくれるプリちゃんだった。素敵ー。結婚してー。

『あなたはちょっと……友達としては良くても結婚相手としては……』

真顔ならぬ真声で断られてしまった。解せぬ。こんなにも美少女だというのに。

『そういうところです』

こういうところらしい。

「う～む、となると病院と薬局が一段落したらお米作りと醤油造りかな？」

『数百年レベルの引きこもりとは思えない行動力ですね』

「数百年？　ハッハッハッ、何のことか分からないなー。なぜなら私は永遠の15歳だから！」

『…………』

プリちゃんの無言の圧力に押しつぶされそうな私だった。

店員の津やさんが暇そうにしていたので雑談することにする。お客さんも一人だけだし。

「そういえば、私のことを『噂より愉快』とか何とか言っていましたけど、私ってそんなに噂になっているんですか？」

「そうだねぇ。道三様が山姥を連れてきたとか、九尾の狐が化けて出たとか、夜な夜な男を部屋に連れ込んでいるとか、かね」

「それはひどい」

名誉毀損で訴えなければ。

『この時代にそんな法律はありませんが』

ボケに対して真面目に突っ込まれてしまった。

津やさんはとてもとても楽しそうな顔をしていた。これは、アレだ。近所の噂好きなオバサンと同じ顔をしている。いつの時代もどこの世界にもこういう人はいるものなのだ。

「いい噂は医術の達人であるとか、密教を究めて奇跡を起こすだとか、金払いがいいので『鴨』になりそうだ、とかかね」

おい最後。どこの商人だ。

商人で一番最初に思いつくのは生駒の家宗さんだけど、今となっては彼以外にも何人か商人と付き合いがあるので家宗さんではない。と、信じたいところ。いやまぁ鴨扱いでも欲しいものが手に入ればそれでいいのだけどね。ぐすん。

「で？　どこまで本当なんだい？」

「医術というか治癒術は習得してますね。魔法も使えますが、少なくとも密教じゃないですね。……金払いがいいのも事実ですかね」

「やっぱり銭もあるところにはあるんだねぇ。噂は聞いたことがあるけど、治癒術ってのはどんなものなんだい？」

「それはですね――」

説明しようとしていると店の奥、おそらくは調理場から大きな音が響いてきた。何かが割れる音に、大きなものが倒れる音。そして、うめき声が聞こえる気がする。

「あんた、どうしたんだい？」

津やさんが店の奥に引っ込み、すぐさま「あんた！　しっかりしなさい！」と緊迫した声が聞こえてくる。

騒ぎを聞きつけたのかお客さんや町の人たちも店の奥に視線を送っていた。

緊急事態っぽいので少し失礼して店の奥へと移動する。

割れた陶器。転がった桶。それらと一緒に中年男性が倒れていた。津やさんが身体を揺さぶるけど呻きしか返ってこない。

（痙攣。左半身のしびれ。ろれつも回っていない……脳梗塞かな？）

この時代ってそんなに贅沢な食事はできないだろうし、生活習慣病にはならなそうなものだけど。

『高塩分で、低蛋白、低脂肪食ですからね。健康的とは言えないでしょう。この時代の日本人は食事のたびに飲酒していたという記述もありますし』

プリちゃんの解説に納得しつつ、私は中年男性のすぐ近くに正座した。そのまま彼の頭を膝の上に乗せる。いわゆる膝枕だ。

戸惑う津やさんに微笑《ほほえ》みかけてから私は男性に治癒魔法を掛けた。血管が詰まる前まで時間を巻き戻すだけなので比較的簡単な治療だ。こういうところは西洋医学より優れていると思う。

逆に、何年もかけて病魔が進行した場合には治癒術での完治は難しいので一長一短だったりする。

簡単=余裕があるので、私は雷魔法の応用で神々しい光を周囲にまき散らしつつ風魔法で髪の毛を揺らめかせた。

『また無駄な演出を……』

プリちゃんが呆れている間に治療は終了。津やさんは目を見開いて驚愕し、男性は痛みが消えたのか安らかな顔をしている。

「え、えっと、夫は助かったのかい――ですか?」

津やさんがたどたどしい敬語で尋ねてきた。その様子に苦笑してしまう。

「今まで通りの口調でいいですよ。今さら敬語にされるのは寂しいです」

「そ、そうかい?」

「ご安心を。この人はもう大丈夫ですよ。ただ、不養生しているとまた再発してしまいますから、まずは食生活から変えないといけないですけど」

「しょ、しょくせいかつ?　それは一体何だい?」

「えぇっとですね――」

「あ、ちょっと待ってくれ。……ほら、あんた！　いつまで寝てるんだい！　あんたのことなんだからちゃんと起きて聞きな！」

べしべしと夫の身体を叩く津やさんだった。何という肝っ玉母ちゃん。治癒術だから問題はないけど、普通の病み上がりの人間にはもうちょっと優しくしてあげてほしいところだ。

津やさんからかなり強めの力で叩かれているのに夫さんは立ち上がる気配がない。それはつまり、私の膝の上に頭を乗せ続けているということで。

その鼻の下はだらしなく伸ばされていて、太ももの感触を楽しむかのように頭を左右に動かしている。

「おぉ、何という柔らかさ。これが涅槃《ねはん》か……」

「…………」

「…………」

氷点下の目で夫を見下ろす津やさんと私。これだから男ってヤツは……。

津やさんは無言のまま夫さんの胸元を掴み、乱暴に立ち上がらせた。そのまま彼の身体を支えるために寄り添う――ように見せかけて腕と足を夫さんの身体に複雑に絡ませた。

偶然か、必然か。その技の名前はコブラ・ツイスト。もちろんこの時代にそんな技も名前も生まれていないはずだけど、やり方が合っているならば相応の効果は生まれるものであり。

「いだ!?　痛だだだたたただだっ!?」

夫さんの絶叫が室内に響き渡った。私の膝は高いのだ。ざまぁみろ。

斎藤道三は私室にて茶を点《た》てていた。用意した茶碗は二つ。薄茶であるので回し飲みなどはしない。

一見すると室内には道三しかいないように思えるが、呼吸を落ち着けてから改めて部屋を見回すと他に二人の男性がいることに気がつくだろう。存在するのに意識しなければ視認すらできない。そのような非常識を平然とやってのけるからこその饗談《きょうだん》（忍者）であった。

「して。帰蝶の様子はどうだ？」

道三からの問いかけに饗談の一人が頭を下げた。身なりは貧乏牢人といった感じだが不自然なほど印象に残らない。

「はっ、帰蝶様は本日自室にて薬を作られていたご様子。拙者もこの目で確認いたしてございます。……されど、城下の者からは帰蝶様が茶屋の主人の病を治したとの報告が。帰蝶様の外見では見間違いはあり得ませぬし、一体どういうことなのか――」

「ふむ、まぁ深く考えるな。帰蝶の母親もよく分身しておったいいた」

「は、はぁ……？」

それでいいのだろうかと饗談の男は首をかしげたが、雇い主がいいと言うのだからいいのだろう。

正直、別の場所に同時に存在できるような『バケモノ』にはあまり関わりたくないのが本音である。彼は修行に修行を重ねて気配を消せるまでに至ったが、だからこそ帰蝶の非常識さには恐ろしさしか感じられない。

「女中からの報告は?」

「はっ、お言葉通り、帰蝶様の背中、右肩の辺りには三つ連なるホクロがあったとのこと」

「で、あろうな」

軽く目を閉じた道三は帰蝶と再会した直後のことを思い出していた。あのとき道三は嬉しさと驚きから帰蝶の顔を撫で回していたが、同時に前髪も掻き上げていた。……額の上の『古傷』を確認するために。

幼い頃の帰蝶は転んで岩に頭をぶつけ、額の上を深く切ったのだ。幸いにして髪に隠れる位置ではあったが、愛娘を心配した道三は何度も見舞いをし、何度も傷の確認をした。

帰蝶の傷痕は道三の記憶にあるものと同じだった。

銀色の髪。

赤い瞳。

母親そっくりの顔。

背中の特徴的なホクロ。

そして、額の上の古傷。

これだけの条件が揃えば疑いようがない。

彼女は間違いなく本物の帰蝶だ。

とっくの昔に確信を抱いていたというのに、それでも饗談に調べさせてしまう自分の疑り深さに苦笑してしまう道三であった。

「ふむ……」

帰蝶が城下に出ることに関しては問題ない。あれだけの足軽（暗殺者）を瞬時に排除した帰蝶だ、そこらの木っ端男にどうこうされるはずはないだろう。……帰蝶に近づく男を『処分』させようとするのはまた別の問題であるが。

そもそも母親にしても一カ所に留まるような人間ではなかったのだ。娘である帰蝶がおとなしく城に留まっているはずがない。

……勝手に抜け出すだろうとは思っていたが、まさか真っ正面から『マムシ』と掛け合い、やり込めて、午前中だけとはいえ城下への道を切り開くとは予想しなかったが。

どうやら帰蝶は母親の自由奔放さと父親の腹黒さを受け継いでしまったらしい。道三としては少々の心苦しさがあるが、それを誤魔化すようにもう一人の饗談に声を掛けた。

「――ヤツは口を割ったか？」

ヤツとは道三を裏切り光秀に致命傷を負わせた足軽連中のうちの一人だ。帰蝶のおかげで事なきを得たが、本来であれば光秀は死に、道三とて生き残るのは難しかっただろう。

かつての道三は、愛する妻と娘がいなくなった世界に執着などなかったし、それが油断に繋がったことも否定できない。

しかし、未来ある光秀をも巻き込んだことは許せない。

そして今の道三には帰蝶がいるのだ。まだまだ死ぬわけにはいかないし、邪魔者は徹底的に排除するのみ。

美濃のマムシ。

往年の威圧が戻ってきたのを感じ取ったのか饗談は少し震える声で道三からの問いに答えた。

「はっ、すんなりと吐きました。やはり首謀者は土岐頼芸であるとのこと」

土岐頼芸。美濃国の守護（国主）であり、道三の主君であった男。さらに言えば道三がここまで上り詰められたのは頼芸が引き立ててくれたからである。

しかし道三の瞳に憂いはない。

「……愚かな。大人しくしておれば命までは取らぬものを」

「消しますか？」

饗談の提案にしばし黙る道三。もはや頼芸を生かしておく理由はないが、今ここで謎の死を遂げれば道三が怪しまれるだろう。

ただでさえ頼芸の弟をはじめ、不審な死はすべて道三のせいにされてきたのだ。確かに思わぬ状況を利用したことは認めるが……これ以上悪名を広げては子供である帰蝶や義龍に悪影響が及ぶだろう。主人であり守護でもあった男の暗殺というのはそれほどに重いのだ。いくら下克上の世とはいえ……。

暗殺は難しい。

ならば、大義名分を得る必要がある。

それは絶対的な正義でなくともよい。他の人間が「そういうことならしょうがない」と納得できる程度の、言うなれば大義にすら至らぬ小義で十分だ。

「……噂を流せ」

「噂、ですか？」

「うむ。詳細はこの紙に記しておいた」

「……御意に」

「では下がれ」

道三が銭の入った小袋を投げ渡すと饗談二人は音もなく部屋から出て行った。

残されたのは道三と、手の付けられていない茶碗が二つ。

「……さすがに饗談を毒殺したりはしないのだがな」

たとえ雇い主であろうとも心を許しきらない。その用心深さを道三は気に入っていた。

何が楽しいのかくっくっくっと喉で笑う道三はどこからどう見ても『悪役』にしか見えなかった。


戦国時代に来てからしばらく経ち。津やさんのお店に足を延ばすのは日課になりつつあった。

まぁプリちゃんによると私の部屋に身代わりで残してきたゴーレムが怪しまれているようなので、

密かに抜け出すのはやめて、ここ数日は城下の屋敷で治癒術を教えたあとの小休止という体《てい》でお店を利用させてもらっている。

もちろん光秀さんたちが護衛で付いてきているけれど、別の食卓《テーブル》でお茶を飲んでいるから『護衛圧』は低めであり比較的のんびり過ごすことができている。

『いやずっと見つめられていますが。結構な圧力ですが。よくこんな状況でのんびりできますよね』

「ふふん、美少女が男性からの視線を独占してしまうのは必然なのさ」

『男性（護衛。道三の指示で既婚者&愛妻家ばかり）ですけどね』

ちなみに最近は出されたお茶をすぐに飲むことができるけど、初めて連れてきたときは毒見だなんだと騒がしかった。まぁ「私は毒程度では死にません」と言って納得させたけど。

『納得してしまえるあたり光秀さんたちもあなたの非常識さに慣れてきてしまいましたね。お可哀《かわい》想《そう》に』

なぜ同情されるのか。解せぬ。

首をかしげつつも今度毒検知の魔導具でも作ろうかなと考える私だった。父様は色々な人から恨まれているから必要でしょう。

魔導具の核となる魔石は空間収納《ストレージ》に在庫があるから父様用にはそれを使うとして、もしも量産するならどこかから魔石を採取しなければならないかな。

魔石とは『空気中や土中の魔素を吸収して変質した石』なので、空気中に魔素が含まれているこの世界でも存在すると思う。

……というか、前世にあったパワーストーンは石の中にため込まれた魔素によって何らかの魔法現象を起こしている可能性がある。魔力を操れる人間がいないから「何か効果がある気がする」で終わっているけれど、ちゃんと使えば立派な魔石として使えるはず。

次に生駒家宗さんと会ったら宝石とか鉱石を集めてもらおうかな。この時代でももう南蛮人はやって来ているみたいだし、うまくすれば海外製のパワーストーンも手に入るだろう。

今日は父様が悪巧み――じゃなかった、評定（会議）があるので稲葉山城を留守にしている。基本的に用事のある人は稲葉山城に来るのでかなり珍しい。

つまり、いつもは午前中で城に戻らなきゃいけないところを今日は午後まで遊んで――じゃなかった、道三の娘としての視察に費やすことができるのだ。

『その胡散臭い取り繕いは必須なのですか？』

建前は大切。古事記にもそう書いてある。

『そんな古事記、燃やしてしまえ』

焚書坑儒《ふんしょこうじゅ》とは過激なプリちゃんであった。

ちなみにお茶を飲み終わった光秀さんたちは「そろそろ戻りませんか？」と視線やら態度やらで

示してきたけど私はまったく、微塵も、これっぽっちも気づかなかった。残念なことである。

『こういうことでストレスがたまって本能寺の変に繋がるのですね』

縁起の悪いことは言わないでほしい。私と光秀さん、マブダチだから。無茶ぶりは信頼の証。多少迷惑を掛けても「帰蝶はしょうがないなぁ」と笑って許してくれるから。

『信長もそう思っていたのでしょうね』

縁起の悪い以下略。

私がプリちゃんといつも通りすぎるやり取りをしていると、店の奥の方からコンコンと音が響いてきた。誰かが裏口をノックしたらしい。……なにやら音の響いている場所が不自然なまでに低いような？

「ちょいとごめんよ」

津やさんがそう断りを入れてから裏口へと向かう。なんとなく眺めていると裏口が開けられ、扉の先には痩せこけた男性が座っていた。

そう、座って。

正確に言えば立つことができずに座り込んでいた。

戦国時代の庶民はボロを着ていることが多いけど、その男は戦国時代からしてみてもボロボロの服を着ていた。服というよりはボロ布を着ていると表現した方がいいかもしれない。

髪の毛は乱雑に肩口まで伸ばされ、しばらく洗っていないのか脂ぎっていた。

疲れからか目元は窪み、唇は荒れ、髭もだらしなく伸ばされている。

そして。下半身。

右足がなかった。

傷口には乱雑に古布が巻かれ、しばらく交換していないのか黒ずんだ血で染められていた。奇跡的に破傷風にはなっていないみたいだけど、いつ傷口から細菌が感染しても不思議ではない。

「………」

見ていられなくなった私は立ち上がり、男の下へと歩み寄った。当然のように光秀さんたちも付いてくる。

近づいてくる私を見て戸惑う片足の男性の様子はあえて無視して、傷口に治癒魔法を掛ける。

治癒魔法は時間系。傷口の時間を巻き戻して治療するという理屈だ。

だからこそ、腕を失ったりした場合は回復させることができない。『失われた腕』と『治った腕』の両方が存在したことになるから、という理屈らしい。切れた腕が残っていればくっつけられる＝繋がっていた時間まで巻き戻せるのだけどね。失われてしまうとダメなのだ。

いや、私なら何とかすることもできる。できるけど、それをやるにはかなりの大魔術を行使しなければならない。大量の魔力を使うし、手間も暇も掛かる。私は見ず知らずの人にそこまでやるほどの善人ではなかった。

でも、手間暇掛かるのは時間を巻き戻し、腕を完全に元通りにする場合の話。

逆に、傷口の時間を速めて、傷口がふさがったという状況に持って行くことは簡単にできる。失われた腕は戻らないけど、傷口が膿んだりすることもなくなる。

というわけで私は男性の傷口の時間を速め、傷口を完全に塞いでしまった。

「い、痛みが……？」

突如として苦痛が消えた男が傷口だった場所に巻かれていた古布を取り外した。つるつる、とまではいかないものの完全にふさがっていることは目視しただけで分かる。

彼の傷口を観察していると、着物の裾が不自然なほどに擦りきれていることに気がついた。

どうやら彼は這いずるようにして移動しているらしい。たしか山本勘助は義足だったというから、この時代にも義足はあるのだろう。付けていないのは経済的な理由かな？　いかにも困窮していそうだし。

『山本勘助は足が不自由だったとされていますが、義足かどうかはイマイチハッキリしませんね』

ハッキリしないんだ……。夢が壊された気分。片目義足の軍師とか超格好いいのに。

『はぁ……。義足とは意外と手間のかかるものですからね。切断面に被せるソケット式は長時間の使用で痛みや蒸れがありますし、切断面も意外と形状変化するようですから。戦国時代の人間にとっては「贅沢品」でしょう』

義足にまで詳しいのか。凄いなプリちゃん。

この時代は戦傷者とか多そうだし、試しに義足を作ってみようかなぁと考えていると、津やさんの夫・平助さん（通称：助平《すけべえ》さん）が大きめのお皿に料理を載せてやって来た。

いや料理と表現していいのかどうかは微妙なところか。野菜の皮や茎、葉っぱなどをごちゃ混ぜにして煮込んだだけのように見える。その脇に添えられているのはわずかばかりの雑穀米。

片足の男性がその料理を手づかみで食べている様子を眺めながら、私は津やさんの側に移動する。

困ったように笑いながら津やさんが片足の男性について教えてくれた。

「私の兄の子供なんだが、去年の尾張との戦で足を失ってね。見捨てるのは忍びないからこうしてお昼に残り物を渡しているんだ。ちゃんとした料理じゃないのが心苦しいけどね」

「いえいえ、庶民にとって野菜は貴重品と聞きます。本来なら野菜の皮や葉も一緒に使うべきところを、わざわざ彼のために残しているのでしょう？　しかもお米までありますし、津やさんの優しさを感じられる『料理』ですよ」

「……そう言われるとなんだかくすぐったいね」

苦笑する津やさん。その目元はいつもより垂れ下がっている気がする。

しかし、尾張との戦か。

ということは斎藤家か美濃のために戦ってくれたわけであり。このまま放っておくのも忍びないというのが正直なところ。私だって一応は『美濃の斎藤道三の娘』であるわけだし。

『斎藤家や美濃のためなどという大義で戦っている足軽や雑兵などごく少数なのでは？』

プリちゃんのツッコミは都合良く聞こえなかった。不思議だねー。

片足の男性が食べ終わる頃合いを見計らい、私は彼に声を掛けた。

「へい、そこのイケメンさん」

「は？　いけめん？」

首をかしげる片足男さんに構わず話を進める。

「あなた、名前は?」

「え?　あ……太助です」

「太助さんね。どうです?　うちで働きません?」

「……へ?」

「仕事は未定!　給金は永楽銭!　何だったら毎回の食事も付けちゃうよ!」

私の誘いに反応したのは太助さんではなく、光秀さんだった。太助さんに聞こえないようそっと耳打ちしてくる。

「帰蝶様。いけません」

光秀さんは仕事として護衛や小姓をやっているときは私を様付けで呼んでくるし敬語を使ってくるのだ。

「え〜?　いいじゃん別に〜。ちゃんと私のポケットマネー——自腹で払うから〜」

「一人を救えば、他の人間が集まってきます。彼を救ったのだから自分も救ってくれと。腕や足を失い働けなくなった戦傷者がどれだけの数になるかなど予想すらできません。彼らをすべて救う覚悟がないのなら、やめなさい」

この時代には廃兵院なんてないだろうし、障害年金もないはず。常識から考えて戦傷者を救うことなんてありえないのだろう。

そもそも健常な人間でも餓死するのがこの時代だ。働ける人間を優先させ、戦傷者を切り捨ててしまうのは致し方ないのかもしれない。

まぁでも。何とかなるんじゃないのかな？

たとえ何とかならなくても、その時は何とかすればいいだけのこと。

だって、ここでこうして出会ったからには〝縁〟があるはずなのだから。その縁は大切にしないとね。

「光秀さん。あなたには私の師匠の言葉を贈りましょう」

「……なんですか？」

「難しいことは明日考えればいい！」

「……明日になっても問題は解決しないが？」

敬語が吹き飛んでいますわよ光秀さん。

「師匠はこうも言っていました。明日になれば、見かねた誰かが助けてくれるかもしれない」

ちなみに師匠の言う「見かねた誰か」とはだいたい私のことだった。解せぬ。

「……叶うことなら、帰蝶の師匠とはじっっっくりとお話をしたいものだな」

「やめた方がいいですね。私程度にすら振り回されているのですから、師匠を相手にしたら精神が崩壊しますよ？」

「一体どんな師匠――帰蝶？　こちらを振り回しているという自覚はあるのか？」

「自覚しているからこそ自重もしているのですよ？」

「できればもう少し、いやもっと自重してほしいのだがな……」

光秀さんは深い深いため息と共にすべてを諦めたらしい。彼が諦めればもはや抵抗する人間もいないので、片足の太助さんは私が雇うことになった。

とりあえず、片足の太助さんは城下町の屋敷に住んでもらうことにした。治癒術の授業をしているあのデカい屋敷ね。

授業で使わないときにはずっと空き家になっているのが気になっていたんだよね。盗まれるようなものはないけど、泥棒に入られたら気分が悪いもの。

……と、いうのは太助さんに住処《すみか》を提供する言い訳だったりする。だって屋敷の護衛だけなら給料いらず・休憩いらずのゴーレムさんに任せればいいだけだし。

魔石を核にすれば作製時以外に魔力を消費することもないし、そこらの盗賊には負けない強さもある。

まぁとにかく太助さんにはしばらく警備員と管理人という形で屋敷に住んでもらうことになった。

美濃の石工に注文した薬研《やげん》（薬草をすりつぶしたり粉にしたりする道具）が届いたら漢方薬の作り方を教え込んでみようかな。あれ、意外と力仕事なんだよね。

このまま警備員をやってもらうにしろ、薬を作ってもらうにしろ、片足がないままでは不便なはず。

さすがの私も失われた足を生やすのは面倒くさ――――じゃなくて、難しいので、義足を作ってみることにする。

義足の基本的な知識はプリちゃんから教えてもらえるとはいえ、それを形にする技術はないので光秀さんや護衛の人たちに職人さんを紹介してもらった。

切断部と義足を繋ぐ『ソケット』部分は鎧《よろい》作りの職人さんに。義足部分は頑丈さと軽さを考えて竹細工の職人さんに協力してもらうことにした。

鎧の頬当ては結構複雑な形状かつ頬と顎にくっつくように作られているからソケットの形も再現できそうだし、前世で竹を使った義足の記事を読んだことがあるのでたぶん何とかなるでしょう。


フローレンス・ナイチンゲールは偉大な人だ。

彼女は衛生管理を徹底し、一時期は42％にまで上昇した兵舎病院の死亡率を5％にまで低下させた。彼女がいたからこそ戦場から生きて帰れる人間が増えたのだ。尊敬しかできない。

ただし、問題がないわけではなかった。

生還者が増えるということは、恩給（障害年金）の対象者が増えるわけで。その分国家の財政は圧迫されてしまうのだ。

まぁ何が言いたいかというと、私は財政担当者の気持ちが痛いほどよく分かっていた。

今。屋敷の庭には十数人の男性が集まっていた。片腕がなかったり片足を失っていたり。中には両足を逸失している人もいた。一見すると四肢が健在の人でも腕を動かしづらそうにしていたりする。

「Ｈｅｙ、光秀さん。彼らは一体どうしたんです？」

「へ、へい……？　もちろん、帰蝶の噂を聞きつけて集まってきた戦傷者たちだ」

「多くない？　そして早くない？」

「多くはないし早くもない。今日だからまだこの程度で済んでいるのだ。日が経つにつれ集まってくる人間は増え続けるだろう」

「なるほど、つまり早急にお金儲け《生活の保障》をしなきゃいけない、と」

「……今ならまだ追い返すこともできるが？」

「光秀さんが何を言っているか理解できないナー。日本語って難しいですネー」

胡散臭い外国人のように肩をすくめていると光秀さんが諦めたようにため息をついた。ストレスをため込んで本能寺の変を起こされても困るので今度肩でも揉んであげよう。

それはまぁ今夜にでもやるとして。手元に残った永楽銭を護衛の一人に持たせ、津やさんへの使者をお願いした。とりあえず数日分のご飯をお願いしよう。


その日の夜。

父様に呼び出された私は簡単に状況を説明した。

「やはり私の抑えきれない魅力が彼らを引き寄せてしまったのではないかと」

「うむ、帰蝶の魅力であれば致し方なし、か」

側で控えていた光秀さんが「この親子は……」と呆れていたような気がするけど、きっと気のせいだ。

「して。これからどうするのだ？　いくら帰蝶が美少女でも、見ているだけでは腹は満たされんぞ？」

「しばらくは私が養いましょう。いずれは薬作りなど手伝ってもらえればと。お酒を造るのもいいですね」

お酒は普通に売ってもいいし、ちょっと手を加えて消毒液を作ってもいい。問題は戦国時代が恒常的な食糧難ってところか。お酒造りに使えるほどお米に余裕はなさそう。

そう考えると消毒液はコークス製造のついでに石炭酸《フェノール》を作った方がいいかもね。なにせ世界初の無菌外科手術に使用されていた由緒正しい消毒液だ。

でも損傷皮膚に使うと中毒症状を起こすかもしれないんだっけ？　そうなるとやはりお酒からエタノールを作った方がいいのか……。

私が頭の中で今後の予定を立てていると父様が納得したように頷いた。

「……なるほど。ヤツらは日々の食事にすら難儀していたところを帰蝶に救われた形となる。普通に金で雇うよりは忠誠心が高く、薬の配合などをよそに漏らす可能性が低くなるか。そこまで考えているとはさすが我が娘よな」

いやそこまで考えてませんが？　息を吐くように謀略しちゃうあなたと一緒にしないでいただきたい。

私としては声高に異議を唱えたいところだったのに、光秀さんは「やはり殿の娘か……」と心底納得したような顔をしていた。解せぬ。

人を養うにはお金が必要だ。

私はかなり有能（自画自賛）だから元いた世界で稼いだ金貨を使ってもいいし、手っ取り早く錬金術で金を作ってもいい。

ただ、いくら有り余っているとはいえ金貨はいつか底を突くし、錬金術をやりすぎると金相場が暴落してしまう。近いうちに定期的な収入が得られるよう考えないといけないかな。

でも、今は緊急時なので遠慮なく金貨を使うことにした。

まずは永楽銭に換金しないといけないので、堺まで行った生駒家宗さんが戻ってくるのを待つか他の商人に両替してもらうことにする。

最近は家宗さんがいなかったので他の商人とも付き合いがあるし、信頼できる人に金貨を両替してもらうのもいいかもしれないね。

そんなことを考えているとタイミングよく家宗さんが訪ねてきた。

伴っていたのは二人の男性。服装からしてたぶん商人だろう。

一人はまだ元服を迎えたかどうかくらいの少年。なにやら私を見て目を輝かせている。

もう一人は20代後半くらいに見える男性。まだ若いのに数々の修羅場をくぐり抜けたかのような威圧感がある。服装は商人なのに武人っぽい。細長い桐箱を携えているのがちょっと気になるね。

家宗さんはまず少年の方を紹介してくれた。

「帰蝶様。こちらは堺で薬種問屋（医薬品卸業者）を営んでいる小西弥左衛門殿のご子息、隆佐《りゅうさ》殿です」

「お初にお目にかかります！　手前は小西隆佐！　本来は父上がご挨拶に参るところ、急病のため手前が名代を任されました！」

隆佐君の挨拶を聞いてプリちゃんが少し驚いている。

『……小西行長の父親ですね。行長は父親が薬種問屋を営んでいたとされていましたが、どうやら祖父も携わっていたようですね』

小西行長。私でも知ってるキリシタン大名だ。

『記録の上ではまだキリシタンではありませんが、後に妻や息子（小西行長）と同様に入信することとなります』

入信ね。言い方は悪いかもしれないけど、神様とかよく信じそうな子だ。

元気いっぱいな隆佐君の様子に苦笑しつつ家宗さんが話を進める。

「実は帰蝶様の薬を『小西党』が大変お気に召しておりましてな。これから末永いお付き合いを、とやってきたのです」

小西党というのは薬種業を生業《なりわい》とする一族らしい。生薬の収集販売や薬の販売まで手がけているのだとか。

「はぁ、薬を買っていただけるのは嬉しいですが……家宗さんのところでぜひ専売をという話じゃなかったでしたっけ？」

　いや私は誰に売ってもいいのだけど、家宗さんからしてみれば将来の利権を手放すようなものだ。

「ははは、帰蝶様の希望される薬草は特殊なものが多くてですな、うちだけで集めきるのは難しいのですよ。薬の販路も堺から西は小西党の方が広いですし、ならば堺より西は任せてしまった方がいいと思いましてな」

「なるほど」

　私が納得していると隆佐君がずいっと身を乗り出してきた。

「帰蝶様の薬は大変効果が高く父も驚いておりました！　ぜひ末永くお取引させていただきたく！」

　そう言って一枚の紙を差し出してくる。薬の名前と買い取り額だ。私が想定していたものよりかなり高い。送料こちら持ちでも納得できるほど。

「えっと、輸送費は？」

「こちらで持ちます」

「……堺の薬相場は知らないのですが、ずいぶんと高値ではないですか？」

「あれだけの効果があるのです。むしろ安すぎやしないかと不安なくらいでして。ご安心を。値段に関してはすでに家宗殿とは折り合いを付けています」

「……こちらとしてはもう少し安い方が助かるのですけど？」

「へ？　安くするのですか？」

キョトンとする隆佐君だった。まぁ普通は買い取り額を引き上げようと交渉するものだものね。むしろそれを見越して安めの値段設定をしたのかもしれない。

ただ、高くしすぎると売れ残るんじゃないかと不安になってしまう。こっちは戦傷者を養う必要があるのだから少し安くても定期的に買ってもらえる方がいい。

もちろんそんなことを口にしたら足元を見られそうなのでそれっぽい言い訳をひねり出す。

「薬とは安く大量に売らなければなりません。庶民の方でも手が届くくらいに。でなければ病気で亡くなる人がいつまで経っても減りませんから」

「……な、何と高潔な」

わなわなと震える隆佐君だった。口から出任せ、効果高すぎである。

そんな私の腹づもりなんて理解できるはずもなく隆佐君は涙まで流している。純粋な人だなぁ。

うん、その純粋さに免じて「美濃のマムシから薬師瑠璃光如来様が生まれたか！」という呟きは聞かなかったことにする。

「しかし帰蝶様。あまり安い値段では逆に売れないのです。高い値段は信頼の証。高価だからこそ効くだろうと客は考えるのです」

「そういうものですか。……では、しばらくはそちらの希望通りの値段で販売し、知名度が上がりましたら値下げしましょうか」

「……その場合ですと値下げした分こちらも買い取り額を下げなければなりませぬが」

構いませんと私が答えると「ありがたや、ありがたや」と両手を合わされてしまった。

拝まれると何とも微妙な気分になるので話題を変えることにする。

「と、ところで、御尊父様が病気とのことですが……」

「あぁはい、先日得意先から帰ってきたところ急に倒れまして。一命は取り留めたのですが左半身に麻痺が残ってしまったのです」

ふむ、脱水症状からの脳梗塞ってところだろうか？　私は安楽椅子探偵じゃないので断言はできないけど、まぁ問題ない。

上着のポケットに手を突っ込み、空間収納《ストレージ》に接続。ガラスビンを一つ取り出した。この前光秀さんの奥さんに使ったナノマシン・ポーションだ。

「な、何と美しいギヤマン！　帰蝶殿、それは……？」

「ポーションです」

「ぽーしょん？」

当然のことながらポーションでは伝わらなかった。現代人ならこれで説明完了なんだけど……。

さてどう説明したものかなと私が悩んでいると、

『……阿伽陀《アッキャダ》の方が分かり易いかと』

ほうほう？

プリちゃんの助言通りの名前を伝えると隆佐君は「やはり薬師瑠璃光如来様ですか！」と感激した様子だった。なんで？

『阿伽陀とは薬師瑠璃光如来――薬師如来が持っているとされる薬ですので。なんでも身体の病も心の病もすべて治すことができるのだとか』

嵌められた。なんで薬師如来扱いされなきゃならないのか。解せぬ。

ちなみにポーションだと心の病は治せない。そういうのは状態異常解除の魔法を掛けましょう。

『それで治せるのはあなたくらいだと思いますがね』

精神が異常な状態なのだから解除できるのが普通だと思うのに。解せぬ。

「ゴホン。御尊父様も半身に麻痺があっては何かとお辛いでしょう。今後もごひいきに、ということでこちらを差し上げます。この一本を飲み干せば病状も回復するはずです」

「よ、よろしいのですか？　ギヤマンだけでもかなり高価なものですが……」

「大丈夫ですよ。健康であることが一番ですから」

そう答えると隆佐君からまたもや拝まれてしまった。解せぬ。

それはともかく、小西隆佐君との交渉（拝まれてばかりだった気がするけど）が一区切り付いた後。生駒家宗さんはもう一人の男性を紹介してくれた。

「帰蝶様。こちら堺で主に武具を取り扱っております今井宗久《そうきゅう》殿です」

わぁお、今井宗久きた。私でも知っている有名人だ。あの千利休と並んで茶湯の天下三宗匠と称せられた人。つまりはトップ3。

宗久さんが畳に拳を突きゆっくりと頭を下げてきた。なんだかとっても武士っぽい。

『今井宗久は地侍の息子とも言われていますしね』

「お初にお目にかかります。手前は今井宗久と申す者。本日はご注文いただいた火縄銃3挺をお届けにまいりました」

あれ？　今井宗久が火縄銃を売っているのは分かるけど、家宗さんも武器商人だったよね？　なんでわざわざ堺から今井宗久を連れてきたのだろう？

『今井宗久は１５４８年頃には火薬の原料である硝石を買い占め独占的に販売していたそうですからね。他の武具ならともかく、火縄銃に関しては今井宗久を抜いて話を進めるのは難しいのでしょう』

プリちゃんの説明に納得しながら私は宗久さんに微笑みかけた。

「あら、そうでしたか。美濃くんだりまですみません」

「いえ、手前もかつては薬種を取り扱ったことがありまして。帰蝶様の薬にも興味があったものですから」

宗久さんが携えていた細長い桐箱、そのうちの一つを差し出してきた。どうやら開けていいようなので開封する。

中に入っていたのは火縄銃だった。作られたばかりなのか金属部分が光り輝いている。

銃身には流麗な銀象嵌《ぞうがん》が施されていて、目釘穴も周りが花形に装飾されている。地板にも波を思わせる彫刻が彫られていた。あと銃床にも唐草模様風の彫刻がしてある。

なんというか、高そうな火縄銃だった。実用品というよりは美術品のような。

まぁでも念願だった戦国時代産の火縄銃には間違いないわけであり。

「触ってみてもいいですか？」

「どうぞご自由に」

許可が出たので遠慮なく手に取った。まずは銃床の中に納められている槊杖《カルカ》という棒を取り出してみる。さすがにここまでは装飾されてはいなかった。

カルカを戻し、銃口から銃身内を覗き込む。もちろん安全のために銃身内が溶接されていることもない。わずかに光が差し込んでいるのはたぶん火道だろう。

銃口から目を離し、からくり部へと意識を向ける。火ぶたを開いて火皿を確認。火挟《ひばさみ》を持ち上げ、床尾を頬に当てる独特の構えを取る。

引き金を引くと火挟が火皿を叩く甲高い音が鳴った。

『……なぜそんなに手際がいいのですか？』

もちろん私が軍オタだからです。

さすがに実弾を発射したりはしないけど、動作は問題なさそうだ。

「いい火縄銃ですね。おいくらですか？」

私が問いかけると宗久さんは首を横に振った。

「残念ですが、お売りすることはできません」

「…………」

なんで!?　目の前に火縄銃があるのに買えないってどんな拷問!?　あ！　まさか発射手順に間違いがあった!?　くっ、さすが日本初の武器商人とも呼ばれる今井宗久！　手厳しいわね！

『少し落ち着いた方がよろしいかと』

プリちゃんの助言に従い深呼吸していると宗久さんが理由を説明してくれた。

「帰蝶様は美濃国の姫君でありますれば、火縄銃も実用性より装飾性を重視して選ばせていただきました。けれど帰蝶様の手つきは熟練兵のもの。それほどの腕前である帰蝶様に、そのような実戦向きではない火縄銃をお売りすることはできません」

頑固というか、こだわりが強いというか……。

「いえ、これはこれで素晴らしいものですし、せっかく美濃まで運んできていただいたのですから買い取りますよ。３本とも」

「お心遣い感謝いたします。ですが帰蝶様を読み間違えたのはおのれが失態。この３本は差し上げます。ですのでどうか、どうか今後火縄銃をお買い求めになる際は手前をご利用いただきたく。いかなる数であろうとも揃えてご覧に入れましょう」

そう言って残りの桐箱も差し出してくる宗久さん。あかん、断り切れる自信がない。こういう人は一度決めたことは中々曲げないと無駄に豊富な人生経験で学んだのだ。

でも火縄銃を三つも貰っておいて、はいサヨウナラというのも心苦しいし……。

「そうですね。では実戦向きの火縄銃をとりあえず10挺ほど購入したいのですが。訓練に使いたいので弾薬は多めにお願いします」

まだ火縄銃が来航したばかりであるこの時代。10挺という数を揃えるのはそう簡単なことではないはずなのだけど……。

「10挺ですか。必ずや揃えてご覧に入れましょう」

深々と頭を下げる宗久さんだった。


帰蝶の下を辞したあと。

宿泊先である生駒家宗の新たな屋敷に向かう道中、小西隆佐は目を輝かせながら口を開いた。

「いやぁ、帰蝶殿は噂に違わぬ、いや、噂以上に美しい御方でしたね！　きっと基督教《キリスト》の語る『天使』とは彼女のような存在なのでしょう！」

史実において敬虔な信徒になる彼もまだ基督教に入信していないし、しようと思うほど深くは関わっていない。だが、堺にはポルトガルの商人も寄港することから断片的な情報はすでに得ていた。

対する今井宗久もどこか嬉しそうな顔をしている。彼の場合は基本的に気むずかしそうな顔をしているのでよほど親しくはないと分からない程度ではあるのだが。

「帰蝶様のあの手つき、そして顔。火縄銃を愛おしんでいることが読み取れました。……しょせん武具など戦のための道具。しかし、どうせ売るなら大切に扱ってくれる人に売りたいものです」

今井宗久は早くから火縄銃に目を付け、堺においても硝石を独占的に取り扱っている。さらに最近では鍛冶職人を集めて火縄銃の量産・改良にも乗り出そうとしていた。

すべては火縄銃に未来を視たゆえ。そして、火縄銃を愛したがゆえ。

「末永い取引をしたいものですね」

「ええ、まったく」

帰蝶の銀髪赤目という外見は日本人離れしており、普通の商人であれば気後れするものだ。が、堺において南蛮人と接することもある彼らは「世界にはそういう人種もいるのだろう」と帰蝶のことをあっさりと受け入れていた。

そんな二人の様子を横目で見ながら、生駒家宗は偶然とはいえ帰蝶という人物と縁を結べた幸運に感謝するのだった。


1ヶ月ほど経ち。

堺に戻った小西隆佐は半身に麻痺が残る父・弥左衛門に『ポーション』を手渡した。周りにいた人間は阿伽陀《アッキャダ》などありえない、怪しすぎると止めたのだが、帰蝶の薬の効果をよく知っていた弥左衛門は迷うことなくポーションを飲み干した。

「お、おおぉぉお……!?」

まず驚きに目を見開いたのは弥左衛門。だんだんと、うまく動かなかったはずの手足に感覚が戻ってきたのだ。

夢ではないのかと肩を回したり足を折り曲げる弥左衛門を見て、周りの人間たちも騒然とする。

彼らは医者というわけではなかったが、職業柄医術にも造詣が深い。弥左衛門の半身が麻痺していたのは間違いないはずなのに、今、たしかに彼の手足は動いている。

麻痺を治す薬など薬種問屋を営む彼らでも見たことなどなかったし、これほどまでに劇的な変化を目の当たりにしては『阿伽陀』を信じるしかなかった。

「なんという効能！」

「まことに阿伽陀であったか!?」

「帰蝶殿は薬師瑠璃光如来の御遣いか!?」

「これはぜひ確保しなければ！」

「隆佐――いや！　ここは儂自ら美濃へ行くしかあるまい！」

騒ぎに騒ぐ小西一族をどこか遠い目で見つめながら、隆佐は小さく、されどハッキリとした声を出した。

「やはり帰蝶様こそが仏の化身であらせられたか」


『あなたはアホですか?』

プリちゃんから大絶賛されてしまった。照れるぜ。

『あなたはアホですね』

断言されてしまった。ちょっと泣きそう。

『なぜ火縄銃を10挺も買っているのですか？　しかもまた値段を聞かずに』

「の、ノリと勢いって大切かな～なんて」

『あなたはアホですね』

そろそろ泣くぞ？

まぁしかし後々10挺手に入ることだし、今回入手した火縄銃は贈り物として使うことにした。もちろん一つは私の手元に残すけど、残りのうち一つは父様に、もう一つは光秀さんに贈ってご機嫌取りをしておいた。本能寺ファイヤーされたら嫌だし。

父様は「娘からの初めての贈り物が火縄銃か……いや嬉しいのだが、もうちょっとこう……」と大歓喜していたし、光秀さんはオモチャを与えられた子犬のように目を輝かせていた。

『明智光秀の鉄砲の腕前は有名ですからね。朝倉義景の前で腕前を披露した際はまさしく百発百中。一説では堺で修行したとか、斎藤道三から習ったとかで』

明智のみっちゃん、色々とやりすぎである。

まぁとりあえず、喜んでくれたみたいなのでこれで本能寺フラグは薄まったでしょう。そうだと信じたい。

『そもそも困らせるような言動をしなければいいのでは？』

マグロは泳がなければ死んでしまうのです。

生駒家宗さんたちは商取引のために飛騨へ向かった。

今井宗久さんが飛驒に行くということで「まさか白川郷で硝石の量産を!?」と期待しちゃった私だけど、よく考えればこの時期だとまだ硝石（火薬の原料）の国産化はされていない。

硝石の作り方は何パターンか知っているし、火縄銃も買っちゃったので今度作ってみよう。ニオイがきついけどそこは風魔法で空気の流れを変えちゃえば問題なし。魔法って便利だね。

家宗さんたちは4日ほどで帰ってくるそうなので、それまでにできるだけの薬を作ってしまいましょう。

とりあえず、戦傷者の中で足を失った人は薬研を使って生薬をすりつぶしたり、簡単な加工をしてもらうことにした。座りながらの作業なので足が不自由でも何とかなるはず。義足に関しては職人さんと相談の最中だ。

片腕のない人は生薬を倉庫から運んできて薬研を使っている人の下へ運んだりする仕事を任せる。

他にも障害の程度によって薬を入れる紙袋を作ってもらったり山へ行って薬草を採ってきてもらったりといった仕事をお願いしてみると、何とか全員にそれっぽい仕事を与えることができた。

ちなみに薬研は本来なら石工あたりに注文するのだけど、今回は時間がないから河原で拾ってきた岩を風魔法でそれっぽく成形したものを使ってもらっている。

ただ、やはり使い勝手は悪いから金銭的な余裕ができたらちゃんとしたものを石工に作ってもらおうと思っている。

別に薬の製法を秘密にするつもりはなかったのだけど、父様から「戦傷者を雇い続けたいのなら秘密にした方がいいぞ」と助言された。薬の売り上げが減ったら戦傷者たちが困るので助言を受け入れることにする。
　というわけで現在の薬の製造は秘密保持も考えて、
・生薬を加工する人は1品種だけ担当する。
たとえば消炎・解熱などの作用がある黄芩《オウゴン》を加工する人は黄芩だけを加工し、附子《ブス》を加工する人は附子だけを担当するとか。
・各人が加工した生薬は調剤担当者たちの下へ集められ、調剤。
ちなみに調剤担当者は父様から派遣してもらった。信のおける人物ばかりらしい。
・乾燥などの加工が必要な場合は私が魔法で行う。
ただし家宗さんたちが4日後に戻ってくるための急ぎの処置であり、余裕があるときは自然乾燥させる予定。それ自体も仕事になるし。

　と、いう感じにしたところ、期せずして分業化っぽくなった現状である。一人で生薬を持ってきて、加工、また別の生薬を持ってきて加工、混ぜて固めて薬にして——とやるよりは効率的だけど、まぁケガのせいで思うように身体が動かない人も多いので生産性は普通と同じか少し劣る程度になっている。
　薬を作り始めた初日は薬研などの道具の使い方を教え込んだり生薬の加工方法を紙に書き記している間に終わってしまった。よく考えたら薬作ってない。

2日目からは実際に生薬を加工させてみて、とにかく練習。そして指導。

3日目になってやっと満足できる加工ができるようになり。4日目にはぼちぼちと薬が完成してきた。

『4日でここまで鍛え上げるとは……あなたって教え方がうまいのでしょうか？　いやしかし魔法の訓練は「ほぁああ！」でしたし、うまいわけじゃないですよね……』

なにやらプリちゃんが悩ましげにつぶやいていた。きっと私の優秀さを褒め称えているに違いない。

初心者が作った薬なのでちゃんと目的とした効能になっているか一応鑑定眼《アプレイゼル》で確認。売れないのが2割ってところだろうか？　原料の貴重さを思うと頭が痛いけどそのうち精度も上がってくるはず。

その日のうちに家宗さんたちは飛騨から帰ってきて、すでに薬の量産態勢を整えつつあることに目を丸くしていた。

どうせならより多くの薬を持ち帰りたいとのことだったので、家宗さんたちはもうしばらく美濃に滞在することになった。


とある夜。

明智光秀は自らの屋敷で貴重なエゴマ油を燃やしていた。この時代の夜は根本的に暗いものであり、夜の帳《とばり》が落ちたならば眠りにつくのが常識だ。その常識に打ち勝つためには高価な油を燃やして明かりとするしかない。

そんな貴重な明かりを灯しながら。光秀は白濁とした酒を啜っていた。この時代にも清酒らしきものは存在しているが、いまだ立身出世しているとは言いがたい光秀には手の届かない一品だ。

すぐ近くで酌をするのは妻である熙子。夫である光秀の様子をどこか楽しそうに、嬉しそうに見つめている。光秀はただ黙って酒を飲んでいるだけだというのに。

光秀の視線。その先にあるのは帰蝶から下賜された火縄銃がある。

明かりを反射して煌めく地金を眺めながら、光秀は火縄銃の元の持ち主に想いを馳せていた。

幼い頃。帰蝶と遊んだ記憶がある。

まぁ、帰蝶は名跡を継いだばかりとはいえ美濃守護代の娘。『遊ぶ』というよりは『付き従う』と表現する方が近かったのだが。

帰蝶はよく笑う娘だった。からからと。まるでこの世界には楽しいことしかないと言わんばかりに。

……10年ほど前。帰蝶が誘拐された末に行方不明となり。事情を知る者は帰蝶の生存は絶望的だと考えていた。帰蝶の生存を信じ、『療養』扱いにした道三もすっかり意気消沈してしまうほどに。

あの後。かつての道三から発せられていたマムシのような恐ろしさは身を潜めた。霧散したと言ってもいい。それが良いことなのか悪いことなのかは分からないが、もしも道三が『マムシ』のままだったとしたら……。美濃はきっと今よりも混迷を極めていたはずだ。

帰蝶という少女と共に『美濃のマムシ』から毒牙が消えた。

そして、帰蝶は帰ってきた。母親譲りの美貌に磨きをかけて。あのときの笑顔はそのままに。

光秀も帰蝶の探索に駆り出され、帰蝶が落ちた崖を何度も目にした。助かるはずのない高さ。最初はよく似た別人ではと疑ったものだ。

しかし、帰蝶の笑顔は記憶にあるものと同じであったし、何よりあのような『術』の使い手であれば生きて帰ることもできるだろう。

姫らしからぬ言動。なのは仕方がない。ここことは異なる世界で、異なる地位を生きてきたのだから。いきなり姫らしさを要求するのも酷というものだ。

事情が事情なので光秀としても基本的には好きなようにさせている。

けれど、小姓として、止めなければならないこともあった。その一つが戦傷者の保護だ。

たしかに戦傷者を養うのは尊いことだし、光秀としても美濃のために戦ってくれた者を見捨てるようなことはしたくない。

しかし、健常者ですら餓死しかねない現状において、戦傷者をどうにかする余裕などないのも事実なのだ。

善人が悲劇をどうにかしようとして、失敗し心を折られた場面を光秀も見たことがある。帰蝶にはそんな思いをしてほしくなかった。あの笑顔を曇らせたくはなかった。だからこそ光秀は止めたというのに……帰蝶は何とかしてしまった。

父道三の力を借りるでもなく。一方的に救うわけでもなく。職業を与え、賃金を支払い、あくまで雇用するという形で救済してみせた。

日々の食事。雨風を防げる住居。彼らの目には明日への希望があり、毎日を精力的に過ごしている。

……帰蝶はここで終わるだろうか？

彼らを救っただけで満足するだろうか？

光秀にはとてもそうとは思えなかった。

あのときの帰蝶の言葉を思い出す。

『難しいことは明日考えればいい！』

帰蝶は迷うことなく断言した。

『明日になれば、見かねた誰かが助けてくれるかもしれない』

思わず光秀が呆れたあと。彼女は続けた。

彼女の師匠の言葉を。

彼女自身の口から発した。

『私たちには「力」があります。たとえすべての人を救うことができなくとも、せめて、縁があった人くらいは助けてあげましょう』

そういうことなのだろう。

彼女がしきりに縁と口にするのは。

縁があった人を助けようとするのは。

師匠からの教えを。彼女自身の志としているからなのだ。

「……熙子」

光秀が酒を置き、居住まいを正しながら愛する妻と向き合った。

「はい」

熙子はどこか見守るような目。

「私は、仕えるべき主を見つけたよ」

美濃の元国主・土岐頼芸は自身が守護であることにばかり固執し、民のことを顧みない人物だった。

斎藤道三は民のことを思い、洪水被害や冷夏による不作の際には相応の対応を取っていた。他国においては『マムシ』と呼ばれ恐れられているようだが、少なくとも美濃の民にとっては良き国主だ。

できることならこのまま道三に仕えたいのが光秀の本音。だが、すでに高齢である道三は近々隠居するだろう。出家するとの噂もある。

となると次の主は斎藤義龍ということになるが……。

彼はマムシの息子と呼ぶにふさわしく深謀遠慮で抜け目がない。軍の指揮もうまいし国人への支配も申し分ない。

だが、民を顧みているかというと疑問を呈するしかない。もちろん今の段階での当主は道三であり、義龍が何らかの政策を主導できるわけではないが……。それでも、義龍の口から民のためになるような発言が出たことはない。

ならば、今現在も民のために行動している帰蝶に。実家の力を頼ることなく戦傷者を救ってみせた帰蝶に。――光秀は、仕えたいと思ったのだ。力になりたいと思ったのだ。

帰蝶が女であるとか、帰蝶についていっても出世が見込めないとか、そんなことは関係ない。

だが、もしかしたら妻に迷惑を掛けるかもしれない。だからこそ光秀は真っ先に熙子に話をしたのだ。熙子がたしなめるのなら、光秀としても諦めるしかない。

そんな光秀の想いを理解しているのだろう、

「私の顔を治してくれたから、仕えて恩を返さなければ、とでもお考えで？」

問うた熙子は笑みを浮かべている。

「それもある。だが、私個人の気持ちとして、お支えしたいと思ったのだ」

「ふふ、ならば道三様にお許しをもらいませんとね」

「……むぅ、殿は許してくださるだろうか？」

「妻に迎えたい、となれば絶対に許さないでしょうね。話を聞くだけでも帰蝶様を大切にしていることが分かりますし」

光秀は刀を差し出してきた道三の姿を思い出し、苦笑してしまった。近づいたり色目を使っただけの男すら斬らせようとしたのだ、娶《めと》りたいなどと口にすれば問答無用で斬り捨てられるだろう。

いやそもそもこの時代は親が結婚相手を決めるのが普通であり、自分から結婚相手を見つけることなどしないのだが。

苦笑いする光秀の様子を見て熙子もついつい笑ってしまう。

「ですが、二心なく仕えたいという気持ちが伝わればお許しいただけるでしょう」

「……真正面から頼むしかないか」

「それがよろしいかと」

光秀の奮戦を期待するかのように灯火が大きく揺らめいていた。


後日。

斎藤道三と明智光秀は道三の私室で向き合っていた。光秀の顔から深刻さを察した道三が人払いをした結果だ。

「……帰蝶に仕えたい、と？」

「はい」

「おぬしはいずれ明智家の当主となり、明知城の城主となるだろう。しかし、帰蝶に仕えるとなればその道も絶える。城持ちとなる未来を捨てる覚悟があるのか？」

「明智一族の長。明知城の城主。少し前の某であれば決して手放さなかったでしょう。しかし、今の某の目にはさほど魅力的には映りません」

「それほどの人物か」

「それほどの人物かと」

「……惜しいな。女性でなければ美濃を任せているところだ」

心底残念そうな道三。だが、光秀は首を横に振る。

「彼女であれば、そのような常識すら破壊するやもしれません」

「……で、あるか」

小さくつぶやいた道三は一本の酒を取り出した。

「光秀が明智の当主となったときに開けようと思っていた酒だ。少々早いが、今こそ飲むべきだろう」

そのような酒をすぐに取り出せたのだから、道三は今日このような話になると予想していたのだろう。

やはりこの人には敵わないな。光秀は苦笑しつつ琥珀色をした酒を楽しんだ。

5 運命の出会い

とある日。

光秀さんから挨拶があった。なんでも父様の家臣を辞めて、私の家臣になるらしい。

うん、せめて事前に相談してほしかったかなー？

というか、いつ嫁ぐか分からないお姫様に仕える戦国武将ってどうなのさ？　あれか？　夫が浮気したら浮気相手の家に光秀さんを攻め込ませればいいのか？　ホージョー・マサーコーみたいに。

『浮気された怒りが夫ではなく浮気相手に向かう。女って恐いですよね』

プリちゃんも性別は女性のはずなんだけどね。

「えっと、光秀さん。いいのですか？　私、土地とか与えられませんけど」

「覚悟の上だよ」

「……給料は永楽銭でのお支払いでいいですか？」

「いや私が勝手に仕えると決めたのだから――」

「いらない、というのはなしですよ。熙子さんを困らせたくはないので」

「…………」

愛する妻の名前を出されると抵抗できないのか光秀さんは永楽銭での雇用に納得してくれた。

とりあえず。プリちゃんから色々な物価や各職の年収を聞いた結果、光秀さんの月収は2貫（20万円）となった。光秀さんは年齢的に大学生か大卒くらいだろうし、初任給と考えればこのくらいでいいはず。

なのに光秀さんは戸惑っている。

「いや、いやいや貰いすぎだが？　私はまだ何の武功も立てていないのだが？」

「ご安心を。給料分は迷惑を掛けます——じゃなかった、働いてもらいますので」

「……お手柔らかに頼む」

なにやら「熙子のため、熙子のため……」と繰り返しつぶやく光秀さんだった。本能寺フラグが立った気がするのは気のせいだろうか？


お金がない。

ビックリするほどない。

いや薬の製造は順調だし、このまま行けば戦傷者だけじゃなく光秀さんも問題なく養っていけるだろう。

ただし、薬を美濃（岐阜県）から堺（大阪）まで持って行って、販売し、売り上げをまた美濃まで持ってくるという手順を経なければいけないのですぐにまとまったお金が手に入るわけではない。

これは作るしかないか……。銀行を。即座に売上金を引き出せるよう、美濃と堺に銀行を。

『また面倒くさいことを考えている……』

まるで私がしょっちゅう面倒くさいことを考えているような物言い、やめてもらえません？

まぁとにかく、家宗さんや隆佐君は戦傷者を養わないといけないこちらの事情を理解してくれていて、前金という形で永楽銭を渡してくれたけど……それでも足りないのだ、お金が。

問題なのはノリと勢いで買っちゃった火縄銃10挺。値段聞き忘れ。さすがに1挺1億円とかはしないと思うけど、まだそれほど量産されていないので３００万円くらいしても不思議じゃない。10挺で３０００万円。今井宗久さんが納品するまでに準備しておかないと……。

『後先考えないからこうなるのです』

プリちゃんの正論が胸に突き刺さる私であった。

さてお金儲けである。目標は３０００万円である。永楽銭だと３００貫。

とりあえず、治癒術の訓練をさせていた光秀さんや権兵衛さん、千代さんに城下町の屋敷で『養生院』を開いてもらった。表向きは治癒術の実地訓練。裏向きはもちろんお金儲けだ。治癒術で荒稼ぎしてやるぜー。

もちろんお給金は支払うよ？　クリーンでホワイトな職場を目指します。

診察費は重病、重傷の場合は少し高め。軽傷の場合は最低1文からの診察とした。治癒術なんて怪しいものは中々使おうとは思わないだろうけど、1文くらいなら試しにと使ってくれる人が出るはずだ。そうして口コミで広まっていけばいずれはガッポガッポという寸法よ。

あと「お母さんが病気だけどお金がないの」的な人のために分割払いも導入した。利息はなし。

そして迎えた初日。看板を出してみたけどみんな遠巻きにするだけで中に入ってこようとはしない。初日から大繁盛！　というのは甘い見通しだったか……。

とりあえず何日かやってみて改善が必要なら変えていこうと思う。


お金がない。大事なことなので2回言いました。

おフランスのマリーさんは言いました。お金がないなら自分で造ってしまえばいいじゃない。

『そんなことは言っていませんし、パンがなければ～という発言もマリー・アントワネット自身はしていないとされています。といいますか当時はパンよりケーキの方が安く手に入ったのではないかという説もありますね』

プリちゃんのツッコミを聞き流しつつ家宗さんから支払われた永楽銭、その中から状態がいいものを10枚選んだ私である。

「――仏造りても魂入らず。精心込めれば魂入る」

屋敷の庭でゴーレムを錬成。質感としては粘土系だ。

ゴーレムの右手のひらに永楽銭を並べて、左手のひらを重ねて挟み込む。ゴーレムの右手と左手を離させると、粘土質の手のひらは問題なく永楽銭の型どりをしてくれた。右手のひらが表面で、左手のひらが裏面ね。

型どりに使った永楽銭を取り外し、微調整。文字の潰れや欠けなどを直していく。なるべく綺麗な『永楽銭』になるように。

最後に、溶かした銅を流し込むための溝と余分な銅が流れ出る溝を彫れば『鋳型』の完成だ。ちょちょいのちょいと硬度を増して簡単に摩耗しないようにする。鋼より固いぜ、きっと。

「……帰蝶。何をしているのだ？」

そんな声を掛けてきたのは光秀さん。後ろには飛騨から帰ってきたらしい生駒家宗さんと、小西隆佐君、今井宗久さんの姿が。尋ねてきた商人三人組を光秀さんが案内してくれたってところか。

「ふっふっふ、見て分かりませんか？」

「……だいたい分かるが、あえて聞いているのだ」

ちなみに光秀さんは平語。「私に仕えるのだから敬語は許しません！」「普通逆だと思うのだが？」というやり取りをした結果、正式な場以外では敬語禁止となった。だって今さら敬語で話されてもねぇ。

「もちろん、私鋳銭を作ろうとしているのですよ」

空間収納《ストレージ》からブロンズ（青銅）の塊を取り出しながら答えた私である。元いた世界で錬金術の実験用に作製し、余ったものをそのまま死蔵していたのだ。純粋な銅よりも錫《すず》が混じっている方が固くなる。これがいわゆる青銅というものだ。

ちなみに家宗さんたちにも何度か魔法を見せているので、空中から突如として現れたブロンズの塊を見てもさほど驚いていていない。

『そりゃあすぐ側で巨大なゴーレムが動いていますからね。いまさら空間収納《ストレージ》くらいでは驚かないでしょう』

プリちゃんが指摘するのとほぼ同時、光秀さんが頭を抱えた。

「……帰蝶。私鋳銭の製造は死罪だが？」

「光秀さん、いいことを教えてあげましょう。取り締まりの対象はあくまで公的な銭を私鋳した場合。明国のお金である永楽銭は取り締まりの対象ではありません。というか日本の公的機関が鋳造した硬貨じゃないという意味では永楽銭も私鋳銭ですし」

という言い訳はプリちゃんの受け売りである。この子ときどき腹黒い。

『常時真っ黒なあなたに比べれば幾分かマシかと』

はっはっはっ、そのケンカ買ってやろう。

私とプリちゃんが仁義なき戦いを始めようとしていると光秀さんがむむむと唸り出した。

「……いや、しかしだな……」

これはあと一押しだね。

「よろしい。では光秀さんに銭を新しく鋳造することの重大さを教えてあげましょう」

銭とはずっと使えるわけではなく、流通している間に摩耗したり欠けたりする。そうした銭は悪銭や鐚銭と呼ばれ忌避される傾向があった。材料に混ぜ物をしたり穴がふさがったりした低品質な私鋳銭の存在も、その傾向に拍車を掛けたと思われる。

なぜ鐚銭が悪いかというと、お金としての価値が低く取引されるからだ。一時期は鐚銭４枚で精銭1枚の価値にしかならなかったほど。400円持っているのに100円のものしか買えないと言えば分かり易いだろうか？

そもそも、硬貨の状態で価値が変化していては貨幣経済は成り立たない。

しかし事実として鐚銭は存在し、価値が低くなっていたわけであり。市場などでは鐚銭での取引は嫌がられるし、受け取る側は精銭と鐚銭を選り分けようとするから時間が無駄にかかる。

さらに言えば永楽銭などの真ん中に穴が空いた銭は紐を通して1000枚を1貫文として纏めて取り扱うけれど、悪い人とはいるものでその『貫』の中に鐚銭を平気で交ぜることが行われていたのだ。もちろん受け取る側も『貫』をバラバラにして一枚一枚チェックするからこれもまた無駄に時間と労力が必要となる。

だったら精銭を増やせばいいじゃないかと思う人がいるかもしれないけれど、この時代ではすでに日本の貨幣鋳造技術は散逸してしまっている。

明＝永楽銭の供給元は基本的に日本との貿易はしていないので大規模に入ってくることはない。つまり新しい銭は市場に出回らず、かといって既存の銭は流通すればするほど摩耗し欠けていくのでだんだんと鐚銭になってしまう。精銭は減り鐚銭は増えていく。誤解を恐れずに言うならばこれは硬貨のデフレスパイラルだろう。

以上、プリちゃん知識をさも私の意見であるかのように語ってみた。

「というわけで、貨幣経済の健全性を保つためにも、鋳造技術を持った者は新しい永楽銭を造らなければならないのです」

「そ、そうか。そこまで考えていたのか……」

すっかり騙されて――じゃなくて、説得された光秀さんだった。うんうん人間話せば分かるものなのだ。

『さすがマムシの娘、よく口が回るもので』

（……その「マムシの娘」という形容は決定なの？　私本物の帰蝶じゃないんですけど？）

『いえ遺伝子的には間違いなく道三の娘ですが？』

さらりと爆弾発言するプリちゃんだった。いやどういうこと？　私間違いなく（元）現代人ですよ？

私がプリちゃんを問い糾そうとすると、生駒家宗さんと今井宗久さんが身を乗り出してきた。

「帰蝶様。実際に銭を鋳造してもらうことは可能でしょうか？」

「ぜひ、出来栄えを確認したいのですが」

「え？　あ、はい。ちょっと待ってくださいね」

まずはブロンズを坩堝《るつぼ》に投入。火魔法で熾した火の中で加熱する。普通は専用の炉で何十分もかけて溶かす必要があるのだけど、そこは魔法の力ですぐさま溶かすことができた。

ちなみに炎自体を操っているので「坩堝が落ちないように炎で支える」という芸当も可能だったりする。私はフリーハンドのまま銅を溶かすことができるのだ。

「……なんと、坩堝が炎の中で浮かんでいますな」

「現実とは信じられぬ光景です」

家宗さんと宗久さんは何とも表現しがたい顔をしていた。驚いているような、呆れてもいるような。

銅が十分に溶けたのでゴーレムを腕だけ錬成して坩堝を掴み、鋳型の中に銅を流し込む。まるで太陽のようなオレンジ色だ。

自然に冷えるのを待っているのも面倒なので温度を魔法で下げて、完成。屋敷の縁側にできあがった永楽銭を置くと軽い音を立てた。

「ほうほう」

「これはこれは」

興味深そうにできあがったばかりの私鋳銭を眺める家宗さんと宗久さん。しばらくして冷えていると確認できたのか手にとって細部を確認していく。

「……帰蝶様。この永楽銭を量産することは可能ですか？」

「ええ、原材料さえあれば」

「こちらで用意しますからぜひ量産を。もちろん相応の報酬は――」

「お待ちくだされ家宗殿。美濃国まで銅鉱石を運ぶとなればさすがに足が出るのでは？」

「しかし、これだけの品質の永楽銭が手に入るのですぞ？」

「かといって1文作るのに1文以上の費用を掛けては意味がないでしょう」

「ではどうしろと？　これだけの永楽銭をみすみす放っておくのも辛いものがありますぞ？」

なにやら悩み出した家宗さんと宗久さん。商人である二人には銭がだんだん劣化していっている現状が身にしみて理解できるのだろう。

よろしい。ここはおねーさんがサービスしてあげましょう。

「では私が堺まで銅鉱石を取りに行きましょうか？　空間収納《ストレージ》に詰め込めばかなり大量に輸送できますし」

「すとれいじ、とは、ここことは異なる空間に収納する技、でしたかな？　人一人の移動だけで馬や船を使わずにすむのなら確かに安上がりですが……さすがに美濃守護代の姫様を堺までお連れするわけには……」

「大丈夫です、転移魔法を使えば一瞬で堺にまで行けますから」

正確には『一度行ったことのある場所か、目視できる場所』という制限があるけれど。まぁ見晴らしのいい山の頂上に転移すればあとは数回の転移魔法で移動できると思う。

「……なるほど、帰蝶様ですからな」

なにやら諦めたように納得する家宗さんだった。

『非常識に適応《あなた》してしまいましたか。お可哀想に……』

なぜ同情されなければならないのか。解せぬ。


家宗さんたちはできあがった薬を買い取り、尾張や堺へと帰っていった。またすぐに火縄銃の納品と薬の受け取りのために戻ってくるそうなので、薬を増産しておかなきゃね。

薬作りに慣れてきたのか戦傷者さんたちの生産効率は上がってきたし、働き口を求めて新しい戦傷者も集まってきたので人手は足りるはず。むしろ薬の売れ行きによっては人余りしてしまうかも。

養蚕とか木綿栽培も考えているけれど、すぐにどうこうできる問題じゃない。養蚕はまず蚕と桑の木を入手しないといけないし、木綿は種もそうだけど土地も必要だ。

プリちゃん情報によると桑の木は成長が速く、木綿に至っては半年くらいで収穫できるらしいので準備ができれば比較的早くお金にできると思う。というか植物魔法を使えば一瞬で苗から成木にすることも可能だし。

『……そんなことをできるのはあなただけですが？　普通の植物魔法はちょっと植物の成長を速めることがせいぜいですし』

プリちゃんから大絶賛されてしまった。照れるねー。

まぁ、とりあえず苗の入手は生駒家宗さんたちに任せるとして。まずは当座のお金を準備しなくちゃね。

「さて、悪巧みと行きますか」

私は人払いをしてから屋敷の庭に出た。あまり人に見せたくはないのだ。

――灰吹法《はいふき》というものがある。

ごくごく単純に説明すると鉱石から金銀を取り出す方法だ。

『簡単に説明しすぎだと思いますが』

「しょうがないじゃん、私もやり方は知っていても細かい理論理屈は分かってないのだから」

とにかく鉛と粗銅を溶かしたあと骨灰を詰めた坩堝に載せて加熱すると銀が残る。これだけ知っていれば十分。

『いや先に冷やして銅と鉛を分離するとか、温度とか、空気を吹き付けながら加熱するとか知っているべきことは多々あると思いますが』

「そうなの？　そんなの直感でやれば何とかならない？」

『普通はなりません』

ならないらしい。

まぁとにかく、戦傷者が日々集まってくる現状、薬の販売だけでは養いきれないときがくるかもしれない。他にも戦傷者ができそうな仕事を用意するつもりだけど、それまでは最低限食事の世話くらいはしなきゃいけないのでお金が必要となる。

で、思いついたのが灰吹法だ。元いた世界でもやっていた小遣い稼ぎ。辺境の村とかだと鉱石に金銀が含まれていることを知らずに、結果としてかなり安く原料となる鉱石を手に入れることができたのだ。

そして。この時代でもちょっとしたお金稼ぎはできそうだ。戦国時代の日本人は粗銅から少量の銀が取れることを知らずに、粗銅をそのまま海外に輸出してしまっていたらしいのだ。で、明や南蛮の人間は安価に買い取った粗銅から銀を取り出して得をしていたと。

海外に流出させるくらいなら私が有効活用した方がいいに決まってる。

そう、私は日本国の資源流出を憂えているだけであり、自己の利益のために灰吹法を導入しようとしているわけではない。ないのだ。

『日本全体の利益を考えれば粗銅から銀が取り出せると広く伝えるべきでは？』

あー、あー、聞こえないなー。不思議なこともあるものだー。

『そういうところです』

こういうところらしい。

プリちゃんの鋭いツッコミに心の涙を流しつつ、私は空間収納《ストレージ》の中から灰吹法に使う道具を取り出した。

大きめの坩堝二つ。

骨灰《こつばい》。鉛。そして真吹《まぶ》き法で作られた粗銅。

まずは火魔法で坩堝の中の粗銅と鉛を溶かし８００℃に維持する。そうすると溶けた鉛の中から銅の塊が浮かび上がってくるのでそれを取り出す。この銅は精銅なので大切に取っておく。

残った鉛は貴鉛《きえん》と呼ばれ、中に少量の銀を含んでいるので鉛と銀を分離する必要がある。

もう一つの坩堝に骨灰を敷き詰め、溶かした貴鉛を流し込む。このとき風魔法で空気を送り込むことを忘れてはいけない。

そうすると鉛だけが骨灰に吸収され、銀を取り出すことができるのだ。……理論理屈？　知らなくてもできてるから問題なし。

「家宗さんには色々な鉱山から銅鉱石を取り寄せるよう頼んでおいたし、次からは銀が多く含まれているものだけ買えばいいよね」

『武器商人に鉱石を頼むのは間違っている気もしますが……まぁ国際貿易都市である堺が協力してくれるのでしょうし、入手できるのでしょうね』

とりあえず、空間収納《ストレージ》に死蔵してある銅鉱石からすべて銀を取り出すことにした。取っておいてもしょうがないし、製造過程でできる精銅にも使い道がある。銅92％と錫8％で合金を作れば『砲金』ができるのだ。

『……一応質問しますが、砲金とは何ですか？』

「もちろん青銅砲の原料になる銅合金さ。戦国時代だと大友宗麟のフランキ砲が有名かな」

まったくこんな当たり前の質問をするなんてプリちゃんはしょうがないなーあはははは－。

『……この軍オタが』

なぜか大絶賛されてしまう私であった。


戦国時代にやって来てからしばらく経ち。それなりに城下町へ遊びに来ているので顔見知りも多くなってきた。……おっと違った。視察に来ているので顔見知りも以下略。なので道すがら色々な人が声を掛けてくれる。

「おや、帰蝶様……ではなくて、胡蝶ちゃん。この前はお薬ありがとうね」

「いえいえお元気になったようで何よりです」

「帰蝶様……いえ、胡蝶さん。おかげさまで父様も元気になりました」

「何よりです。難しいかもしれないですけどなるべく野菜を食べるようにしてくださいね。お酒も飲みすぎないように」

「帰蝶様……おっと、胡蝶ちゃん。また腰を痛めたので『まっさーじ』してくれないかい？」

「あなたの腰は健常です。思い切り蹴飛ばしても平気でしょう」

一度マッサージというか整体をしたら「おぉ、美少女に身体を弄ばれるのもこれはこれで！」と癖になってしまったようだ。

ちなみにマッサージを要求してきたこの助平は茶屋の女将・津やさんの夫である平助さんだ。そろそろ平助と呼び捨てにしてしまってもいいんじゃないかと思っている。

しかし、気軽に声を掛けてきてくれるのは嬉しいけどなぜみんな最初に『帰蝶』と呼びそうになるのだろう？　私はどこからどう見ても一般庶民☆胡蝶ちゃん♪だというのに。

『……どこからどう見ても美濃守護代の娘、帰蝶ですが？　銀髪赤目、外人顔で市井に溶け込もうとする方が無理な話では？』

無粋なツッコミをされてしまった。庶民のふりをする遠山な金さんとか暴れん坊な将軍様とか浪漫の塊なのに。

とりあえずセクハラ助平男に蹴りを食らわしてから私はいつもの茶屋に入った。

「おや胡蝶ちゃん。今日も元気そうで何よりだよ」

ちゃんと「胡蝶ちゃん」と呼んでくれる津やさん、そういうところが大好きだ。

「津やさんもお元気そうで何よりです。といいますか、最近忙しいはずなのに疲れた様子がありませんね?」

まぁ忙しくさせてしまっている私が言うのも何だけど。

今。城下で治癒術を教えるために用意してもらった屋敷は薬の生産工場的なものになっている。働いている人間は現在21人。我ながらよく養っていけているなぁとは思うけれど、さすがにこの人数の食事は準備できないので津やさんにお願いしている形だ。

戦国時代の食事は一日二食。でも、現代人(?)としてそれは許容できないので朝昼晩と規則正しく食べさせている。もちろん津やさんにも朝昼晩と食事を準備してもらっているのでかなり忙しいはず。なのに元気いっぱいな津やさんは素直に凄いと思う。

「ま、料理は夫の仕事だからね。あたしはちょっと手伝っているくらいだから大して忙しさは変わらないよ」

平助さん、朝昼晩と合計63食も準備しているのか。そう考えるとちょっとしたセクハラも許容——できないね。そもそも色を付けて報酬を支払っているのだから。

「津やさんも大変ですね」

誰が、とか、何が、とは言わない。でも津やさんには伝わったみたいだ。

「アレが助平なのは今に始まったことじゃないさ」

「昔からなんですか……。よくもまぁ今まで結婚生活が続いていますね」

「ははは、あたしが見捨てたら誰があの人の面倒を見るんだい？」

「あ〜、そういう系ですか」

結婚情勢は複雑怪奇。

ただ単に照れ隠ししているだけ、と信じておこう。

他にお客さんもいないのでちょっとした雑談タイムに突入だ。

「治癒術の……養生院だったかい？　最近じゃ繁盛しているみたいじゃないか」

「えぇ、やはりお試し1文というのが効いたみたいで」

あとは津やさんもお客さんや周りの人に宣伝してくれているみたい。感謝感謝である。

「……胡蝶ちゃんがそこら中で誰彼構わず治療しているせいだと思うけどね」

いいことをしているはずなのになぜか呆れられてしまった。解せぬ。

まぁとにかく、治癒術中心の養生院は順調だ。最近では父様に事務員や会計の人を派遣してもらうほど。

町中でスカウトした治癒術適性持ちの人も治療ができるほど上達したし、それによって診られる患者の数も増加。診察代も集まり、現在順調に私の貯金は増えつつある。ほっこり。

「悪い顔をしているねぇ」

「こんな美少女を捕まえてよく言いますね」

少し問題があるとすれば一番才能があった私の元女中、千代さんがそろそろ独り立ちできそうなほどの腕前になってしまったことだ。最低でも数年はかかると思っていたので想定外。

治癒術というのは万能と勘違いされがちだけど、たとえばストレス性の頭痛がしている人の頭に治癒術を掛けてもすぐに再発してしまう。ちゃんとストレスの原因を取り除かないと意味がないってこと。

とまぁ、きちんとした病気の知識がないと治癒術の効果も薄まってしまうので、治癒術の弟子にはかなり多くの病気に関する知識、対処法を勉強させているのだけど……凄い勢いで覚えているのだ。千代さんは。この短期間に。

個人的にはこのまま養生院で働いてほしいけれど、師匠としてはもっと広い世界も知ってほしいとも思う。とりあえず、今度進路について面接しなきゃいけないかな。

そんなことを考えていると食事が出てきた。いわゆる一汁一菜。栄養バランス的にありえないのだけど、元々の食料が少ないのだからしょうがない。せめて動物性タンパク質をもっと取れれば……。

「あ、そうだ。この国の人ってお肉は食べないのですか？」

プリちゃんから教えてもらったので知識としては有している。でも、実際に暮らしている人の意見も聞きたいのだ。

「そうだねぇ。食べる人は食べるって感じかね。稲葉山付近は食料が豊富だからそうでもないが、農村なんかに行くと山で取れる肉を食べているって話さね」

これでも豊富な方なのか。凄いな戦国時代、悪い意味で。

「う〜ん、じゃあ山で肉を取ってきたら食べますかね？　引き取った戦傷者たちの栄養バランスを少しでも改善しないと……」

「えいようばらんす、ってのはよく分からないが、働き口がなくて飢えていた連中だ、腹が満たされるなら肉だって食べるだろうさ」

「なるほど、とりあえず試してみますかね」

大丈夫なようなら畜産も考えてみようかな。……やり方？　プリちゃんに聞けば何とかなるんじゃないのかな？

あとは調理か。さすがに『お姫様』が手料理を作るのは光秀さんたちに反対されそうだ。

「平助さんは解体とか肉料理とかできますか？」

「野鳥とかならあるみたいだけど、イノシシや鹿なんかはないんじゃないのかね」

そうらしいので、とりあえず近いうちに山へと入り、狩猟と解体をすることにした。お肉状態にしておけばあとは平助さんが何とかするでしょう。空間収納《ストレージ》に入れておけば腐ることもないし。

肉以外にも毛皮は防寒具にできるし、骨は骨灰にして灰吹法の材料にしたり、白磁器――ボーンチャイナの原材料にしてもいいものね。


数日後。薬草狩りという体で山の中へ分け入った私である。ちなみに光秀さんたちも護衛としてついてきたけれど、慣れない山道にバテてしまったので置いてきた。鎧を着ての行軍と、道もない山の中を上がったり下がったり転がり落ちたりするのは勝手が違うらしい。

決して、光秀さんに狩猟やら肉食やらの話をすると「いかんぞ帰蝶。今まではどうだったのか知らぬが、今の帰蝶は美濃の姫なのだから」と反対されそうだったので無意味に山の中を走り回ってバテさせたわけではない。ないのだ。

『まぁ美濃守護代の娘が肉食やら狩猟やらするのはありえないですよね』

プリちゃんのツッコミを聞き流しつつ探知魔法で周囲の探索をする私。

「お？」

近くに大型の動物らしき反応あり。大きさからしてたぶんクマ。……そして、そのクマの前に人間らしき反応が五つ。

クマ狩りなら遠距離で仕留めるはずだし、たぶん山の中でばったりと出会ってしまったのかな？クマのお肉は意外と美味しいから――じゃなかった、見て見ぬふりをするのも気が引けるので私はクマに襲われそうな人たちに加勢することにした。反応のあった場所へと移動する。

「……あらまぁ」

藪をかき分けるとすぐにクマと人間たちを見つけることができた。クマはたぶんツキノワグマ。人間は少年が４人に青年が一人。

年齢からして青年がリーダーになるべきなのだろうけど、不思議と少年のうちの一人がリーダーの風格を漂わせていた。

「――是非もなし」

そのリーダーらしき少年がクマの前に立ち、刀を構えた。いやさすがに刀でクマ相手は厳しいのではと思うのだけど、たぶん別の少年を庇っているのだろう。あの子、足の骨が折れているみたいだし。

「若様！　お逃げくだされ！」

残った青年や少年たちも刀を抜き、リーダーらしき少年を庇うように前に出る。けれど、リーダー——若様と呼ばれた少年に引く気はないようだ。

お互いに助け合う感動的な場面だけど、クマ相手では少々分が悪い。私は少年たちを助けるのと同時、本来の目的である狩猟をすることにした。

まずは植物魔法で蔦を操り、クマの後ろ足を搦め捕る。そのままクマを引っ張り上げて逆さ吊りにしてから雷魔法でショックを与えて気絶させた。

普通ならこのまま皮を剥いだり血抜きをしたり内臓を取り出したりするのだけど……。今日は他にも人がいるからやめておこう。動物の解体って結構グロテスクだし。

「さて、大丈夫だった？」

クマを放置して少年たちに声を掛けたけど反応なし。きっとクマが恐くて茫然自失しているに違いない。可哀想に。

『いえあなたの非常識さに呆然としているだけかと。なにせ体重数百キロはあるクマを吊り上げ、気絶させたのですから。しかも銀髪赤目とくれば正常な反応が返ってくると期待する方がおかしいですね』

期待くらいしてもいいじゃない。

とりあえず、私は足が折れている少年の側まで近づき、治癒魔法を掛けてあげた。この時代の治療って骨が折れても添え木をするくらいしかしないし。

「え!?　い、痛くない……!?」

骨折が完治した少年が目を丸くしていた。そんな彼の様子を見て周りの子たちも驚きを隠せていない。

……ただ一人。若様と呼ばれた少年だけが不敵な笑みを浮かべているけれど。

若様なのだからいいところの坊ちゃんってところか。

年齢は13～14歳くらい。なんだかその不敵さが妙に気になったので改めて観察してみる。

…………。

……………………。

……………………。

ヤバい。

めっちゃヤバい。

これはヤバすぎる。

『……何がヤバいんですか？』

え？　気づかないの？　分からないの？　めっちゃヤバくない？

『分からないから聞いているのですが？』

プリちゃんの声に呆れ&苛つきが混じってきたのでさっさと説明することにする。

この子！

めっちゃ！

イケメンじゃない！

『…………はぁ？』

この子！

めっちゃ！

イケメンじゃない！

『いえ、聞こえてます。聞こえていても理解できないのです』

理解できないの!?　この整ってはいるけれど小生意気そうな顔つき！　鍛え上げられた細マッチョ！　私の好みのど真ん中じゃない！

『知らんがな』

謎の関西弁（？）を使うプリちゃんであった。プリちゃんもこの少年のイケメンさに動揺しているらしい。

あ、あとついでに言えば魂も綺麗ね。とっても清廉潔白。

『魂の綺麗さをついで扱いするな』

今日もプリちゃんのツッコミは絶好調であった。

『まぁあなたがポンコツなのはいつものこととして』

私がいつポンコツになったというのか。解せぬ。

『そもそも顔つきよりも先に注目するべきところがあると思いますが』

注目となっ

『……たとえば、彼の格好』

格好？

プリちゃんに促されるままイケメン少年の服装を改めて確認。なにせ顔と筋肉が好みのドストライクすぎて服装なんか認識の外に追いやられていたからね。

ほうほう、でも、言われてみれば。なんとも奇抜な格好をした子だ。

髪はいわゆるちょんまげで、萌黄色の紐で巻いてある。上着は薄い着物を半脱ぎにしていて遠山の金さんみたいだし、無駄にカラフルな袴も通常の半分の長さしかない。半ズボンならぬ半袴。半ズボン系が許されるのは小学生までだと思うけど、彼の場合はとてもよく似合っているのでこれはこれで。

『ショタコン』

解せぬ。

手にした太刀の柄《つか》は普通の柄巻きじゃなくて縄を巻いている。鞘は金銀で飾り付けられていてピカピカだ。縄と金銀細工のコントラストはハッキリ言ってしまえばセンスが悪い。いやでも思春期男子と考えれば金ピカな刀というのも仕方ないのだろうか？

腰の周りには小さな袋や瓢箪をいくつかぶら下げている。とても歩きづらそうだ。

『……凄いでしょう？　ここまで記述通りだと驚くしかないですよね』

記述？　何のこと？

私がプリちゃんに問おうとすると、若様と呼ばれた少年が私の前に立ち、偉そうに腕を組んだ。

「うむ、噂通りであるな！　さすがは美濃の『山姥』殿よ！」

……やまんば？

もしかしなくても私のことだよね？　姥？　私はどこからどう見ても15歳の美少女だというのに。

解せぬ。

『実年齢的には解すしかないのでは？』

そろそろ泣くぞ？

おっと泣き真似する前に少年を問い糾さなければ。

「え〜っと、山姥って何？　どういうこと？」

近所の優しいお姉さんのように微笑みながら私は問い糾した。私は15歳。永遠の15歳。姥ではない。そうきっと自動翻訳《ヴァーセット》が翻訳間違いをしたか聞き間違い——

「うむ。稲葉山の城下町には山姥が出ると噂に——痛い痛い痛い!?」

若様とやらの両頬を指でつまみ、思い切りひねった私である。おぉ、男の子にしては柔らかな頬。伸びる伸びる。

今気づいたけど若様は私より少し背が低かった。とはいえ少年だしまだ伸びるだろうけど。そう！　この頬のように！

彼の背後にたむろしていた少年たち（&青年）が「貴様！　若様に何をするか!?」と憤り刀に手を伸ばしたけれど……ちょっと睨み付けると石のように動きを止めた。最近の若者は軟弱である。

『……魔法防御の概念がないこの世界で「威圧《ズウイン》」するのはひどいと思いますが』

威圧《ズウイン》。一定以上のレベル差がある相手を行動不能にする技だ。この世界にもレベル的な概念はあるらしい。

プリちゃんの大絶賛を聞き流しつつ私は頬をひねったままの若様に微笑みかけた。

「誰が山姥かなぁ？　私はとても傷つきました。早急な謝罪を要求します」

「な、なぜわしが謝罪など――」

「ご・め・ん・な・さ・い、は？」

つねる力をさらに強めると若様は諦めたように謝罪を口にした。

「ご、ごめんなさい」

「よろしい」

満足した私は若様の頬から手を離した。

「……女子《おなご》とは思えぬ握力。やはり山姥――」

「あん？」

「すまんかった」

降参するように両手を挙げた若様は、じぃっと私の顔を見つめてきた。

「なに？　そんなに見つめられると照れちゃうのだけど？　いくら私が美少女だからって……」

「……いや、すまん。あまりに美しいので見惚《みと》れてしまった」

「へ？」

いきなりの口説き文句に私も驚いたけれど、後ろにいた少年たちの方がもっと驚いていた。

「わ、若様が女子を口説いた!?」

「あの言葉足らずな若様が!?」

「すべてのやり取りを『で、あるか』で済ませようとするあの若様が!?」

「てっきり女性に興味がないのかと!」

と、次々に驚愕を口にしている。いや唯一の青年は楽しんでいるっぽいけど。

そんな少年たちを睨み付けてから若様は私に向き直った。

「おぬし、名は何という?」

「き、帰蝶だけど」

「帰蝶か。いい名前だ。改めて謝罪しよう。帰蝶のような美しい女人を山姥呼ばわりするなど、このわし一生の不覚であったわ」

「なっ」

あまりにストレートな物言いに私が絶句していると、

「美しい女人!?」

「若様があれほどまで褒めるとは!?」

「いつもより口数が多い!?」

「あんなにも流暢に喋れたのか!?」

もはや後ろの少年たちは天変地異が起きたかのような慌てようだけど、私も内心大慌てである。

「ふ、ふふふ、今さら褒めてきたって遅いんだからね？　……ふへへっ」

おっと慌てすぎてつい頬が緩んでしまった。そう、慌てたせい慌てたせい。

『ちょっと美人と褒められただけで……。この女、チョロすぎである』

チョロくありません。正常な反応です。というかこの若様は私好みのイケメンだし、そんなイケメンから褒められれば機嫌の一つや二つ良くなってしまうものなのだ。

『このショタコン、チョロすぎである』

親友をショタコン呼ばわりとはいい度胸。よろしい、ならば戦争だ。

私がプリちゃんとの世界最終戦争を決意していると、若様が背後の少年たちに目をやっていた。

「こやつらはそこらの大人に負けない武勇を誇っているが、一睨みするだけで動きを止めてしまうとは……。何か妖術でも掛けたのか？」

「妖術扱いとは失礼な。あれは歴《れっき》とした魔法です」

「ほぅ？　まほう？　それは一体どんなものなのだ？　あのクマを吊り上げて気絶させたのも『まほう』なのか？」

若様がずいっと顔を近づけてきた。そう、私好みの顔面を。改めて見てもイケメンだ。男の化粧なんてないだろう時代にあって睫毛は長く、瞳の力強さをさらに強調している。鼻は日本人離れしているほど高く、筋が通っていた。歯並びは美しく、肌は健康的に日に焼けているがきめ細やか。

……何というか、女装の似合いそうな少年だった。ナヨナヨ系じゃなくて宝塚系のカッコイイ女装ね。

『宝塚は男装です』

考えるな感じるんだ。理屈なんて雲の彼方《かなた》までぶっ飛ばせ。

「……これは『真法《まほう》』と呼ばれる技よ」

地面に小枝で字を書きつつ説明する。前々から説明のために考えていた字面だ。前世日本ならともかく、この時代の〃魔〃というのは悪い意味しかないらしいからね。なんでもお釈迦様が悟りを開く邪魔をした存在で、マーラがなんとかかんとか。byプリちゃん。

まぁとにかく、前世日本の『魔法』という文字には悪い意味なんてほとんどないけれど、この時代では仏敵とかそのレベルの邪法と受け取られかねないのだ。だからこそ『真法』と文字を変えてしまったと。

魔法について軽く説明しつつ、父様にしてみせたように手のひらの上で火を灯すと若様はキラキラと目を輝かせていた。

「ほうほう！　それが真法であるか！　わしにも使えるのか!?」

中学生くらいの少年が『わし』という一人称を使っているのは——正直、いいかもしれない。これがギャップ萌えというやつか……。

『頭の中ピンク色ですね。数百年も恋愛経験が絶無だとこうなってしまいますか……』

うっさいわ。

ツッコミしつつ、若様の魔法適性を視るために鑑定眼《アプレイゼル》を起動し、顔を凝視する。そう、あくまで鑑定のためであり、私好みのイケメンを楽しんでいるわけではない。ないのだ。

『ショタコン』

15歳はショタではありません。セーーフです。

『実年齢的には完璧にアウトかと』

プリちゃんの指摘はなぜか聞こえなかったので鑑定を続行——

——あ、この子、織田信長だ。

本物の織田信長（少年時代）だ。

鑑定眼《アプレイゼル》は魔法適性の他に名前とかも読み取れるからね。スキルの他に名前も分かってしまったのだ。いやしかしまさか私好みのイケメン少年が織田信長だったなんて……。

『むしろなぜ今まで気がつかなかったのですか？』

なぜ気づけるのか。なぜ気がつかなかったのか。なぜ教えてくれなかったのか。解せぬ。

『信長公記の記述と同じ奇抜な服装。「で、あるか」や「是非もなし」という口癖。というか見た目からしてパブリックイメージ通りの少年期の信長ですし。気づかないのはだいぶ鈍いと思いますが』

プリちゃんの指摘が心にブスッと刺さった私である。そうかー鈍いのか私ー……。

現実から逃れるようにイケメン少年——織田信長君のデータを読み取る。

名前　織田三郎信長
年齢　15歳

職業　織田弾正忠家嫡男。かぶき者
固有スキル　変革者《ファタリテート》たる豪運

「うわぁ……」

初めて見るスキルだけど、何というか凄い。たとえ狙撃されても運良く躱《かわ》せたり最大の敵が都合良く病死したり戦場での天候が奇襲をするときは暴風雨となり火縄銃の集中運用をするときには快晴になりそうなスキルだ。物語だったらご都合主義と批判されるレベル。

と、なぜか信長少年は不満顔。

「人の顔を見てうわぁとは何だ、うわぁとは」

「え？　そんなこと言ってないし？」

「嘘をつくな嘘を」

「そういえば、まだあなたの名前を聞いていないのだけど？」

「いっそ感心する話題転換だな。だが、まだ名乗ってないのも事実であるか。わしは織田弾正忠が嫡男、織田三郎信長である」

「…………」

いや鑑定眼《アプレイゼル》で名前は知っていたけどね。けどね？　何で真っ正面からバカ正直に名乗っているのかこの子は……。

「……一応確認するけど、ここは美濃国よ？」

「うむ、知っておる。関所を抜けるためにわざわざこんな山の中を進んでいたのだからな」

何をしているのか日本史上屈指の有名人《こ の 人》は。

「……私、斎藤道三の娘なのだけど、気づいてる？」

「うむ、もちろんだ。道三の娘は異国の血を引いており、あらゆる病気を治し、困窮する者に慈悲を与える薬師瑠璃光如来の化身であると評判だからな」

「何それ初耳」

「この前会った小西某という堺の商人がそう言っておったぞ？」

「何を言っているのか隆佐君……。じゃなくて、あなたの父（織田信秀）は美濃国に何度も攻め込んできているでしょう？　つまり私とあなたは敵同士。のんきに自己紹介している場合じゃ……」

「気にするな、わしは気にしない」

「少しは気にしなさいって……」

思わず頭を抱えてしまった私である。

『生粋のボケ芸人がツッコミをやらされるとは……さすがは織田信長ですね』

誰が生粋のボケ芸人か。私がいつボケた。まったく、私ほどツッコミ役の似合う知的美少女はいないでしょうに。

『そういうところです』

こういうところらしい。

私が首をかしげていると『ぐ～』とでも表現したくなる音が森に響き渡った。端的に言うとお腹の音。

「うむ、腹が減ったな！」

関所を破って敵国に侵入した上、目の前には敵国の姫がいるというのに何とものんきな信長君だった。

「帰蝶。何か食べ物を持っていないか？」

「……いきなり呼び捨て？　馴れ馴れしくない？」

『頬を緩ませながら注意しても説得力絶無ですが』

そうは言いますがねプリニウスさん。年下男子から乱暴な口調を使われるのって意外と良くありませんこと？

『ダメだこいつ手遅れだ……』

プリちゃんは呆れているけれど、人工妖精であるプリちゃんは普通の人には見えないので、信長君は普通に話しかけてきた。

「うむ、たしかにこちらだけ呼び捨てにするのも不公平であるな。帰蝶も好きなように呼んでいいぞ？」

『この時代、女性に対して「不公平」と口にするとは……さすがは信長といったところですか』

なにやらプリちゃんが妙なところで感心していた。

しかし、好きなように呼べか。信長。信長君。信ちゃん……。う～ん、正直この子って『織田信長』って感じがしないんだよなぁ。織田信長ってもっと恐くて気むずかしくて手打ちにしてきそうなイメージだし。いま目の前にいる子は好奇心旺盛な純朴少年って感じだ。

『短気。恐ろしい。好奇心旺盛。どれも信長を構成する一要素ですね』

そんな『一要素』ばかり羅列したら誰でも信長にならないだろうか？　そのうち目と鼻と耳があるから信長だとかになりかねない。

まぁそれはともかく、私の中のイメージと実物が結びつかないので信長系の呼び方は却下。

となると三郎の方をメインに考えるか。サブちゃんだと大御所演歌歌手っぽいし、みっちゃんだと光秀さんっぽい。

「……じゃあ、三ちゃんで」

「さ、さんちゃん？」

「あだ名よ、あだ名。可愛くない？」

「可愛いって……」

なにやら微妙そうな顔をする三ちゃんだった。こんなに可愛いあだ名なのに変なのー。

あ、この時代にはあだ名って概念がないとか？

『違うと思いますけどね。15歳の少年が「三ちゃん」と呼ばれたら微妙な顔の一つや二つするでしょう』

プリちゃんのツッコミはスルーだスルー。

「さて、三ちゃんはお腹がすいていたんだっけ？」

「呼び名はそれで決定なのか……。うむ、そういえば朝に湯漬けを食べただけだったのでな」

出たな、がっかりしすぎて死にそうな料理。今のうちに三ちゃんには本当の料理とは何かを教えてあげなくては！

使命感に燃える私。でもあいにくとお弁当なんて持ってきていないし、ここは津やさんの茶屋まで案内して――

ふと目に入ってきたのは、逆さ吊りにしたままのクマさん。

私の視線に気づいたのか三ちゃんもクマを見る。

「……食べるのか？」

「あぁ、そういえばこの国では肉食をしてはいけないんだっけ？」

「殺生はいけませんと言うがな、戦場で多くの命を奪うわしらがそんな綺麗事をほざいても意味はないだろう」

「おー、現実的ー。じゃあ試しに食べてみる？」

三ちゃんは期待に目を輝かせたけれど、すぐに苦い顔をしてしまった。

「……昔、猟師にイノシシを食べさせてもらったことがあるが、あまりうまくはなかったな。生臭くて食えたものではない」

「それは処理が下手くそなだけよ。――よろしい。三ちゃんには本物の肉料理を食べさせてあげましょう」

解体はしないという当初の予定を変更して、今ここで肉料理を作ることにした。

まずは下ごしらえ。という名の解体作業だ。

「――戴きます」

クマに手を合わせてから始める。

風魔法で頸動脈を切り、血抜き。まだ生きているので心臓の働きによって血が吐き出される。

生臭いニオイが辺りに充満して少年たちの何人かが目を背けたけど、三ちゃんは興味深そうに作業を見つめている。それはもう思わず詳細な解説をしたくなってしまうほどに。

「血を抜くことによって肉の生臭さが抑えられるの。血は腐りやすいからね。ちなみに意識があるまま殺してしまうと肉に血が回ってしまって食べられたものじゃなくなるから注意が必要ね」

「で、あるか」

続いて空間収納《ストレージ》から取り出した大型のナイフでクマの腹を割き、内臓を取り出す。お付きの少年の一人が嘔吐したけど三ちゃんは興味深そう以下略。

「内臓って意外と温度が高くてね。心臓が止まると血液の循環が止まって熱が分散されなくなり、内臓の熱で肉が傷んでしまうんだって。あと内臓には雑菌が多くてそれも悪臭の元になるから、まず最初に内臓を取り出さないといけないと」

「で、あるか」

「……あなたねぇ。何でもかんでも『で、あるか』で済ませようとするんじゃないの。人間なんだからちゃんとした言葉を喋りなさい」

「で――、……分かった。気をつけよう」

なんだか思ったより素直に頷いてくれた。ふふ、やはり私の美少女力《ぢから》を前にしては織田信長も形なしということか。

『いえ、ナイフでクマを解体している最中の血まみれ女性に逆らえないだけでは？』

ちょっと現実を見せつけるのやめてもらえません？　未来の夫かもしれない男性の前で獲物を解体する女性って何やねん……。

ま、まぁ、三ちゃんも口調は興味なさそうだけど、目は輝いているので楽しんで（？）いるのでしょう。たぶん。きっと。おそらくは。

気を取り直して。クマの内臓はとりあえず空間収納《ストレージ》の中に放り込んでおく。こうすれば腐ることもないしね。

クマの胆嚢《たんのう》は漢方薬に使えるのでこれも保存。

内臓を処理したら肉を冷やす。獲物の体温を下げることによって雑菌の繁殖を防ぐのだ。本来は川に浸けておくのだけど、すぐに食べたいのでここは魔法で一気に冷やしてしまう。

十分に冷えたので本格的に解体開始。まずは毛皮剝ぎ。逆さ釣りにしていたクマを地面に降ろし、内側から外側に向かっていく感じに割いていく。このとき毛が肉に付いてしまうと後々処理が大変なので注意する。

毛皮が剝げたらその毛皮を作業台として肉を解体していく。この時点で三ちゃん以外の少年たちは全員吐いてしまったのは見て見ぬふりをするべきだろうか？

まぁとりあえず解体完了。三ちゃんたちに食べさせる分以外は空間収納《ストレージ》に収納し、鉄鍋などの調理道具一式を取り出す。

クマ肉はうまみが強いので鍋料理向きだ。

まずは味噌に漬け込んで肉の臭みを取る。本当はこのまま一晩おいておきたいけど時間がないから魔法で時間を加速させて完了だ。

『なんという才能の無駄遣い』

これ以上ないほど有効活用しておりますが？

続いて、土魔法で竈《かまど》を作製。

クマ肉を入れた鍋に水魔法で水を注ぎ、火魔法を使って加熱。そしてアク取り、アク取り、そしてアク取り。

いったん鍋からお湯を捨てて、新しくお湯を入れて肉を洗う。これもアク取りの一種だ。

もう一度水を入れて再加熱。山で取っておいた食べられる山菜も入れて、そして味付け。本当はみりんや醤油を使いたいけど手に入らないので城の台所から奪って――ごほん、譲ってもらった味噌ベースの味付け。

さっそく味見してみて、と……。

「……うん、上出来」

我ながら完璧な出来じゃなかろうか。

『なぜあんなテキトーな味付けで美味しい鍋ができるのでしょう？』

なぜなら私が天才だからさ。

三ちゃんの空腹がもう限界そうだったのでお椀に盛り、食べてもらうことにした。

「――うむ！　うまいな！　こんなうまい食事は初めてだ！」

かなり嬉しいことを言ってくれたけど、ちょっと大げさじゃない？　織田信長ならもっといいものの食べられるでしょうに。

『……この時代は滅多に肉を食べませんし、きちんと血抜き処理やアク取りをしたものとなれば尚更でしょう。あと『織田信長』であれば食事はすべて毒見済みの冷えたご飯であるはずですし、温かい料理という意味でもうまい食事なのではないでしょうか？』

真っ当なツッコミをされてしまった。ここは「愛情が最高の調味料！」って展開じゃないの？

『はいはい』

もはやツッコミすらされなくなってしまった……。

三ちゃんは鍋一つ食べ尽くす勢いでおかわりをしてくれた。嬉しいけどクマのお肉は食べすぎると脂でお腹を下す可能性があるので注意するように。

「……よく食えますよね」

三ちゃんの後ろにいた青年がそんなことをつぶやいていた。努めて冷静さを保っているけれど鍋に手を伸ばす様子はない。やはり動物の解体はグロテスクだったか。

ちなみにその青年の名前は鑑定眼《アプレイゼル》によると『森可成《よしなり》』だった。聞いたこともないけど、有名なの？

『森可成。信長の腹心となる人物ですね。槍の名手であり「攻めの三左《さんざ》」と称えられるほどの勇将でした』

へぇ。有名なんだ？

『有名と言えば。あの有名な森蘭丸の父親ですね』

おぉ、森蘭丸なら私でも知ってる。そうか蘭丸のお父さんか。今はまだ青春真っ盛りって感じだけど。

『……この時期、森可成はまだ美濃で土岐氏に仕えていたはずですが、どういうことでしょう？』

私に聞かれても知らんがな。

🦋

帰蝶からクマ料理をごちそうになったあと。あまり長く居城を空けるわけにはいかないので信長は早々に尾張へと帰ることにした。

帰蝶と別れる直前、

「この子に手紙を持たせれば私の下に持ってきてくれるから。こういうとき、男の子の方から手紙を出すものなのよ？」

そう言って渡されたのは一羽の小鳥だった。

帰蝶いわく『使い魔』というものらしい。

こんな小鳥が手紙を運べるのか、とか。正確に美濃と尾張を行き来できるのか、とか。そもそもいつの間に呼び寄せたのだとかの疑問は尽きなかったが……「帰蝶だものな」と納得する信長であった。

せっかくこれからも交流を続けてくれそうなのだから、余計なことを言って臍《へそ》を曲げられても困る、という想いもあるにはあった。

帰蝶が信長のことを気に入ったように、信長も帰蝶のことを気に入ったようだ。

帰蝶と別れ、隠していた馬に乗り、那古野《なごや》城への早駆けをする道中。小休止を挟んでいると森可成が声を掛けてきた。

「いや、若様。今日はずいぶん楽しそうだったではないですか」

一応は敬語ではあるが馴れ馴れしさは隠しきれていない可成。だが、信長が今さらそんなことに苦言を呈したりはしない。身分は違うし、年齢も離れているが、それでも二人の間には確かな友情が存在するためだ。

「……で、あるか」

不機嫌そうな声を上げる信長。

しかし、それが照れ隠しであることは友人である可成には分かっていた。……可成以外の、大部分の人間には「不機嫌だ」と誤解されてしまうのが難点であるが。

いつも機嫌が悪く。理解しがたい傾《かぶ》いた言動をして。何を考えているか分からない。それが織田信長という人間だ。

しかし。そんな分かりにくいはずの信長が、帰蝶の前では屈託なく笑っていた。童子のように目を輝かせていた。あの姿を他の者にも見せれば、信長の『誤解』も溶けていくかもしれない。

そういった意味でも可成は帰蝶に期待していた。

「普段もあれだけ素直ならこっちもやりやすいんですがね」

なにせ初対面の女性を口説くような発言をしていたのだ。あの信長が。あの信長が。あの信長が。

自身の発言が今さら恥ずかしくなったのか信長が不機嫌そうな照れ隠しの声を上げる。

「……ふん。あの女が特殊なだけだ」

「と、申されますと？」

「あの『真法』とやらももちろんだが……山の中を女一人で歩き、見上げるほどの大きさのクマを倒し、しかも解体してしまった。姫のくせに料理まで作って……なんというか、濃すぎる」

その的確な表現に森可成は思わず吹き出してしまう。

「ええ、たしかに濃ゆき姫ですね」

「ふん。『で、あるか』で表現しきれる範囲を超えておるわ」

「…………」

確かにその通りだ。

けれども、たとえどんな状況であっても『で、あるか』で済ませようとするのが信長という男であったはずだ。

可成は先ほどの信長と帰蝶のやり取りを思い出す。可成でさえ、あれほどに素直な信長は初めて見た。傅役（教育係）である平手政秀がどれだけ注意しても態度を改めることはなかったというのに。

きっといきなり頬をつねったのが効いたのだろう。織田家の次期当主であると父信秀から扱われ、性格が短気で過激な信長に意見をする者など限られているし、制裁するなどもってのほかだ。信長を物理的に叱ることができる存在など父信秀しかいない。そんな信秀も近年は体調が思わしくなく、信長が成長したこともあって拳骨を落とすこともなくなった。

故にこそ。

帰蝶は、おそらく唯一、信長を『叱れる』人間になるだろう。

間違ったことを間違っていると指摘し、正道を説くことができるだろう。

だからこそ可成は期待する。帰蝶との交流が続けば、信長はもっと『分かり易い』人物に成長してくれるのではないかと。

可成自身は信長の才覚に惚れ込んでいるし、一生仕えるつもりだ。が、織田家中の大部分は信長の分かりにくさ、あるいは誤解のされやすさによって弟・信勝を後継者にと考えてしまっている。

きっと、この現状を変えることができるのは……。

(……帰蝶様。どうぞ、よろしくお願いいたす)

帰蝶がいるであろう方角に向け、可成は深く頭を下げた。

織田信長と、斎藤帰蝶。

二人の婚約が成立するのは、もう少し先の話である。

6 未来の夫婦は交流する

信長は悩んでいた。

帰蝶から手紙を出すようにと要求されたのはいいが、いったいどんなことを書くべきか迷っているのだ。

まだまだ『恋心』とまでは言えないかもしれないが、それでも気になる女子相手ではあるので、少しでも格好付けたいというのが男心というか少年心だ。

去年の初陣について？

ろくな戦闘もなかったので自慢できるものではない。

相撲大会で可成に負けたこと？

気になる女子に自分の負けを語ってどうするのか。

祭りで女装して踊ったこと？

気になる女に自分の女装以下略。

「う～む……」

「……若様、いかがなされました？」

悩む信長を見かねたのか側に控えていた腹心・森可成《よしなり》が声を掛けてきた。

信長《自分》の様子を見て楽しんでいることが声色から察せられるのが面白くない。が、ここは合理的な判断をした信長である。

「可成。女性への手紙とは何を書けばいいのだ？」

信長としては女性経験豊富な可成からならばいい助言をもらえると判断しての問いかけだった。

しかし、可成としては困ってしまう。商売女相手の経験など参考にならないし、まだ結婚していないのだから妻相手の手紙は少し違うだろう。そもそもこの時代の武将に『ラブレター』という概念があるのかどうかも怪しいところだ。

さらにいえば相手は美濃のお姫様。十中八九手紙の中身は誰かに確認されて——と、考えた可成は気がついた。使い魔とやらで直接帰蝶の下へ手紙が行くのだから、その辺のことは考えなくてもいいのだと。

「そうですね、普段の日常でも書いて送ればいいのでは？」

「普段……。しかし、それではつまらないのではないか？」

「いえ。帰蝶様もまだ若様の人となりを分かっていませんからね。たとえ我らからはどうでもいい話題に見えても、若様のことを理解する一助となるでしょう」

「……で、あるか」

しばしの間悩んでいた信長だが、意を決したのか筆を走らせ始めた。書きたいことが後から後から増えているのかだんだんと行間は狭く、文字も小さく詰め込まれていくのはご愛敬といったところだろう。

そんな主の姿を微笑ましく見守りながら可成は密かな感動を覚えていた。

（若様がこんなにも簡単に助言を求めてくるとは……）

信長とは即断即決即行の人物である。

たとえ悩んだとしても他の者に意見を求めることはなかった。彼は弱みを見せることを病的なまでに恐れていたが故に。

そんな信長が自分に悩みを打ち明け、頼ってくれたのだ。もちろん経験のない『恋文作成』という理由があったし、さらには可成の人となりがそうさせたのではあるのだが……可成からしてみれば帰蝶という人物の影響を感じずにはいられなかった。

胸に熱いものがこみ上げている可成の様子に気づくこともなく信長は『使い魔』の小鳥を呼び出し、手紙を帰蝶の下へと送り出した。


「おっ、三ちゃんからお手紙ついた」

『その三ちゃんというあだ名は決定なんですか？　信長ですよ？　第六天魔王ですよ？』

「自分から第六天魔王名乗っちゃう子って中二病可愛いよね」

『…………』

なぜだか呆れているプリちゃんを尻目に手紙を受け取る。

おー、手紙の端を紐状に切って、それで縛って封をしているのがオシャレだね。

『切封《きりふう》というものですね。現代なら封筒に入れるところですが、戦国時代は紙が貴重なので封筒代わりに封をしていたとか』

「ほぅほぅ？　紙が貴重ねぇ？　またお金儲けの匂いがしますなぁ」

『……「帰蝶」のイメージが崩れるのでゲスい顔しないでもらえません？』

「こんな美少女顔を捕まえて!?　そもそもイメージ崩れるほど資料が残ってないでしょう『帰蝶』には！」

『資料が少ないからこそイメージが大切なんですよ。……しかし、婚約前の信長から帰蝶へ宛てた手紙ですか。後世に残せば重要文化財になりますね』

「……くっ！　三ちゃんからの手紙を捨てる気はないけどラブレターが博物館で公開されるのとか恥っずかしいな！」

『あなたにも恥じらいという概念があったのですね』

「こんな清廉潔白大和撫子を捕まえて!?」

『公開処刑が恥ずかしいなら後々処分すればいいのでは？』

「いや公開処刑って……。だから捨てる気はないって。でも個人宅で保存しておくのも不安だしなぁ……プリちゃん、私が死んだらこの手紙を国立博物館に寄贈してほしい……。熱田神宮でも可」

『あなたどうせ死なないでしょうが』

「死ぬよ！　メッチャ死ぬよ！　ウスバカゲロウ並みの儚《はかな》い命だよ!?」

『薄馬鹿下郎《ウスバカゲロウ》……？』

「よろしいならば桶狭間だ！」

『アホなこと言ってないでさっさと読んだらどうですか？』

「自分から煽ってきたくせに……。なになに？　去年初陣したんだねぇ三ちゃん。三ちゃんのは・じ・め・て♪とか生で見たかったなぁ」

『あなたが言うとエロい意味に聞こえてしまいますね』

「プリちゃんは私を何だと思っているのか……。あとはお祭りで女装――絶対似合うじゃん！　戦国時代の宝塚だよ！　なぜ私はその場にいなかったのか!?」

『まだこの世界にいなかったでしょう、物理的に』

「なんてこったい……。いっそのこと時間を巻き戻してしまおうかしらん？」

『そんな理由で、そんな気軽に時空をゆがめるな』

「気軽にできるんだからいいじゃない。あとは相撲の話題――むむ、美少年がほぼ裸でガチンコするのってえらいご褒美なのでは？」

『頭ピンク色ですね、このポンコツ魔女』

「ポンコツ!?」

こんな成績優秀眉目秀麗謹厳実直天香国色な私を捕まえてポンコツとは……解せぬ。

『そういうところです』

こういうところらしい。

「さて返事を書かなきゃいけないけど……ふ～む、一体何を書いたらいいのかな？」

『変にこだわらないで、普段の日常を書いて送ったらどうですか？』

「普段～？　それじゃちょっとつまらなくない？」

『大丈夫です。あなたは「おもしれー女」ですので。普段の日常を書くだけで抱腹絶倒間違いなしですよ』

「それ、褒めてないよね？　むしろバカにしてるよね？」

なんだか納得しきれない私だけど、ここでプリちゃんと軽快なやり取りをしていても筆は進まないので大人しく『普段の日常』を書いてみることにする。

え～っと、まずはみんなに治癒魔法を教えて、戦傷者に仕事を与えて、火縄銃を大量購入したりしてたら光秀さんが家臣になってと。さすがに私鋳銭と灰吹法は黙っておくとして……。あ、銅鉱石を受け取りに堺まで行くんだった。道中尾張に寄れるから会えるかもしれないよ～っと。

『……やはりおもしれー女ですよねこの人』

しみじみとした声を出すプリちゃんだった。解せぬ。

「うむ、クマとはこうも美味《うま》いものであったか」

父様（斎藤道三）がバーベキューで焼き肉食って舌鼓を打っていた。戦国オタに見せたら金が取れそうな光景だ。

『さすがにハゲジジイの食事シーンは金にならないのでは？』

ハゲジジイって。プリちゃん容赦なさすぎである。

――稲葉山城。御殿の庭先で私はクマ肉を焼いていた。そして父様はそれを独占していた。この場には他にも光秀さんをはじめとした家臣の方々がいるのだけど、父様から肉を奪える強者はいないらしい。まさしく蛇《マムシ》に睨まれた蛙状態だ。

『しかも「帰蝶」が手ずから焼いたお肉ですからね。恐れ多くて手など出せないでしょう』

どうしてこうなったかというと、三ちゃんとの出会いのあと。ついうっかり鍋やら毛皮やらを片付け忘れたせいで追いついてきた光秀さんにクマハンティングがバレてしまったのだ。で、なんやかんやで父様にまで話が行ってしまい、なんやかんやで父様たちにクマ肉を食べさせることになってしまったと。

まぁお肉は余っているから別にいいんだけど……父様って子供の頃に僧侶になったんじゃないの？　肉食っていいんかい肉を。

『道三は子供の頃に得度して僧侶になったとされてきましたが……実はそうじゃなかったんじゃないかという説もありますね』

「歴史って曖昧だなぁ」

後世の人のために帰蝶日記でも書き残してあげようかな？　あるいは真・信長公記。

そんなことを考えている間にも父様はクマ肉をバクバクと食っている。そりゃもうバクバクと。冬眠前のクマかって勢いで。

そんな父様に向けて私はにっこりとした笑みを浮かべた。

「そういえば父様。クマ肉とは脂が多くてですね……。食べすぎるとお腹を壊してしまうんですよ。しかも普段肉を食べておらず身体が慣れていないとくれば、ね？」

私の言葉にぴたりと箸を止める父様。なんだか冷や汗を掻いているような気がするし、ぎゅるる～って感じの音が鳴っている気がする。不思議だねー。

「……帰蝶。そういうことはもっと早く言ってくれ」

「あら失礼。普通に一人分を食べるだけなら問題なかったのですけれど。まさか美濃守護代ともあろう御方が家来に分け与えることもなく独り占めするとは思いませんでしたので。ついつい助言が遅れてしまいましたわ。別に、『ちったぁ痛い目を見ろ暗君が』だなんて考えていませんわよ？」

「……皆の者、儂は所用を思い出した。あとは皆で楽しむがいい」

先ほどよりも明らかに冷や汗の量を増やしながら父様は御殿に戻っていった。直接厠《かわや》に向かわないのは国主としての意地かな？　あとで整腸剤でも差し入れてあげよう。

「……この腹黒さ。やはり殿の娘か……」

聞こえてますわよ光秀さん？

しばらくして。

「帰蝶が話してくれた『栄養状況の改善』は重要だろう。食から健康になれば民の寿命も延びるし、兵も今より頑強になるだろうからな」

何事もなかったように威厳たっぷりな声を出す父様だった。もちろん私は優しいので先ほどの醜態は見なかったふりをしてあげるのだ。

『優しい人間はもっと早く注意してあげると思いますが』

プリちゃんのツッコミは理解できなかった。きっと戦国時代語を使っているに違いない。

「帰蝶、肉の処理方法とやらを城の料理人に教えてやってくれ。最近はイノシシや鹿に作物を食われることが増えていると聞くからな。害獣を退治しつつ食料確保もできるなら一石二鳥だろう」

害獣が減れば農作物の収量も増えるし、いいことずくめだから反対するつもりはない。それについては了承してから、私は一つ提案してみることにした。

「父様。害獣はいずれ食い尽くしてしまいます。ここは今から畜産を考えてみてはいかがでしょう？」

「ちくさん？」

「牛や鶏などを人の手で育て、食べるのです」

「子供の頃から育てるのか？　ずいぶんと気長なものよな」

「牛は牛乳が採れますし、鶏は卵が手に入りますからね。むしろ廃畜を食べる感じがいいでしょうかね」

「ぎゅうにゅうはよく分からんが……卵？　卵まで食べるのか？」

なぜだかドン引きされている気がする。さすがに生卵の一気飲みとかはしませんよ？

『かつての日本では卵すらも殺生とされてきたようですし、平安時代には卵を食べると祟りが起きると言われていたみたいですから。卵を食べるなど信じられないのでしょうね』

めんどくせーなー戦国時代。……おっと本音が漏れてしまった。ついつい。うっかり。

「帰蝶。おぬしの元いた国ではどうだったか知らぬが、この国では牛や鶏を食わせるのは難しいだろう」

「それはやはり仏教の影響ですか？」

「うむ、それもあるが……」

「そんなこと言ったらそもそもお釈迦様は肉食禁止なんかしていませんけど？　肉食禁止なんて言い出したの大乗仏教でしょう？　お釈迦様が死んでから何百年後に生まれた新興宗教だって話ですよ。三種の浄肉とかご存じでない？　初期の仏教では托鉢でもらった食事はすべて食べなければいけなかったわけですし、そうなるとお釈迦様だって当然信者からいただいたお肉も食べていたはずで——」

「き、帰蝶。一旦落ち着くのだ」

おっとしまった。あまりに非合理的なんでつい熱くなってしまった。まったくこれだから宗教って嫌いなのよねぇ。三ちゃんの「殺生はいけませんと言うがな、戦場で多くの命を奪うわしらがそんな綺麗事をほざいても意味はないだろう」という理屈が分かり易いだけに。

……あ～、なるほど。だから私は三ちゃんのことを気に入ったのか。

『いえただの一目惚れでしょう？　見た目で判断しただけでしょう？』

まるで私がイケメンショタに弱いポンコツ女みたいな物言い、やめてもらえません？

『それにしても。あなたって本当に宗教嫌いですよね』

ま～ね～。昔から宗教と相性悪いし。

『嫌いなのにあれだけ知識を習得するとか何なんですか？　ツンデレ？　ツンデレですか？』

斬新なツンデレすぎるわ。

私がツッコミしていると父様が仏教以外での肉食を避ける理由を教えてくれた。

「牛は農耕に使うからな、『畜産』とやらで増やせるなら食わせるより農耕に使わせた方がいいだろう」

あーこの時代ってトラクターとかないものね。重労働は牛にやらせた方がいいのか。

「鶏は時を告げるうえに、神聖な鳥と言われている。食べさせるのは難しいだろう」

いや鶏のどこが神聖やねん。

『赤い鶏冠《とさか》は太陽を連想させることから太陽信仰と結びついているという説がありますね。ついでに言えば純白の羽毛も神々しさに拍車を掛けているとか』

また信仰か。おのれ神。もう一度ぶん殴ってやろうかしら。

しかし信仰かぁ。そう簡単には意識は変わらないよねぇ。牛に関しては農耕に使うために畜産して、年老いたものを食べる感じにしようかな。そうすれば『畜産に使うから～』っていう忌避感は薄れるでしょう。

鶏は……保留。あんなコケコケ鳴いているやつらが神聖だなんていまいち信じられないし。

あとで生駒家宗さんに牛と馬を買えないか相談してみよう。馬は騎馬鉄砲隊とか作ってみたいしね。

『騎馬鉄砲隊なんて作ってどうするんですか？』

むしろ作らなくてどうするんですか？　ここは戦国時代で、私は軍オタなんですよ？


ある日。

商人である生駒家宗さんが美濃にやって来た。今井宗久さんと小西隆佐君、そして見慣れぬオジサンを伴って。

宗久さんと隆佐君とは久しぶりの再会だ。やはり堺まで行ったり来たりするのは時間がかかるらしい。この世界にワイバーンでもいれば騎竜として調教してあげるのにね。

『ワイバーンを乗りこなせるのなんてあなたくらいだと思いますが』

そんなことありませーん。誰でもできまーす。師匠は足短いから無理かもしれないけどー。

プリちゃんの相手をしていると見慣れぬオジサンが自己紹介してきた。

「お初にお目にかかります。手前、隆佐の父で小西弥左衛門と申します。武家の作法には疎いので何か無礼があるやもしれませぬがお含み置きくださ い。薬師瑠璃光如来様におかれましては――」

おい。なんでデフォで薬師瑠璃光如来扱いされとんねん。

犯人であろう隆佐君をジトーッとした目で見つめると、隆佐君は『委細承知』とばかりに深く頷き、弥左衛門さんにそっと耳打ちした。

「父上。かの御方は今現在『帰蝶』様と名乗っておられますので」

「おぉ、そうでしたな。仏の化身、あるいは応身《おうじん》というものでしたか。失礼いたしました帰蝶様」

「……あー、もうそれでいいですハイ」

説得が面倒なので放り出した私だった。仏からほど遠い私の言動を知れば勘違いに気づくでしょう。

『……どうでしょうね』

なにやら含みのある言い方だった。なるほどつまり私の魅力は事実すらねじ曲げてしまうと言いたいのね？

『違います』

違うらしい。

「ええっと、それで弥左衛門さん。本日はどのようなご用件で？」

私としては今井宗久さんの後ろにある木箱（たぶん注文した火縄銃10挺）が気になって仕方がなかったのだけど、自己紹介されてしまったのだから先に対応しないとね。

「はい。先日いただいた『阿伽陀《アッキャダ》』によって半身不随となったこの身もすっかり回復いたしました。まずはお礼を言わせていただきたく」

ポーションの名前は阿伽陀で確定らしい。まぁ戦国時代にポーションって名前は似合わないから別にいいんだけど。

「お気になさらず。人間健康が一番ですからね」

「……何と慈悲深い」

わなわなと震える弥左衛門さん。さすが親子、反応がそっくりである。

「帰蝶様。無礼な願いであることは重々承知しておりますが……阿伽陀を我ら小西党で扱わせていただくことは可能でありましょうか？」

「量産して売ってほしい、ということでしょうか？」

「はい。是非とも」

熱い視線を向けてくる弥左衛門さんだった。

う～ん、どうしようかな？

ポーションの量産は簡単だ。医療用ナノマシンを株分けして、増殖するための『エサ』と一緒にビンに封入しておけばいいのだから。本来目に見えないほど小さなナノマシンが液体に見えるのはこの『エサ』が原因である。

基本は株分けと『エサ』の準備だけで増えるから私以外の人間でも作製することはできる。

問題はポーションが広まりすぎて通常医療が衰退し、そんな状況で何らかの理由によってポーションの作製方法が途絶えてしまうこと。医療が衰退し、ポーションもない。それはあまりにも危険な状態だろう。これから治癒魔法も広めていく予定だとはいえ。

「……やはり難しいですか？」

不安げに問うてくる弥左衛門さん。ここは素直に問題点を教えてしまいましょうか。

ポーションに頼りすぎることによる通常医療の衰退の懸念。私の不安を伝えると弥左衛門さんはなぜか「未来のことまで考えて――――！」と感激していた。もはや箸が転がっても感動しそうな勢いである。

「帰蝶様のご心配は尤《もっと》もです。しかし、阿伽陀があれば多くの人間が救われることも事実。ここは何とかご再考願えないでしょうか？」

「う～ん」

まぁ量を作らなければ問題ないかな、と考えていると弥左衛門さんが懐から紙をとり出した。

「お値段は一本このくらいでいかがでしょう」

…………。

ほぅほぅ。越後屋、おぬしも悪よのぉ。

と、ゲスな笑みを浮かべたくなるほどいいお値段だった。

「困っている方々は見捨てられませんからね。いいでしょう、阿伽陀を譲り渡しましょう」

決して、絶対に、金に目がくらんだわけではない。ないのだ。

「おぉ！　そうですか！　これで多くの人を救うことができます！」

キラキラした目を向けられて罪悪感に押しつぶされそうになる私だった。金に目がくらんでごめんなさいー。

「そ、それに、これだけの値段をつければ普通の薬と競合することもないでしょうしね」

せめて罪悪感を少しでも薄めようとそんな言い訳をしてみると、

「わ、我ら薬種問屋のことまで考えてくださっていたとは！　この弥左衛門、金で解決できたと安堵した自分が恥ずかしくなりまする！」

がつーんと床に頭を叩きつける弥左衛門さん。なぜか私の評価が急上昇していた。解せぬ。

『……ほんと、あなたって自分を善人に見せるのが得意ですよね』

見せてないですが？　根っからの善人ですが？　本性が悪人みたいな言い方やめていただけませんか？

『それよりも、以前「ポーションを大々的に作るのはなしで」とか言っていませんでしたか？　自分で。金に目がくらんだとはいえ前言撤回が早すぎるかと』

「ふっ、プリちゃん。君子は豹変すという言葉を知らないのかな？　これは間違いを認めて即座に訂正するという意味で――」

『金に目がくらむ俗物を「君子」とは言いません』

俗物って……。今日もツッコミの切れ味鋭いプリちゃんであった。

とりあえずポーションは元いた世界で作った在庫を渡しておいた。定期的に売るならそろそろ在庫補充しておかないとね。

そして。いよいよ。

私はわくわくしながら今井宗久さんに向き直った。私のわくわくを察したのか宗久さんは苦笑している。

宗久さんが背後の木箱を手前に置いた。縦の長さは1メートルほど。横幅もかなりあるので10挺並んで入れられているのでしょう。

「お約束通り火縄銃をお持ちいたしました」

「わっほぉい！」

正座しながら畳の上をずりずり移動し木箱の前へ。

同席していた光秀さんが「もっと姫らしい言動を」とばかりに咳払いをするけれど、無視だ無視。その程度の意思表示で軍オタが止まるものかいな。

宗久さんが孫を見るような目をしながら木箱の蓋を外した。――おぉ！　火縄銃だ！　正・真・正・銘ッ！　鉄砲伝来初期の！　戦国時代当時の火縄銃だっ！

『作りたての新品に「当時」も何もないと思いますが』

プリちゃんのツッコミは聞こえぬ。なぜなら火縄銃が目の前にあるからだ。

ほうほう、装飾もない実戦向けの火縄銃。やはり銃床は肩付け式じゃなくて頬当て式か。命中率が下がるけど、そもそも火縄銃は狙撃をできるようなものじゃないので問題なし。百発百中の光秀さんがおかしいのだ。というか甲冑を着ていたら肩付けなんてできないし。

……あれ？

ふと冷静になった私は数を数えてみた。1、2、3……うん、やはり11挺ある。注文数は10挺なのに。セット購入のサービス品？　あるいは初期不良に備えた余剰分？

一応鑑定してみると、ほとんどがBランク品なのだけど一つだけAランク品があった。数打ちの量産品であればBランクが普通で、Aランクなんてまずお目にかかれないはずなのだけど。

「あの、宗久さん？　この一つだけ高品質な気がするのですが」

「――っ！　さ、さすがは帰蝶様。一目で見抜かれるとは……。説明が遅れたことお詫び申し上げます。10挺は注文の品ですが、その1挺は鍛冶師が渡してきたものでして。帰蝶様のご意見を伺いたいと思い持参した次第です」

「鍛冶師が？」

「はい。今回のご注文は幾人かの鍛冶師に依頼したのですが……。その、腕は良いのに気むずかしい者がおりまして。帰蝶様に対して無礼ではあるのですが、その鍛冶師いわく『見抜けたならこの品質で作ってやるよ』と」

「ほほぉ」

なにやら面白そうな鍛冶師だなぁと興味津々になりながらより深く鑑定する。

10挺の火縄銃はいわゆるウドン張りというもので、ごくごく簡単に説明すれば鉄板を丸めて銃身を作ったもの。

対する高品質な1本はウドン張りの上から細長い鉄板をリボンのように巻き付けて強度を増したもので、葛巻きと呼ばれるものだ。

通常ならウドン張りは数打ちの量産品に用いられたとされているけれど、『今』は鉄砲が伝来してから数年しか経っていないし、まだ作製方法が確立していないだけかもしれない。

つまり、その鍛冶師さんとやらは作製方法すら手探りな現時点で高度な葛巻きを作ってみせたわけであり。

アイデアも凄いけれど、驚愕するべきはその腕前だ。鑑定眼《アプレイゼル》を使える私には分かる。銃身の金属組織が均一に整っている――つまり、それだけ上質の鍛鉄ができていることを。

この人、日本刀を作らせたら天下の名刀を打ってみせるのでは？

しかも葛巻きができるってことは――作れるのでは？　１５４８年の日本で。鍛・造・大・砲を！

「すっごい……。宗久さん。その鍛冶屋さん、うちで雇っていいですか？」

「は？　い、いえ、その者にはいずれ堺で火縄銃の量産を任せたいと思っておりまして、」

「そうなんですか？　じゃあ堺じゃなくて美濃で量産しません？　場所と資金は提供しますよ？」

「……帰蝶様の庇護を受けられることは魅力的ではありますし、美濃であれば原材料も入手できるでしょうが……完成した火縄銃を尾張まで運び、船に載せて出荷すると考えますと利益が――」

堺ならそのまま船に載せられるけど、美濃で作ると陸路か川で尾張の港まで運んでから出荷しなきゃいけないから余分なお金がかかってしまうと？　火縄銃って重いから大量輸送も難しいだろうしねぇ。

あ、そうだ。

「じゃあ、できた火縄銃はすべてうちが買いましょう」

「す、すべてでございますか……？　まだ量産態勢は整っておりませんが、年間200挺を目標に生産していこうと考えているのですが」

「ふむふむ、1年で200挺となると『鉄砲3000挺』まで15年ですか。まぁそんなものでしょう」

「さ、さんぜん……？」

「すべて買い取るとして、一ついくらになりますか？　大量購入するんですから『お勉強』してもらえると助かるんですけど」

この時代に『お勉強』という隠語が通じるかどうか知らないけど、まぁたぶん自動翻訳《ヴァーセット》のスキルが頑張ってくれるでしょう。頑張れ自動翻訳《ヴァーセット》。

「そ、そうですな。場所と資金を提供していただけるなら1挺25貫……いえ、20貫でいかがでしょう？」

自動翻訳《ヴァーセット》が頑張ってくれたおかげか宗久さんは私の言いたいことを理解してくれたみたいだ。

1挺20貫。日本円にすると200万円くらい？　まぁ量産開始直後ならそんなものかな。だんだん安くなっていくだろうし。……1000万円とかふっかけられなくて良かったぁ。

「ではそれでいきましょう。これからよろしくお願いしますね？」

私がにっこりと笑うと宗久さんは少し言いにくそうに口を動かした。

「つい話が弾んでしまいましたが、件《くだん》の鍛冶師は変わり者でして……。素直に美濃まで来てくれるとは限らないのですが」

「その時は、まぁ仕方ないので諦めましょう。美濃での量産と買い占めは約束しますから大丈夫ですよ」

「そう言っていただけると助かります」

こうして。

火縄銃の量産と買い占めがほぼノリと勢いで決定したのだった。今さらだけど背後に控える光秀さんがどんな顔をしているか確認するのが怖いでござる。

え～っと、とりあえず父様に報告して、場所を準備してもらって、鍛冶座にも話を通して……購入代金はポーションの売り上げを使うとして……足りなかったら灰吹法で銀を搾り出すしかないかなぁ。私鋳銭を作るから原材料の銅は手に入るし。いよいよとなったら錬金術で金を錬成しちゃって——

『……なぜあなたは後先考えないのですか？』

プリちゃんから『即断即決で素敵！』と褒められてしまった。照れるぜ。

『一度爆発したらどうですか？』

「どういう罵り方!?」

『いくらポーションが良い値段で売れそうだからといって、鉄砲の買い占めとか無謀すぎです』

「ま～いいじゃん別に。いざとなったら三ちゃんと結婚するときの化粧料（結納金）代わりにしちゃえばいいし」

『結納金が火縄銃とか物騒すぎますね』

「織田信長ならむしろぴったりじゃない？」

『……そもそも、もう結婚する気満々なんですか？』

「え？　私が狙った獲物を逃がすとでも？」

『……はぁ』

なにやら万感の思いが込められた『はぁ』だった。おかしい、ツッコミ待ちだったんだけど。

『今回の話の元になった鍛冶師、そんなにもいい腕なんですか？』

「いいよ～ビックリだよ～。鉄の金属組織がものすっごい均一。何かのスキル使っているんじゃないかってレベル。もし日本刀を打たせたら国宝が何本か増えること間違いなし」

『国宝が……。そこまでのレベルであれば歴史に名を残していても不思議じゃないのですが、該当者がちょっと思い浮かびませんね。堺で鉄砲を作っていたとなると――』

プリちゃんが長考に入ってしまったのでとりあえず父様への報告に向かう。怖い顔した光秀さんを連れて。

「――というわけで父様！　ちょっと堺まで行ってきますね！」

「え？」

「は？」

父様と光秀さんが目を丸くしていた。そういえば銅鉱石を取りに堺まで行くって伝えてなかったっけ？

いや光秀さんは私が人に会うときは後ろに控えているから話を聞いていたはずだし、父様も私を監視させている饗談（忍者）から伝え聞いているはず。なのになんでこんなに驚いているのかしらね？

「……帰蝶。儂はてっきり鉄砲の量産について話があると思っていたのだが？」

「あぁその件ですか。饗談に盗み聞きさせていたのなら詳細も知っているでしょう？　いい感じに準備しておいてくださいな」

「……気づいておったか」

「むしろなぜ気づかないと思ったので？」

まったく父様は魔法使いという人種を舐めすぎである。

『……いえあなたと同類にされるのは魔法使いが可哀想かと。気配察知なんてできるのはごくごく一部ですし。常時展開できる魔力持ちなんてほぼいませんし』

みんな修行が足りぬのだ修行が。

プリちゃんの指摘をスルーしつつ両手のひらを合わせ、父様に微笑みかける。

「わざわざ饗談に調べさせていたのは、鉄砲量産の重要性を認識していたからでしょう？　まさか、美濃守護代ともあろう御方が、四六時中、実の娘を調べさせるような、変態であるわけが、ありませんし？」

「変態……。は、はははっ、そうだとも。武器商人として著名な今井宗久を調べさせていただけのこと。帰蝶が交渉を纏めたのなら話は早い。鍛冶場については儂が整えさせようではないか」

乾いた笑いをする父様だった。光秀さんが「この娘馬鹿……」とつぶやいていたのは聞こえなかったふりをする。私は優しいのだ。

ただ。父様は別に優しい人間でも何でもないわけであり。

マムシの鋭い眼光が光秀さんを貫いた。はい、みっともない八つ当たりが始まりますよー。

「光秀。帰蝶が堺にまで行くのなら当然おぬしも同行するのだぞ？」

「へ？」

「唯一の家臣であるのだから、帰蝶が何かやらかしたときは全力で隠蔽するのだ。おぬしが失敗すれば主である帰蝶はもとより、美濃守護代斎藤家の名に傷がつくと心得よ」

「………」

絶望の顔をする光秀さんだった。武士って妻に浮気されたら妻と浮気相手を殺さなきゃならないほどプライドが高いらしいし、守護代家ともなれば尚更のこと。家の名が傷つくことなんてあってはならないし、それを防がなきゃいけない光秀さんの心労、察するに余りある。

あるのだけど、なぜ私がやらかすこと前提で話が進んでいるのか。解せぬ。

まぁでも父様からはすんなり許可が出たことだし、家宗さんたちに話を通して堺まで同行させてもらおうかな。

あ、途中で尾張を通るらしいし、尾張に入ったら三ちゃんに手紙を出そうっと。ちょっとくらい会えるでしょうきっと。

生駒家宗さんたちに堺まで行く話をすると、なぜだかとっても驚いていた。まさか本気でついてくるとは思っていなかったらしい。

『美濃守護代の娘が商人に同行するとかありえないですからね』

常識なんてぶっ壊せー。

私は転移魔法が使えるけど、転移魔法は一度行ったところか目視できる場所にしか移動できない。だから稲葉山城から目視できる山頂へ転移、そこからまた別の山頂へ。それを数回繰り返せば堺まで1時間もかからずにいけると思う。

ただ、堺がどこにあるか知らないし、堺を案内してくれる家宗さんたちがまだ美濃にいるので一人で先行してもしょうがない。なによりも戦国時代の旅というものにも興味がある。

というわけで生駒家宗さん、今井宗久さん、小西隆佐君と弥左衛門さんと一緒に堺へ向かうことになった。

養生院（治癒術院）や薬の製造はもう私がいなくても回していけるのでお任せして。津やさんと平助さんに食事の準備を改めてお願いしてから出発することになった。

「というわけで津やさん！　堺まで行ってくるのでよろしくお願いしますね！」

「……はぁ、あんたも忙しい人だねぇ」

なぜかため息をつかれてしまった。きっと気軽に旅ができる私を羨んでいるに違いない。

『そもそも「お姫様」なんですから気軽に旅ができるはずがないんですけどね』

プリちゃんのツッコミはスルーして津やさんとの会話を楽しむ。

「帰りは転移魔法で一瞬だからそんなに時間はかからないと思います。通信用の魔導具を置いておくので何かあったらご連絡ください」

前世の防犯ブザーみたいな形をした魔導具を渡すと津やさんは興味深げに覗き込んでいた。

「はぁ、こんな小さな道具で会話ができるのかい？　やっぱり真法ってのは凄いんだねぇ」

説明が面倒くさいので、津やさんたちにも『魔法』ではなく『真法』と教えていたりする。

「あ、そうだ、堺って貿易都市みたいですけど何かお土産欲しいですか？」

「おみやげ？」

なぜか首をかしげる津やさんだった。あれもしかしてお土産って概念がない？

『お土産の起源には諸説ありますが、江戸時代の参勤交代で武士が買って帰ったものが始まりとされていますね。この時代ですと寺社仏閣を参詣したときの、神札などの授かりものを渡すのがせいぜいでしょうか？』

まだお土産文化がないのか。となると説明も大変だなぁ。

「う〜ん、何か珍しいものがあったら買ってきましょうか？」

「そんな恐れ多い――っと、遠慮しても無駄なんだよね？」

「ふっふっふ、私と津やさんの仲じゃないですか！　今さら遠慮は無用ですよ！」

「一体どんな仲なんだろうねぇ……。まぁいいか。それじゃ珍しいものがあったらお願いするよ」

「任されました。じゃあ、いってきます！」

元気いっぱいに片手を上げると津やさんは呆れたように一つ息を吐いた。

「はい、いってらっしゃい」


堺までの移動手段だけど、まずは美濃から尾張まで川舟で長良川を下り、その後は船で堺まで行くことになるらしい。ちなみにこの時代の長良川というか木曽三川は複雑に入り組んでいるので『長良川』で統一だ。

川舟といっても帆付きの立派なもので、風を利用して遡上（川上り）できるものだとか。

ただ、帆走で遡上できるのは墨俣《すのまた》までらしいので、まずは稲葉山城から墨俣まで陸路で移動することになった。

そう、墨俣。

つまりは墨俣一夜城である！

『この時代には影も形もありませんけれどね』

逆に考えようプリちゃん。ないなら建ててしまえばいいと！

『建てる意味は？』

夢と浪漫と知識の誇示です。

『……軍オタってめんどくせー』

言葉遣いが乱れておりますわよプリ様？

まぁ墨俣一夜城はあとで建てるとして。まずは墨俣への移動である。

元いた世界では馬っぽい生き物に乗っていたので、手っ取り早く城の厩《うまや》にいた馬を借りようとしたのだけれども……父様や光秀さんから断固反対されてしまった。年頃の女性が馬にまたがるのはありえないっぽい。

じゃあ徒歩でいいか～と思ったら『お姫様』だからそれもダメらしい。城下町を普通に歩いているんだから今さらじゃん、とツッコミしている間に話は進み、いま私の目の前には駕籠《かご》と駕籠者（担ぎ手）二人が用意されていた。

まぁ駕籠といっても時代劇に出てくるような立派なものじゃなく、竹のフレームを筵《むしろ》で覆い隠したものだったけど。

移動するだけで担ぎ手を二人も使うのは気が引けたのだけど、一度くらい駕籠に乗ってみたかったのでありがたく使わせてもらうことにした。の、だけれども……。

――無理。

マジ無理。

駕籠、マジ無理。

狭いから足を折りたたまなきゃいけないし、腰と背中も曲げなきゃいけないし、とにかく揺れる。舌噛むんじゃないかってレベルで揺れる。開始1分でギブアップした私、悪くないと思う。

馬もダメ。徒歩もダメ。駕籠は無理。となると残る移動手段は……。

「……あ、アレがあったな」

空間収納《ストレージ》の奥底から私は〝それ〟を取り出した。

そう、『馬車』を。二頭立ての紋章付き。いかにも貴族が乗りそうな馬車を。

元いた世界で「王宮に出仕するならば馬車に乗ってください」と言われたので仕方なく用意したものだ。まぁ乗る機会もほとんどなくなって邪魔だったので空間収納《ストレージ》の肥やしになっていたのだけど。

さすがに馬自体は入っていないけどね。生き物を空間収納《ストレージ》に入れるのは可哀想だもの。私にだってそれくらいの常識はあるのだ。

『いえ、空間収納《ストレージ》に馬車が入るのってとんでもない常識外ですが？　しかもそれでもまだ容積に余裕があるって……』

ならば常識の方が狂っておるのだ、と格好いいことを言ってみる私。

さて馬はいないので手っ取り早くゴーレムに引いてもらう――いや、悪目立ちするか。あまり目立つのはダメ。私だって学習するのだ。

『戦国時代の日本で西洋風の馬車を使ってる時点で目立ちまくりですが』

残念ながら学習範囲外です。

馬車なら文句はないでしょうと光秀さんを説得し、城から馬を二頭連れてきてもらう。

「――ほぉ、これが南蛮人の語る『馬車』ですか」

「車輪が四つとはまた豪勢な」

家宗さんたちが興味津々そうだったので、光秀さんを待っている間自由に見てもらうことにする。

『……何もない空間から馬車が出てきたのに、それに関しては無反応……。慣れって怖いですね』

プリちゃんはもうちょっと慣れてもいいと思うよ？

『そうなるとツッコミ役がいなくなりますが？』

すみませんでした。これからもよろしくお願いします。

私が全面降伏していることも気にせず家宗さんは馬車の扉を開けたり閉めたりしている。

「ふむ、これが『どあ』というものですか……。蝶番はこの国のものと大差ありませんな。これなら再現も容易でしょう」

「無理して再現する必要もないのでは？　引き戸で十分でしょう」

「ほぉ！　この腰掛け部分、何とも柔らかな素材でできていますなぁ！」

「扉に付いているのはギヤマン（ガラス）ですか……。しかも透けているとは驚きです」

「風雨を防げますし、屋根が付いているのはいいですな」

「しかしここまで密封されていては冬はともかく夏は暑くてかないませんな。もう少し風通しを良くしなければ――」

なんだか馬車を作り始めそうな勢いで観察している商人4人だった。売れるようなら特許料でもせしめようかしら？

『……坂が多く、川が多く、道もガタガタなこの国で馬車は無理だと思いますけどね。京都の町中とかならまだいいでしょうけど』

なるほど貴族（公家）相手の商機だと？　プリちゃんも悪よのぉ。

『四六時中金儲けのこと考えてる人に言われても』

失礼な。最近は三ちゃんのこともよく考えていますことよ？

『はいはい』

とうとうツッコミすら放棄されてしまった……。

あ、そうだ。道が整備されていないなら、いっそのこと舗装道路を作ってしまえばいいのでは？

ローマ方式の街道なら……いや石畳は手間がかかりすぎるかな？　となるとコンクリートかアスファルト……たしか縄文時代に天然アスファルトが使われていたはずだから……新潟油田……上杉謙信……内燃機関……。

『また面倒くさそうなこと考えてますね……』

なぜかため息をつくプリちゃんだった。

光秀さんが連れてきてくれた馬二頭を馬車に繋いで準備完了。せっかくなので家宗さんたちも馬車に乗ってもらうことにする。

この馬車は四角い本体の前に露天の御者席が付いているというスタンダードなタイプだ。

御者（馬を操る人）は私。最初は光秀さんがやると立候補したけれど、「やったことないですよね？　万が一馬を暴走させて私にケガをさせたら大変なことになりますよ？」と脅した――じゃなくて、指摘したら大人しく引き下がった。

光秀さんは武士だから馬に乗ることはできるだろうけど、馬車用の長い手綱で二頭一緒に操ったことはないはずだからね。みんなの安全を考えるとこればかりはしょうがない。回復魔法でケガは治せても、痛いものは痛いのだ。

ちなみに私は一時期冒険者もやっていたので自分で馬車を操るのもお手の物だったりする。

『長く生きていると色々な技《スキル》を獲得できますよね。長く生きていると』

やっかましいわー。

この馬車の本体は４人乗りだということを話したら隆佐君が御者席に乗りたいと希望したので隣に座らせることにした。光秀さんと家宗さん、宗久さん、弥左衛門さんが馬車本体の中に乗ったのを確認してから出発だ。

「ほぉ！　これは快適ですな！　馬に乗るより揺れが少なく感じます！」

隆佐君が少年のように目をキラキラさせていた。いや年齢的には少年か。この時代だと元服（成人）迎えているかもしれないけど。

ちなみに。この馬車には前世で作った板バネ（リーフスプリング）が搭載されているので乗り心地はそれなりに快適だ。さすがに未舗装の道路なのでときどき大きく揺れるけど。やはりそのうち道路の舗装もやっちゃいましょう。

そんなことを考えながら隆佐君の案内で道を進んでいると、隆佐君がちらちらとこちらを見ていることに気がついた。

これは、もしやあれでは？

綺麗なおねーさんが近くにいて胸がドキドキバクバクしてしまう思春期的なアレでは？　ダメよ私には三ちゃんという人が！

『あれだけ突拍子のない言動を目の当たりにしているのですから、それはないかと』

夢くらい見たっていいじゃない。

現実から目を逸らすように隆佐君に問いかける。

「何か気になることでも？」

「っ！　さすがは帰蝶様、手前の心などお見通しでありましたか」

いやあれだけチラチラ見られれば気づくわい。

私の心の中のツッコミはもちろん通じず、隆佐君はしばらく悩んだあと私に向き直った。

「――御仏は、この戦乱の世をいかにお考えなのでありましょうか？」

仏じゃない私に聞いてどうするのか。と、いうツッコミは悩める少年を前にしてグッと飲み込んだ私である。

「……そういうことはお坊さんに問うべきでは？」

「御仏の化身様へ直接問いかける無礼は百も承知。しかし、手前は仏僧という存在を信頼しきれぬのです。得度を受けながら淫乱にふけり、魚鳥を食すうえに平気で人を殺す。手前はまだ幼少だったのでよく覚えていませんが、十年ほど前には仏僧同士で争い、京の都を火の海にしたというではないですか」

火の海って。なんかすごい単語が飛び出してこなかった？　え？　燃えちゃったの京都？

『おそらく天文法華の乱のことですね。比叡山延暦寺と法華宗（日蓮宗）の抗争で、敗れた法華宗側は21の寺に火を放たれ、数千人が殺害されました。この乱における京都の焼失面積は応仁の乱以上だったといわれています』

どうしようもねー……。

呆れている私に気づかぬまま隆佐君が続ける。

「さらには帝すら蔑ろにする強訴。金融業においては無理な取り立てを行い、それでも金を返せなければ人身売買にまで及ぶと聞きます。そんな仏僧を、手前はどうにも信じることができぬのです。仏僧に比べれば、遠く故郷を離れた異国にまで布教に向かうという伴天連《バテレン》（キリスト教）のなんと高潔なことであるか……」

あー、なるほど。仏僧への不信感から基督《キリスト》教へ走っちゃうわけか未来の隆佐君。

別に人の信教を否定するつもりはない。けれど、この当時の基督教が高潔かと言われると……。

「……基督教徒も奴隷売買やっているしなぁ」

しかも詰問すれば「売ってくる日本人が悪い！」と開き直って責任転嫁してくるし。

この時代（１５４８年）ならまだ日本人奴隷が輸出されるような事態にはなってないはずだけど、キリシタン大名との貿易が始まると……。

天正遣欧少年使節として欧州に渡った千々石《ちぢわ》ミゲルって人が『旅行の先々で』日本人奴隷を目撃したと書き残しているし、各地で目撃できるほどの奴隷が輸出されたんでしょうね。

「な、なんと……っ！」

隆佐君が驚愕していた。少年の甘い憧れを壊してしまったことにちょっとした罪悪感。……もういっそのこと破壊し尽くしてしまおうかしらん。毒を喰らわば皿までの精神よ。

『どっちかというと「毒を喰わせる」なのでは？』

プリちゃんのツッコミを聞き流しつつ隆佐君に微笑みかける。

「今の南蛮（ヨーロッパ）では魔女狩りが盛んに行われていて――4万とも10万ともいわれる無実の人々が処刑され――あとは今から30年くらい前に教会が免罪符ってものを売り出して――つまり金を払えば極楽に――」

歴史のちょっと怖い話をしてみると隆佐君はガクガクと震え始めてしまった。

『……あなたって純真無垢な少年を堕落させる趣味でもあるのですか？』

堕落って何やねん。どういう目で見とんねん。

ここまで怖がらせるのは不本意だったので、最初の質問、「御仏は戦乱の世をどう思っているのですか？」に答えることにする。

たぶん隆佐君は「皆が苦しんでいるのに仏様は救ってくださらないのですか？」と不満に思っているはず。

まぁ私は仏様じゃないし、仏様に会ったこともないので、知り合いの神様を見た感想になってしまうけれど。

「……神様なんてね、しょせん人間とは違う生き物なのよ」

「へ？」

「人間を救う神様もいるし、人間を破滅させる神様もいる。でもそれはあくまで人間からはそう見えるだけの話で、神様は神様の理屈で動いているだけなの。神様からしてみたら、ただ『世界』をより良い方向に持っていこうとしているだけで。その結果に至るためならば、どれだけの人間が犠牲になろうとも許容できてしまう。だって、それよりもはるかに多くの人を幸せにできるから」

「…………」

「だから、神様に救ってもらおうと考えるのはやめておきなさい。神様、そこまで暇じゃないから。そこまで優しくないから。——自力救済。まずは自分が幸せにならないとね」

「…………」

私の言葉を受けて隆佐君は何度も目を瞬《またた》かせていた。う〜ん、あくまで元いた世界での話だし、やはりこの世界の人間には通じない理屈だったかな？

「……少し、考えさせていただきたく」

「うん、それがいいわ。若いんだから存分に悩まなくちゃね」

その後は隆佐君も質問してくることなく。私たちは静かに墨俣を目指した。


小西隆佐は悩んでいた。

堕落した僧侶。平気で人を騙す商人。農民を搾取することしか考えない領主に、権力争いばかりしている将軍……。弱き者は見捨てられ、強き者がのし上がっていく地獄のような世界。

戦乱の世はいつ終わるのだろうか？　いつまで人々は争い続けなければならないのだろうか？

悩む隆佐に最近二つの出会いがあった。

一つ目は、南蛮や明からの物品を運んでくる南蛮商人たち。彼らから伝え聞く、質素倹約を旨とする『伴天連《バテレン》』の教えは、堕落しきった日の本の仏僧に辟易していた隆佐には輝いて見えた。

そして、もう一つの出会い。

きっかけは生駒家宗が持ち込んだ高品質な薬。美濃のお姫様が作ったと聞いたときは半信半疑だったが、効能は確かなものだった。

これは取引を拡大しなければならない。

父親が半身不随になったばかりの隆佐にとって初めての大きな仕事であった。

相手は『美濃のマムシ』の娘、帰蝶。下手を打てば命はないだろう。そこまで行かなくても美濃で二度と商売ができなくなる可能性は十分にあったし、他の薬種問屋があの薬を扱えば小西党にとって少なくない損害が出るはずだ。

失敗は許されない。不安を抱えながら美濃に到着した隆佐は帰蝶と面会するために、元は家宗のものだったという屋敷に通された。

――美しい人だった。

彼女こそ、伴天連の伝える『天使』なのであろうと隆佐は半ば本気で信じてしまった。信じてしまえるほど美しい見た目をしていた。

そして。帰蝶の美しさは外見だけではなかった。

予想外の薬の値下げ交渉。自分が損をしてでも薬を多くの民に届けたいという高潔な意志。そして——御仏の奇跡としか考えられない阿伽陀《アッキャダ》の無償提供……。

一度飛騨まで足を運んだ帰り道。生産された薬を受け取りに再び帰蝶の屋敷を訪れた隆佐はさらに驚かされることになった。

屋敷には多くの人間が集まっていた。片腕がなかったり片足を失っていたり。中には両足を逸失している人もいた。一見すると四肢が健在の者でも腕を動かしづらそうにしていたりする。

普通なら見捨てられる者たちだ。障害のせいで働くこともできず、物乞いに身をやつし、顧みられることもなく死んでいくだけの存在だ。

そんな人間たちが、仕事をしていた。

足のない者は薬研を使い。片手のない者は生薬を運び。その他、紙袋作りなどそれぞれがそれぞれの障害に適した仕事をこなしていた。

全員、帰蝶を頼ってこの屋敷に来たのだという。

全員、帰蝶が仕事を与えたのだという。

隆佐は希望を見た気がした。彼女であれば、この戦国の世に差す一筋の光になってくれるのではないかと胸が高鳴った。

彼女こそ御仏の化身に違いない。この戦乱の世を憂えた如来様が降臨してくださったに違いない。

そう確信した隆佐だからこそ、本当は、御仏がこの戦国の世をいかに考えているのかという質問の答えになど興味はなかった。御仏は憂えていて、だからこそ『帰蝶』という形でこの世に降り立ったに違いないのだから。

故にこそ、帰蝶と共に墨俣まで向かう道中、真に話題としたかったのは仏僧の堕落。本来ならば人が救われる道を示すべき仏僧があのような醜態を晒していて許されるのかという遠回りな告発であった。

仏僧に対する怒りを示してほしい。声高に批判してほしい。南蛮の宗教はもっとまともであると保証してほしかった。

そんな隆佐の期待は脆くも崩されることとなった。

伴天連の実態。魔女狩りの名の下に数万もの民を処刑した悪逆。金集めのために極楽を騙《かた》る腐敗……。

仏僧も、伴天連も、堕落しきっていた。

ならば――

帰蝶の言葉を思い出す。

『だから、神様に救ってもらおうと考えるのはやめておきなさい。神様、そこまで暇じゃないから。そこまで優しくないから。――自力救済。まずは自分が幸せにならないとね』

厳しい言葉だった。この戦乱の世において、他者を思いやる余裕などないのだと言外に主張していた。それはそうだろう。隆佐とて、自らの生活《いのち》を犠牲にしてまで見ず知らずの誰かを救おうとまでは考えられないのだから。

しかし。帰蝶は違った。薬の生産で得られるであろう利益を惜しむことなく注ぎ込んで戦傷者たちを養っていた。いくら御仏の化身であっても無から金を生み出すことなどできないはずなのに、それでもなお、赤の他人であるはずの彼らを救ってみせていた。

仏僧は信じられぬ。

伴天連も、もはや信じられぬ。

ならば、自分は、――帰蝶を信じよう。

隆佐は静かに決意した。

7 ✦ 堺へ

『やはりあなたには純真無垢な少年を堕落させる趣味があるのでは？』

人聞きが悪すぎである。どうしたいきなり？

『……後に基督教の洗礼を受けた小西隆佐は、宣教師保護において重要な役割を果たします。京都を追放されたルイス・フロイスたちを避難させたり、織田信長との面会にも同行したとされます。他にも護衛をしたり使者となったりと幅広く活躍していますね』

ほー。ルイス・フロイス。私でも知ってる。『日本史』を書き残した人だ。やはり私も『真・信長公記』を執筆するしかないのでは？

『数少ない味方、しかも豪商（金持ち）がいなくなるのですから宣教活動に多大なる影響がありそうですね』

といっても一人いなくなるだけでしょう？　海を越えてやって来る根性があるんだから大丈夫だいじょーぶ。知らんけど。

『……もはや、基督教にとっての「魔女」そのものなのでは？』

火炙《ひあぶ》りは勘弁してください。いや炙られたくらいじゃ死なんけど。

墨俣に着いた。

長良川はお城からも見えていたけれど、近くで見ると本当にでっかい川だった。

船着き場に準備されていたのは大きめの舟。江戸時代の浮世絵に描かれているような帆付きの和船だ。

そう、和船。

私は、気づいてしまった。

「なんてことだ……。プリちゃん、私は自分の失態に気づいてしまったよ」

『はぁ、なんだかどうでもいい予感がしますが、どうしたんですか？』

「戦国時代、そして信長と来れば——鉄甲船じゃないか！　くぅ自他共に認める軍艦オタクがすっかり忘れていただなんて！」

『はぁ、』

「やっぱり鉄甲船と言ったら鉄張りか否かの論争だよね。でもまぁ当時の資料である多聞院日記に『鉄の船なり』と明記されているんだから鉄張りだよねきっと。6隻分もの鉄をどこから用意したんだとか、薄い鉄板を大量生産できたのかとかの反論もあるけど、なら『鉄の船じゃなかったよ』って書いてある資料をもってこいって話だよね！（個人の意見です）江戸幕府が建造した船の銅板張りの厚さは3ミリらしいから、鉄甲船もそのくらいの厚さかな？　まぁオルガンチノの報告書や信長公記には鉄張りの記述がないのがちょっと不安だけど、ここは鉄張りがあったと考えるべきだと思うんだよ。だって第二次木津川口の戦いの戦闘記録を読むと村上水軍の多数の小型艦（小早船？）が突撃したのに鉄甲船を一隻も炎上させることができなかったのだから。無数の焙烙玉《ほうろくだま》による攻撃を受けても炎上しない対策が施されていたのだと考えなければ歴史的事実の否定になってしまうわけで。焙烙玉に『爆発力より燃焼力を重視して調合された火薬』が使われていたと仮定した場合、それを防げる可能性が最も高い材質は鉄であって――」

『はいはい』

軍オタの主張がたった4文字でぶった切られてしまった。解せぬ。

まぁ鉄甲船はあとで建造するとして。さっそく用意された船に近づいて家宗さんたちの商材を積み込む私たちである。……手伝おうとしたら光秀さんに止められたから見ているだけだったけどね。ゴーレム使えばすぐ終わるのにー。

船旅は順調に進んでいった。そりゃあもう順調すぎて不安になるほどに。だって元いた世界だったらここでモンスターの1匹でも飛び出してくる場面なんだもの。

『戦国時代で出てきそうなのは……河童とか？』

頭の皿割ったら戦闘不能にできる程度じゃ歯ごたえがないなぁ。

そんなやり取りをしているうちに舟は国境を越え、尾張に入った。

「おー、すっごい。見渡す限り真っ平ら」

開墾したらどれだけの米が採れるやら。あー、用水路作りたい。農業用水を張り巡らせたい。

『どういう性癖ですか？』

農業用水を作りたい性癖ってなんやねん。

『ところで、そろそろ信長の居城である那古野城《なごや》が見える頃ですね』

「あ、そうなんだ？　じゃあちょっと寄ってこようかな？　三ちゃんに『もうすぐ到着するよ～』とお手紙だしてーっと」

こんなこともあろうかと準備しておいた手紙を使い魔に運んでもらう。すると、光秀さんが少し怖い声を出した。

「帰蝶？　ちょっと寄ってくるとは、どこに行く気だ？」

おっとプリちゃんとのやり取りで声を出してしまっていたらしい。

「えぇちょっと那古野城まで」

「……尾張とは和睦の話が持ち上がっているとはいえ、まだ敵国なのだぞ？　しかも、那古野城といえば城主があの『うつけ』で――」

「大丈夫、そこまでうつけじゃないですから」

「…………帰蝶？　その口ぶり、よもや織田三郎信長を知っているのか？」

「よく知ってますよ未来の夫ですから」

「「夫ぉ!?」」

光秀さんと、なぜか生駒家宗さんが驚愕の声を上げた。あれ光秀さんの反応は予想していたけれど、なぜ家宗さんまで……？

まぁその疑問は一旦脇に置いておいて。まずは光秀さん丸め込み――じゃなくて、説得しましょうか。

「光秀さん。父様と織田信秀（信長の父）の和睦の証として、私が信秀の嫡男に嫁ぐ。そういう話になっているはずでしょう？」

たしかプリちゃんがそう言っていたような気がする。

しかしプリちゃん本人が否定した。

『いえ、この世界の「帰蝶」は最近まで行方不明だったわけでして。美濃と尾張で話がまとまっている可能性は低いかと』

この世界は史実と色々違いすぎない？

しかしプリちゃんの指摘は他の人には聞こえないわけであり。

「そんなこと殿は一度も……いやしかし殿であるしな……」

と、光秀さん。

「なんと……知らぬこととはいえ、何という無礼を……」

と、家宗さん。

光秀さんは初耳で混乱しているだけだとは思うけど、家宗さんはどうしたんだろう？

私が疑惑の目を向けると家宗さんは観念したとばかりに白状した。

「じ、実は、信長様の側室に是非うちの娘を、という話を信秀様と進めていた最中でして」

なんですとー？

私が驚いているとプリちゃんが首をかしげていた。プリちゃんは光の魂だから実際に首をかしげたわけじゃないけれど。

『はて？　信長と生駒吉乃《きつの》との結婚はまだ先のはずですが……。そもそもこの頃の吉乃は別の男性と結婚している可能性が高いですし』

なんやそれ滅茶苦茶やん。というか正室（帰蝶）と結婚する前に側室と結婚させるつもりなの？

『先に側室と結婚する事例は結構ありますので。浅井長政も市と結婚する前に子供が生まれていますし。……ふむ、織田弾正忠家の御用商人になるために娘を嫁がせようとしたのなら話は通りますか。しかし生駒家宗は犬山城主・織田信清に属していたはずで――つまり信清から信秀・信長に鞍替えしようとして――となると武器商人が味方になるのですから尾張統一も早まることに――』

プリちゃんが長考に入ってしまったので、ガクガク震える家宗さんに微笑みかける。

「まぁ、三ちゃんは立場的に子供を多く残さなきゃいけないですし、しょうがないのでは？」

跡継ぎの信忠も側室の子供らしいし。とは、未来のことなので黙っておくけれど。

というか、三ちゃんの魅力ならば女の方から寄ってくるだろうしね！　ハーレム作ってもしょうがないよね！　だって三ちゃん素敵だもの！　だから気にしなくていいですよ家宗さん！

と、私が正室（予定）としての心の広さを発揮していると、

「は、はぁ、さようでございますか」

なぜか家宗さんからはドン引きされ、

『……恋は盲目とはいえ、盲目すぎやしませんか？』

なぜかプリちゃんから呆れられてしまう私だった。解せぬ。

まぁとにかく。訪問のお手紙（いわゆる先触れ）も出したことだしちょっと那古野城まで行ってみることにする。

プリちゃんの示した方向を見やると、高さ20メートルほどの台地の上に建っているおかげか、少し離れた川からも那古野城らしき姿を確認することができた。

那古野城。未来の名古屋城である。

もちろん現時点で五層五階の天守なんてものはなく、目立つ構造物は土塁と塀、矢倉くらいしかない。

でも、城オタとしてはめっちゃテンション上がる。だって那古野城の詳細なんて残ってないし。名古屋城の二の丸にあったんじゃないかと推測されているだけだし。そんな那古野城を生で見られる機会！　テンション上がらない城オタがいるだろうか！　いやいない！

『……恋する乙女としては、信長との久しぶりの再会の方にテンションを上げるべきでは？』

やだープリちゃんったら純心なんだからー。

プリちゃんをツンツンと突《つつ》いてから私は転移魔法で那古野城まで移動することにした。いきなり城内に転移するとただの不審者だから、まずは近くまで転移して改めて三ちゃんに連絡を――

と、立ち上がった私の裾を光秀さんが摑んだ。

「帰蝶。この際どうやって信長殿と出会ったのかは聞かぬが……一人で向かうことなど許可できん。

尾張はまだ敵国なのだぞ」

「あ～なるほど光秀さんのご心配はもっともで。――じゃあ一緒に行きましょうか！」

「へ？」

光秀さんの返答を待たずに私は彼を小脇に抱えた。

『成人男性を小脇に抱えられるって、やはり中身はゴリラですよね』

ははは、アイアンクローで頭かち割るわよ？

「では皆さん、ちょっと出かけてきます。あとで追いつくのでこのまま川下りを楽しんでくださいな」

「ま、待て帰蝶――」

光秀さんの声が都合良く聞こえなかった私は那古野城近くまで一気に転移したのだった。光秀さんと一緒に。


『……光秀さんはそろそろ本能寺しても許されると思います』

本能寺を動詞にするのはやめてください。

はじめて♪の転移魔法は刺激的すぎたのかグロッキーな光秀さん。そんな彼に回復魔法を掛けてあげる私、とても優しいと思います。

『本当に優しい人間はいきなり転移したりしません』

プリちゃんのツッコミが理解できなかった。不思議なこともあるものだ。

さて。私たちが今いるのは那古野城の大手門らしき場所に繋がる道の上だ。このまま近づいてもいいけど、不審者だと思われて矢を射かけられたら痛いのでまずは三ちゃんに到着の連絡をして、と。

「――若様！　宗恩《そうおん》殿がお待ちですぞ！」

なにやら悲痛な叫び声が響いてきた。

「すまんな爺！　今日ばかりは無理だ！」

そしてなにやら聞き覚えのある声。

大手門方向に視線を向けると、少年たち（&青年一人）が城から逃げるように馬を走らせていた。

……うん、少年たちというか、三ちゃんと愉快な仲間たちだね。

そんな三ちゃんたちを『爺』と呼ばれた男性が必死に追いかけている。彼も馬に乗っているので逃がすつもりはないようだ。

「若様！　最近は心を入れ替えてくださったと感心しておりましたのに！」

「ええい、今日だけよ！　明日からは真面目にやるので許せ爺！」

三ちゃんは器用にも後ろを向き、『爺』と会話をしながら馬を操っているので、進行方向の先にいる私たちに気づいた様子はない。

『そういえば、信長は居眠りしながら馬に乗っていたと島津家久が書き残していますし、曲乗りが得意なのかもしれませんね』

　はたして居眠り運転は曲乗りに含めていいのだろうか？

　しかし、三ちゃんから『爺』と呼ばれている初老の男性、もしかして傅役《もりやく》（教育係）の平手政秀では？　『うつけ』だった少年時代の織田信長に振り回される役どころで有名な。なんかいかにも苦労してそうな顔をしているし。

『まぁそうでしょうね。ちなみに信長が待たせている「宗恩殿」とは沢彦《たくげん》宗恩のことだと思われます。臨済宗の僧侶であり、信長の教育係をしていたとされる人物ですね』

　戦国大名って子供の頃はお坊さんに家庭教師的なものをやらせていたみたいだしね。有名どころでは今川義元の軍師、太原雪斎《たいげんせっさい》か。

　…………。

　なるほど。つまり。三ちゃんは勉強をせず、家庭教師を待たせたまま逃げ出したと？

「…………」

　一歩。

　踏み出すのとほぼ同時、器用にも後ろを向きながら平手さん（暫定）に手を振っていた三ちゃんが前を向き、道の真ん中に陣取る私に気がついた。

「げぇ！　帰蝶!?」

　げぇ、とは何だ。げぇ、とは。こんな絶世の美少女を捕まえて。

　私はにっこりと微笑みながら両手に魔力を集めた。

そして、そのまま、ちゃぶ台返しをするように『どっせーい！』と腕を振り上げる。

「――勉強は！　ちゃんとしなさい！」

「ぬわぁあぁあっ!?」

風の魔法で吹っ飛ばされ、天高く舞い上がる三ちゃん（と愉快な仲間たち）。高さは10ｍほど。我ながら景気よく吹っ飛ばしたものである。

もちろん馬は巻き込まなかったし、三ちゃんたちが落下時にケガをしないよう風の魔法で優しく包み込んで着地させた私、とても優しいのである。

『……優しい人間はそもそも吹っ飛ばしません』

勉強から逃げる三ちゃんが悪い。ワタシ、ワルクナイ。

ちなみに。三ちゃんたちを追いかけていた平手政秀さん（仮）も巻き込まれて吹き飛んでいたし、逆に、愉快な仲間の一人である青年・森可成君は私の姿を見るなり馬を止めたので吹き飛ばされなかった。如才ない人である。

それはともかく、お説教開始だ。

「あなた織田弾正忠家の嫡男でしょうが。そろそろ父親から仕事の引き継ぎする時期でしょうが。勉強くらいちゃんとしなさいちゃんと。というか15歳にもなってまだお坊さんから勉強教わってると？　今までどれだけサボっていたのよ？」

「いひゃい、いひゃい」

三ちゃんの頰を引っ張る私だった。相変わらずよく伸びること。

「……帰蝶様。どうかその辺りでご寛恕《かんじょ》を」

と、膝を突いたのは如才ない可成君だった。

「近ごろの若様は心を入れ替え、勉学に励んでおりました故。おそらくは帰蝶様に相応しき男子《おのこ》と成るべく励んでおりましたのでしょう。今日逃げ出したのは帰蝶様がお越しになると知り、迎えに行こうとしていたからでして」

「あらそうなの可愛いところもあるというか可愛いところしかない――」

三ちゃんの頬から手を離し、腕を引き、一歩下がる。

――一閃。

先ほどまで私の腕があったところに斬撃が走った。危ない危ない。腕がスパーンと切断されるところだ。何という狼藉者。……まぁ斬られたところで繋ぎ直せばいいだけなのだけど。

『いえ、普通の人間には無理ですし、普通の魔法使いにも無理ですが』

プリちゃんのツッコミに反応している暇はない。振り下ろされた刀が返され、斬り上げ。さらには袈裟斬りに下方向からの突きという追撃が来たためだ。

もちろん私は経験豊富なので慌てることなく一歩二歩と下がりながら白刃を避《よ》ける。すると、油断ならない相手と察したのか狼藉者――爺と呼ばれた平手政秀（鑑定したので確定）が刀を構え直した。

「おのれ南蛮人が。若様への無礼、その命で償うがいい」

なんか怖いこと言われた。平手政秀ってもっと苦労人の気弱な人だと思っていたんだけど。警告もなしに殺す気満々の連撃とか、戦国時代の武士怖すぎない？

『いえ、森可成ですら反応できなかった奇襲を避け、追撃も回避したあなたも十分怖い人だと思いますが』

なんで攻撃避けただけで怖がられなきゃならんねん。

「――よせ、爺」

と、三ちゃんが仲介に入った。うん、止めてくれるのは嬉しいけどね？　もうちょっと早く制止してくれても良かったんじゃない？　普通の人間なら何回か死んでいるでござるよ？

『クマを倒せる人間を心配してもしょうがないですからね』

ちょっとくらい心配してくれてもいいじゃない。

私とプリちゃんがそんなやり取りをしている間、三ちゃんと平手さんが応酬していた。

「しかし若様、南蛮人で、しかも女性《にょしょう》でありながら数々の無礼――」

「……その女、マムシの娘よ」

「な、なんと！　帰蝶様は南蛮人の血を引いているとの噂は知っておりましたがっ!?」

その場で跪《ひざまず》き、着物の襟を開く平手さん。なんだか嫌な予感。

私を斬りつけた刀の刃を素手で掴み、切っ先を自分の腹に突き刺そうと――

「はいやめっ！　いきなりの切腹はやめなさい！」

ノータイム切腹！　逡巡なし！　やっぱり怖いわ戦国武士！

慌てて雷の魔法を使い平手さんの腕を痺れさせて止める私だった。……ちょっと手加減間違えて

全身痙攣している気がするけれど、気のせいだ。回復魔法で回復させれば気のせいだ。

『痺れは消えても全身麻痺させた事実は消えませんが』

あははー、うまいこと言ったわねープリちゃん。

私が親友を褒め称えていると三ちゃんが少し呆れた様子で平手さんの側にしゃがみ込んだ。しばらく待って平手さんの痺れがなくなってから語りかける。

「爺、いくら何でも腹を切ることはあるまい」

「いえ、今は美濃との和睦を纏めねばならぬ大事な時期。にもかかわらず美濃守護代の娘に斬りかかったとあっては――腹を切って詫びるしかありますまい」

三ちゃんの父親である織田信秀はちょっと前に父様相手に惨敗したらしいものね。ここで和睦が流れて万が一尾張に攻め込まれたら一大事ってところか。

きゅぴーんと思いついた私は微笑しながら平手さんの隣に膝を突いた。

「ええっと、はじめまして。斎藤道三の娘、帰蝶です」

「……ご無礼をお許しくだされ。某、織田弾正忠（信秀）様が家来にて、三郎様の傅役を仰せつかっております平手政秀と申す者。知らぬこととはいえ、帰蝶様には大変なご無礼を――」

「いえ、いえ、お気になさらず。まだお互いに自己紹介もしていなかったことですし」

平手さんの手を取る。切腹未遂のときに白刃を素手で握っていたので手のひらが深く切れてしまっていた。

もちろん回復魔法を使えばこの程度の傷は一瞬で治すことができる。

「お、おぉおっ!?」

下手をすれば破傷風で命を落としかねない深手。それほどの傷が一瞬で治っていく光景を目の当たりにして平手さんは目を見開いて驚いていた。

そんな彼に対してにっこりと微笑みかける私。

「私は、何も言いませんよ。父に知られたらどうなるか分かりませんし。えぇ。織田信秀様の家臣であり、嫡男の傅役でもある平手様が、斎藤道三の娘に斬りかかったとなれば美濃と尾張の和睦はご破算ですし。そうなれば平手さんが切腹したところで何の意味もなくなるでしょうから。私は、何も言いませんよ。えぇ、何も言いません。——今のところは」

「…………」

だらだらと。なぜかだらだらと冷や汗を流し始める平手さんだった。きっと私の心優しさに感動しているに違いない。

そう、私は優しいのだ。いきなり斬りかかられても笑って許すほどに。

だというのに。

「……やはり殿の娘か」

「……やはりマムシの娘か」

なぜかドン引きしている光秀さんと三ちゃんであった。解せぬ。

なんだか三ちゃんからの評価が急降下している気がしているけれど、気のせいだと信じたい。私と三ちゃんの絆はこの程度で壊れないのだ。ぐすん。

『だいたい100%自業自得ですが』

平手さんを許しただけじゃないかー。解せぬ。

『言い方が悪すぎます。あれでは「逆らったらバラす」と脅しているようなものでしょうに』

どうやら『マムシの娘』という偏見が私の言葉に裏を込めてしまったらしい。おのれ美濃のマムシ。許さんぞ。

『そういうところです』

こういうところらしい。

「まぁいいや。三ちゃん、ちょっと堺まで行ってくるけど何か欲しいものはある？」

「ほぉ、堺か。津島（尾張の貿易港）よりもはるかに栄えているらしいな。南蛮船も立ち寄ると聞く。ふむ――」

なんだかイタズラを思いついた悪ガキのような顔をする三ちゃんだった。そんな顔も素敵である。

「――決めた！　わしも堺に行くぞ！」

「「はぁ!?」」

平手さん、可成君、そして光秀さんが驚愕の声を上げた。うん、気持ちは分かる。那古野城の城主で弾正忠家の嫡男である三ちゃんがそう簡単に尾張を離れられるはずがないし。光秀さんからしてみれば「帰蝶に加えて信長の面倒も見ろと!?」って感じだろう。私の監視だけでも大変なのに。

『自覚があるならもう少し自重して、光秀さんに苦労を掛けないようにするべきでは？』

え？　自重もしているしなるべく迷惑も掛けないようにしておりますが？

『……やはり本能寺っても許されると思います』

本能寺を動詞にするのはやめてください。

光秀さんは給料アップを考えておくとして。ここは私も反対しておくべきだろう。三ちゃんにも立場があるし、この時代の尾張から堺までの旅なんて何日かかるか分からないのだから。

しかし、である。

――考えようによっては三ちゃんとの初デートになるのでは？

『ほんとポンコツですよね』

プリちゃんからの大絶賛であった。照れるぜ。

「……三ちゃんも15歳ですし、そろそろ見聞を広げるのもいいのでは？」

私がそう言うと、なぜか「帰蝶様!?　止めてくださらないのですか!?」と絶望の顔をする可成君だった。

『この人に期待するから……』

期待外れみたいな言い方やめてくれません？　私ほど期待以上の成果を残す人はいませんよ？

『はいはい』

せめてツッコミしてください。

「な、なりませんぞ若様！　５日後には末森城に行かねばならぬのですから！」

「む、そういえばそうであったか」

『末森城ですか。父である信秀の居城ですね。おそらくは信長の弟・信勝もいるはずです』

でたな、三ちゃんのトラウマランキングで（たぶん）第一位になる人……。

うーん、史実だと三ちゃんはこれから実の弟・信勝を殺したりするハードモードな人生を送らなきゃならないわけであり。ここは少年時代に少しでも楽しい思い出を残してあげるべきなのでは？

うんうんそう考えると今から堺に行くのは必然とすら言えるはず。

『……ただ単にデートしたいだけでしょう？』

ふっふっふっ、よく分かっているじゃないのプリちゃん。

そもそも。私が結婚する（予定）のだから、そんなバッドエンドなんて完全回避するに決まっているでしょうが。

『…………、……なるほど、不慮の事故に見せかけた信勝暗殺。そうすれば尾張統一も早まりますか。さすがの鬼畜思考ですね』

プリちゃんは私のことを何だと思っているのかなー？

『マムシの娘』

はっはっはっ。

今度私に対する評価について家族会議をしなければ。決意をしつつ私は三ちゃんの後ろに回り、彼の両肩を摑んだ。

「なるほど5日後に用事があると？　じゃあ余裕を持って4日目に那古野城へ帰ってきましょうか」

「む？　そんなことできるのか？」

「もっちろん。私を誰だと思っているの？」

自信満々に微笑みかけると三ちゃんはなぜか呆れたようにため息をついた。解せぬ。

平手さんが慌てた様子で詰め寄ってくる。

「な、なりませんぞ帰蝶様！　堺まで4日で戻ってくるなどできるはずが――」

「――美濃守護代、斎藤道三が娘、斎藤帰蝶が約しましょう」

父様の名前を出すと平手さんの動きがわずかに止まった。

「もし4日以内に帰れなかったら、責任をとって腹を切ります。それでいいでしょう？」

『……いやあなたは切腹したくらいで死にませんし。何の意味もない約束なのでは？』

私をバケモノ扱いするのはやめていただきたい。まぁ死なんけど。

「む、いえ、しかしですな――」

平手さんの言葉が詰まる。常識的に考えてできるはずがないものの、守護代の娘がここまでの覚悟を持って発言したのだ。安易に否定することもできないのだろう。

もう一押しだなぁと判断した私は、もう一押しした。容赦なく。そりゃあもう崖下に突き落とす勢いで。

「それとも、父様にお話ししましょうか？」

何を話すのか。口にするまでもないでしょう。

私の発言の真意を察した平手さんはダラダラと冷や汗を流し始め、痛そうに胃の辺りを押さえてしまうのだった。

あれれー、不思議だなー。私はただ「尾張で三ちゃんに会いましたよ」ってお話ししようとしただけなのにー。

『とぼける意味はあるのですか？』

様式美です。

私とプリちゃんが軽快なやり取りをしていると三ちゃんが後ろを振り向き、私の顔を見上げてきた。実は私と三ちゃん、私の方がちょっとだけ身長が高いのだ。まぁ成長期なのですぐ追い抜かれるだろうけど。大人になった三ちゃんもきっと素敵なので今から楽しみだ。

「……帰蝶。あまり爺に苦労をかけてはいかんぞ？」

「……いや『織田信長』にだけは言われたくないんですけど？」

私と三ちゃんがイチャイチャしていると、

「悪童が二人に……。平手殿、おいたわしや……」

なぜか天を見上げる可成君だった。

三ちゃんとの堺旅行に平手さんたちもついてくることになった。まぁ「敵国の姫との旅立ちを黙って見送りました」とか下手すれば切腹案件だものね。是非もなし。

城に戻って引き継ぎやら旅装やらの準備をする平手さんたちを待ちながら三ちゃんとのんびり会

話する。

「堺とはまた遠いな。何をしに行くのだ？」

「ちょっと銅鉱石を受け取りに。あと錫《すず》と鉛も必要だし。ついでに硝石も今のうちから買い占めておこうかしら」

「ほう、銅鉱石や錫は使い道が分からんが、鉛と硝石か。帰蝶も火縄銃の重要性を認識しておるようだな」

鉛はどちらかというと灰吹法に使うために入手しようとしているんだけど、まぁ硝石と一緒に買うってなったら『鉄砲の弾丸用の鉛』って思うわよね普通。

なんやかんやで話題は火縄銃中心となり、火縄銃の運用方法について盛り上がる私と三ちゃんであった。

それはいいのだけど……三ちゃん、ゴンサロやマウリッツ、グスタフ・アドルフとか知っているはずないよね？　この時期だとまだ戦に投入できるほどの火縄銃も持っていないはずだよね？　なんだか火縄銃の集中運用に関して驚くほどの知見というかアイデアを持っているんだけど……。

『元々の信長の発想力を、あなたの軍オタ知識が補強して加速させてしまっているのでしょうね。この世界の鉄砲戦術がどうなってしまうことやら』

未来知識を使って無双するのはちょっと気が引けるけど、あくまで現地の人が思いついたなら問題なくない？

『問題しかないですね』

プリちゃんがため息をつくのとほぼ同時、三ちゃんがジトッとした目で私の背後、つまりは後ろに控える光秀さんを睨《ね》め付けた。

「……で？　その男は帰蝶の何なのだ？　ずいぶんと親しげにしておったが」

戦国時代では『小脇に抱えて転移魔法！』を親しげと表現するらしい。ジュネレーションギャップ（数百年）か……。

三ちゃんからの睨《にら》み付けを受け、不機嫌そうに半目になる光秀さん。

「帰蝶の『いとこ』であり、家臣でもある明智光秀だ」

私の両肩を摑み、引っ張り、三ちゃんから距離をとらせようとする光秀さん。……これは、あれでは？　世に聞く『逆ハーレム』というものでは!?　やめて！　私をめぐって争わないで！

『……ただ「妹分」が「うつけ」に嫁ぐのを許容できないだけでは？』

夢くらい見たっていいじゃない。

光秀さんの返答に三ちゃんがにやりと口角を上げた。

「ほぅ？　家臣？　女性の家臣になるとは奇特な男もいるものよの」

「女性？　だからどうした？　そんなつまらぬことしか言えない男の下に帰蝶は嫁がせられないな」

「……なんじゃ？　やはりそういう風に話が進んでおるのか？」

三ちゃんの物言いを受け、光秀さんが訝しげに片眉を上げた。

「……美濃と尾張の和睦の証として、おぬしの下に帰蝶が嫁ぐのではないのか？」

「それが自然な流れだろうがな。わしは何も聞いておらん。……爺め、また勝手に話を進めておるのか？」

じぃー、っと。なぜか私を半眼で見つめてくる光秀さんと三ちゃん。

ふっふっふっ！　心配しなくても大丈夫よ三ちゃん！　私と三ちゃんはもはや結婚する運命なのだから！　……もしそういう運命じゃなくても、その時は運命の方を書き換えちゃえばいいのだし。

『やめろバカ』

真面目なプリちゃんによるツッコミであった。運命なんてほいほい気軽に書き換えちゃえばいいのにー。

『やめろバカ』

雑なツッコミであった。

『そもそも。以前も話しましたが、この世界の「帰蝶」は行方不明になっていたのですから、信長との婚約の話が進んでいる可能性は低いです。あなたが勝手に盛り上がっているだけで』

正論で殴ってくるの、やめてもらえません？

私とプリちゃんがいつものやり取りをしていると、三ちゃんは顎に手を当てて考え込んでしまった。

「ふぅ～む。妻。妻。帰蝶が妻か……。それも悪くはないな」

お!?

おお!?

おおおっ!?

ついに来たか！

私の人間的魅力が！　美少女力《ぢから》が！　ついに！　三ちゃんを落としてしまったようね！

『そんなフラグを立てなくても……』

これのどこがフラグだというのか。

「帰蝶は面白き女であるからな。妻になれば毎日が楽しそうだ」

いやそれ妻というか珍獣枠では？　いわゆる『おもしれー女』ってやつでは？

『お見事なフラグ回収でした』

泣いていいですか？

「……ふっ、帰蝶の破天荒な言動を見てもなお『面白い』で済ませるか……。織田三郎、中々の人物であるようだな」

なぜか納得して三ちゃんへの態度を弛緩させる光秀さんだった。


なんかよく分からないけど光秀さんと三ちゃんが「やるじゃないか」「お前もな」という雰囲気になっていると。旅の準備を終えた平手さんたちが戻ってきた。

ちなみに同行する三ちゃんの愉快な仲間たちだけど、森可成君以外の人の名前は犬千代と勝三郎、新介と左馬允《さまのじょう》らしい。

犬千代はたしか前田利家の幼名だし、プリちゃんによると勝三郎は池田恒興、新介は毛利新介、左馬允は津田盛月《もりつき》という名前らしい。

犬千代こと前田利家は私でも知っているけど、他の人は知らなかったのでここはプリちゃん解説だ。

『毛利新介は桶狭間の戦いで今川義元の首を取った――いえ、将来取ることになる人物ですね』

ほぉ重要人物。

『池田恒興は信長の乳兄弟ですね。母親の母乳の出が悪かった場合や、「貴人は自らの子供に母乳を与えない」という慣習などから、同じ時期に子供を産んだ女性から母乳をもらうことがあります。その女性の子供が乳兄弟であり、普通の家臣よりも強い絆で結ばれていたとされています』

プリちゃんが『母乳』とか口にするとドキドキしちゃう――痛っ、体当たりされてもうた……。

『最後に津田盛月ですが、またの名を織田信重。信長に仕え始めた時期は不明。尾張統一以前から活躍した武将ですが、柴田勝家の代官を斬り殺した罪で追放。その後は豊臣秀吉に仕えたようですね』

三ちゃん家臣を追放しすぎでは？　確か前田利家とか林さんとか佐久間さんとかも追放しているよね？

『織田軍の機密情報を知っているであろう人間を殺さずに追放するのですから、優しい方かと』

優しいのか。怖いな戦国時代。

『しかし、年代的に犬千代はまだ信長の小姓になっていないはずですが……まぁ、いいですか』

とうとうプリちゃんが史実へのツッコミを放棄してしまった。この前も放棄した気がしないでもない。もっと真面目にやれ歴史的事実。

人数が増えすぎて生駒家宗さんたちと一緒に乗ってきた舟では収容しきれないので、家宗さんたちには渡しておいた魔導具で連絡してそのまま港まで向かってもらい、私たちは別の川舟を用意して港に向かうことになった。

「「「若～！　お気をつけて～！」」」

どこから聞きつけたのか三ちゃんの見送りをする少年たちがいた。

「三ちゃん、あの子たちは？」

「農家の次男や三男らだな。どうせ親から引き継ぐ農地もないのだし、鍛えて軍団でも作ろうと思っておる。流民を雇うのもいいな」

お～、桶狭間で活躍したというアレか。いいよねぇ常備軍。兵農分離。軍オタの浪漫よね。

……ここは私も美濃で常備軍を編制するべきでは？　これからもお金は順調に稼げそうだし、養うくらいはできるでしょう。

『そんなもの作ってどうするのですか？』

え？　え～っと……三ちゃんが浮気したら攻め込ませるとか？

『北条政子じゃあるまいし……。そもそも信長はそこまで兵農分離していなかったとか、大規模な常備軍なんてなかったんじゃないかという学説も――』

そんな夢も浪漫もない学説などいりませぬ。正しいことが正しいとは限らないのだ（哲学）。

いつも通りなやり取りをしつつ舟でのんびり川下りをしていると、なにやら熱い視線を向けられていることに気がついた。いや正確に言えばずっと前から気づいていたけれど、なんだか面倒くさそうな気配がしたので無視していたのに、結局は根負けしたというか……。

「……犬千代さん。何かご用でしょうか？」

「はい！　拙者、感服いたしました！」

耳がキーンとなるほどの大声だった。この子、背が高いこともあってかなり目を引く美少年（たぶん12歳くらい？）なのだけど……なんだろう？　どことなく大型犬っぽい雰囲気を振りまいている。

「えっと、感服とは？」

「はい！　若様の我儘《わがまま》を頭ごなしに否定するでもなく、唯々諾々と従うのでもなく、若様を信じ、切腹覚悟で責任を負おうとするとは！　あれこそがまさしく『伴侶』のあるべき姿であるかと！」

やだー、伴侶だなんて照れるー。

と、ふざけられるほど私の神経は図太くなかった。

な、なんだか妙な方向に高評価をされているような？　夫がアホな言動をするたびに連帯責任負わされる『伴侶』とかいくつ命があっても足りないと思うわよ？　大丈夫？　犬千代の伴侶になるはずのまつさん、大丈夫？

私の心配をよそに犬千代君はヒートアップしていく。

「これからは是非『姐御《あねご》』と呼び慕わせていただきたく！」

「……ん～？」

私はいつから極道の妻になったのか。いや戦国大名とかある意味で道を極めていそうだけど。

へ～い、プリちゃん。戦国時代に『姐御』なんて呼び方あったの？

『……さすがに確かな文献は見つかりませんが……甲陽軍鑑には「信玄の姉御」という記述があったはずですし……いえしかし「姉御」と「姐御」では字も意味合いも違いますか。そもそも信玄の姉御とはそのまま実の姉を指しているはずですし……』

あかんツッコミ役のプリちゃんが長考に入ってしまった。圧倒的なツッコミ不足。

犬千代君の言動に三ちゃんたち尾張勢は慣れているのかスルーしているし、光秀さんは状況についていけてない。ここは私がツッコミをしなきゃいけないのだけど……うん、私にツッコミ役は無理だわな。

「――ふっ！　私の弟分になれるまでの道のりは険しいわよ！　犬千代君についてこられるかしら!?」

私が立ち上がりながらそう煽ってみると、犬千代君は「うおおお！　負けてなるものか！」とばかりにメラメラと瞳を燃やしていた。やだ、この子ちょっと面白いかも。これは私も頑張らなければ。

『……あなたの悪ふざけを加速させる人間が登場しましたか……この世界、滅びますね』

悪ふざけで滅びる世界って何やねん。

——海！

デートの定番！

もうこのまま浜辺で三ちゃんとキャッキャウフフして一日を費やしてもいいんじゃないかな!?

『4日で堺から戻ってくると約束したんですから、さっさと船に乗ってください』

「へーい」

プリちゃんに背中を押されながら宗久さんたちが準備してくれた船に移動。

安宅船《あたけぶね》（大型軍艦）ほどではないものの、大きな船だった。見た目だけなら弁才船《べざいせん》に近いかも。

というか時代的には弁才船そのものかご先祖様かな？

本物の安宅船とかいないかなぁと港を見渡してみたけれど、安宅船どころか関船《せきぶね》も見当たらなかった。残念無念。

いや、逆に考えよう私。見つけられないなら作ってしまえばいいいと！

『……あなたのその無駄な行動力は何なんでしょうね？』

プリちゃんに『アグレッシブで素敵！』と褒められてしまった。照れるぜ。

それにしても。さすが貿易港だけあって、戦国時代にしては海上交通量が多い。

このままのんびり風待ちしながら船旅をしていたら4日以内に堺まで行って帰ってこられないの

で、伊勢湾から太平洋に出て、周りに船が少なくなったあたりで私は手を出すことにした。

「はい、みなさん。ちょっと急ぐのでここに腰掛けてください」

空間収納《ストレージ》にしまっておいた砂を落とし、ゴーレムを椅子型に錬成する私。光秀さんや可成君はこのあとどんな展開になるのかだいたい予想が付いたのか大人しく椅子に座った。

反応しきれていない平手さんたちも可成君が促したことで椅子に座ってくれた。歯を食いしばり、足を踏ん張るようにお願いする。

「三ちゃんも椅子に座りましょうねー？」

船の舳先《へさき》（タイタニックごっこするあの場所）に陣取る三ちゃんに優しいお姉ちゃんみたいな口調で警告するけれど、どうやら聞き入れるつもりはなさそうだ。

「わしはここでいい！」

初めて船に乗った子供のように目を輝かせる三ちゃんだった。ちょっと可愛い——いや三ちゃんは常に全力で完璧に可愛いか。

『ポンコツ魔女……』

やっかましいわ。

時代が時代だし、もしかしたら本当に初めての船旅なのかもね。だとしたら素直に言うことを聞かないかな？　そう考えた私はこれ以上の警告はやめた。くっくっく、優しいお姉さんの助言を聞かなかったこと、後悔するがいい。

え〜っと、まずは身体強化魔法の応用で船体を強化して〜、帆柱や帆とかも強化して〜、あとは風よけと三ちゃんが海に落っこちないよう結界も張っておきましょうか。

「………」

瞼を閉じ、周囲の魔力を感じ取る。……ほうほう、あの辺に魔力溜まりがあるから利用して——

「吹けよ神風！　嵐がごとく！」

ノリと勢いで決めた呪文を叫ぶと、船の背後から突風が吹き荒れた。台風並みの暴風だ。

普通なら転覆してもおかしくはないところ。だけど、そこは魔法でいい感じに何とかした私である。何をどうやったか詳しく説明しろと言われても困るけど。

「ぬわぁあああああぁぁあっ!?」

急加速に耐えられなかったのか三ちゃんが舳先から船尾に向けて転がっていった。ゴロゴロと。

やべぇ、転がっていく織田信長（15歳）とか超面白い。

「な、なんの！　負けるかぁ！」

揺れる船体をものともせず立ち上がり、再び舳先に歩いていく三ちゃん。超格好いい。舳先までたどり着いて海風を一身に受ける三ちゃん、超格好いい。……まぁ結界魔法でほとんどの風は防いでいるんだけどね。格好いいものは格好いいのだ。

『やはりポンコツ……』

やっかましいわ。

堺まであと少し。と、いうところで休憩を強く強くお願いされた。船酔いがもう限界らしい。紀伊半島の潮岬で盛大にドリフトをしたのがトドメになってしまったみたい。まったくもーみんな軟弱ね。揺れる船体をものともせずに舳先で立っていた（そしてドリフトで横に吹っ飛んだ）三ちゃんを見習ってほしいものよね。

もちろん、結界を張っていたので三ちゃんが海に投げ出されることはなかった。偉いぞ私。

『なんだかもうツッコミするのも嫌になりますよね』

見捨てないでください。

まぁとにかく、今井宗久さんの指示に従って大河の河口近くの港で一旦休憩を取ることにした私たちである。

紀伊半島と言えば雑賀衆《さいか》よねーと考えていると、私たちの船に小型の船が近づいてきた。乗っている男たちはいかにも『海の荒くれもの』って感じの見た目をしている。

これはもしや出発前に家宗さんが話してくれた『海賊』ってやつでは？　略奪が目的じゃなくて、通行料をせしめるのが主な仕事らしい。まぁ通行料を払わないと容赦なく略奪していくらしいけど。

…………。

ここは海賊退治して三ちゃんに惚れ直してもらう絶好のイベントなのでは!?

『やめてくださいね。あなた手加減が下手なんですから紀伊半島が沈没しますよ？』

手加減間違えて半島を沈没させるって、プリちゃんは私を何だと思っているのか……。まぁ、できなくはないけれど。

そんなやり取りをしていると海賊の一人が船に乗り込んできた。最初は「げへへ、金と女を寄越しな！」と言わんばかりのゲスい顔をしていたのだけど、私と三ちゃん以外が船酔いでダウン中という船内の惨状を見て顔色が変わった。

「おいおい、どうしたよ？　嵐にでも巻き込まれたか？」

フラフラと立ち上がった今井宗久さんが営業スマイルを浮かべる。

「えぇ、そのようなものでして。できれば港でしばらく休ませていただければと」

「……あぁ、よく見たら今井の旦那でしたか。あまりにも弱っていたもんで気がつきませんでしたわ」

取引があるのか敬語になる海賊さんだった。

普段の宗久さんって『武士！』って感じだものね。気がつかなくてもしょうがないでしょう。

「旦那の頼みならしょうがねぇ。船を着けますんでちょっと待っていてください」

海賊さんに案内されて私たちは港に停泊することになった。

なんというか、古き良き漁村って感じだった。港とはいえコンクリートの岸壁なんてものはもちろんなく、船を直接浜辺に乗り上げさせる形式だ。

……よく考えたら津島にも桟橋はなかったし、大型船が直接横付けできる桟橋を作ったら効率アップできそう。ふ～む、となると、やはりコンクリートか……。

『また面倒くさそうなことを考えていますね』

だって今のうちから港関係の利権を買い占めておけば将来的には大金持ちになれるのに、やらないという選択肢はなくない？

『……そういうところが守銭奴だの腹黒だの邪悪だの言われてしまう原因なんですよ？』

邪悪ってあんた。

海賊さんたちは意外と優しいのか、船酔いしたみんなに水を持ってきたり何かと気遣ってくれている。

船酔いなんて放っておけば治るのだけど、まぁたぶん今回は100％私が悪いのでさっさと回復魔法を掛けてあげることにした。

みんなの下へと歩み寄り、周囲の魔力をかき集める。自分の魔力を使うのは疲れるからね。

「――道を知れ。神の奇跡を、今ここに《ヒルデガルト・フォン・ビンゲン》」

高度広範囲回復魔法。

俗な言い方をすれば、エリアヒール。

一人一人に掛けるのは面倒くさ――ごほん、時間がかかってしまうので一気に全員回復させてしまったわけだ。

『そんな理由で回復魔法の最上階位を使うのやめてもらえません？　普通、最上階位の魔法って適性持ちが数十年修行して至れるかどうかなんですけど』

この程度で最上階位とか、みんな修行が足りなすぎである。

エリアヒールは炎系の魔法のようにど派手さがあるわけじゃないので、エリアヒールだけだと

「なんか知らないけど急に体調が回復した！」となってしまうかもしれない。

なので、船酔いしたみんなの周りに光り輝く魔法陣（特に効果はない）を展開しつつ、風魔法で私の銀色の髪をいい感じになびかせながら、下方向から魔法でライトアップしてみた私である。うんうん、我ながら何という神々しさ。ここまですればきっと「帰蝶様が何かやったに違いない！」と分かってもらえることでしょう。

『……なぜわざわざ無駄な魔力を使って無駄な演出をするんですかね？』

無駄じゃありませーん。必要な演出でーす。

そう、演出は大事。そして効果は絶大。生駒家宗さんたちは驚きの目で私を見ていたし、隆佐君なんて手を合わせて拝んできているのだから。やはり演出は大事なのだ。大事なことなので二回言いました。

『自分で船酔いさせて、回復してあげて、それで尊敬されるんですから酷いマッチポンプですよね』

ははは、何のことか分からないでござるよ。

とぼけながら何の意味もない魔法陣を消していると——服の裾を引っ張られた。

私が振り向くと、十にも満たないような少年が私を見上げてきていた。かなりの美少年。だけど残念、いかな美少年を投入しようとも、もう三ちゃんに出会ってしまった私の心は動かされないのだ！

『……出会っていなければ動かされていたんですか、このショタコン』

ショタコンじゃありません。可愛い男の子と女の子の味方なだけです。

『ショタコンでロリコンとか救いようがない……』

やっかましいわー。

「えっと？　きみ、何かご用かしら？」

私が少年に向けて首をかしげると、少年も釣られて首をかしげた。うむ可愛い。

「……おっとう」

「へ？　おっとう？」

たしか時代劇とかで『お父さん』って意味で使われる言葉だったはず。まさか私をお父さんだと勘違いした？　ふふふ、こんな美少女を男と間違えるとはいい度胸じゃないの少年。

頬を引っ張ってやろうと少年に手を伸ばすと、少年はするりと私の腕をすり抜けて駆け出してしまった。港から陸地の方へと。

中々すばしっこいというか、私の『頬引っ張り』から逃げられる人間なんてそんなにいないと思うのだけど……。見た目は少年なのに結構鍛えているとか？

少し歩いては立ち止まり、チラチラとこちらを見てくる少年。ついてこいってこと？

俄然《がぜん》興味が湧いてきた私は少年の後を追って陸地の奥に向かった。

『少年に興味を抱いて追いかけるとか、完全に犯罪者ですよね』

プリちゃんは私を貶《おとし》めないと死ぬ病気なの？

ちなみに。

「――その鍛え上げられた肉体！　中々の益荒男《ますらお》とお見受けする！　儂の名は十ヶ郷《じゅっかごう》の源三！　ぜひお手合わせ願いたい！」

「ふっ！　名乗られたならば受けねばなるまい！　やってしまえぃ光秀！」

「某《それがし》っ!?」

三ちゃんたちはなぜか海賊さんたちと相撲を取り始めてしまった。ごくごく自然に巻き込まれる光秀さんに涙を禁じ得ないけど、まぁ仲は良さそうなので放っておくことにした。

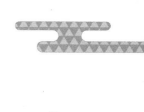

8 火《ひ》起《ぎ》請《しょう》

少年のあとをついて行くと集落にたどり着いた。いかにも時代劇の農村風景に出てきそうな家々たち。すきま風とか酷そうだ。

私がキョロキョロ辺りを見回していると、少年が再び私の服の裾を摑んだ。そのまま私を引っ張っていき、集落の中でもひときわ大きな家の中に連れ込もうとする。規模からしてたぶん村長とか郷長《さとおさ》とかの家。

う～ん、いくら私でもいきなり人様の家に入らない程度の常識は持ち合わせている。けれど、少年が招いて（？）いるのだし、敵意を持った人間が潜んでいるわけでもなさそうなので大人しく家の中へ足を踏み入れた。

「はじめまして～？」

ちょっと苦笑しながら挨拶をすると、家の中にいた数人が驚いたようにこちらを振り向き、次いで、私の姿を見て目を丸くしていた。

ふふふ、急に美少女が登場したせいで驚かせてしまったみたいね？

『どちらかというと山姥が出たと驚いているのでは？』

誰が山姥やねん。

ツッコミつつ家の中を確認。床張りの部屋の真ん中に畳が敷いてあり、咳の止まらない男性が寝かされている。その周りに奥さんらしき女性と、初老男性が座っていた。

「い、市助。その南蛮人はどうした?」

どことなく少年と面影が似ている初老男性が戸惑いながら声を上げた。……ふむ、少年の父親が病気で、母親と祖父が看病していたというところかな?

「じい。おっとう、病気治る」

片言ながらも不思議と通る声を出す少年(市助君?)だった。こういう『通る声』の人間って戦場での指揮官に向いているのよねーとちょっと場違いな感想を抱いてしまう私。

そんな私をお爺さんが訝しげな目で見つめてくる。

「南蛮の医者か? しかし、すでに大坂から偉いお坊様が祈禱しに来てくださることになっているから――」

すげぇ。西洋医術より加持祈禱を信じるのかこの時代の人。そりゃあ現時点の西洋医学も未熟だろうけどさ、生臭坊主のお祈りよりは効果があると思いますよ?

いや呪術とかなら坊さんの出番もあるかもしれないけど……それだとどっちかというと陰陽師の出番よねぇと考えながら私は病床の男性を観察し始めた。

むくんだ顔。けいれん性の特徴的な咳。ヒュー、ヒューという笛のような呼吸音。これは間違いなく百日咳だ。大人でここまでの症状が出ているのは珍しいかも。

本来ならきちんと鑑定眼《アプレイゼル》で鑑定して病名を特定するところ。でもまぁ今回はポーションを使っちゃうので細かく見る必要はない。口開けて飲ませればあとはポーションに入っているナノマシンがいい感じに治してくれるし。

「はい、というわけで『阿伽陀《アツキヤダ》』です。これを飲めば治りますよ？」

「は、はぁ……？」

市助君以外から疑いの眼差しを向けられてしまった。完全なる善意でやってあげているというのに。解せぬ。

『いやいきなり「阿伽陀です」とか言われても狂人か詐欺師にしか見えないでしょうに』

坊主の加持祈禱を信じてなぜ私を信じないのか。解せぬ。

何がヤバいって、百日咳って放っておいても治ることが多いのだ。つまり、加持祈禱を受けてしばらくすると自然回復するのだけど、患者からしてみれば「お坊さんのおかげで治った！　寄進(寄付)しなければ！」となってしまうのだ。私じゃなくて坊主の方が詐欺師だと思いまーす。

『いえ完全にあなたの方が詐欺師かと』

詐欺なんてしたことありませーん。

『……なるほど、嘘つきの「詐欺なんてしたことない」という証言を聞いて、騙される方が悪いと？　さすがですね』

何がなるほどなのか。プリちゃんは私を何だと思っているのか。清廉潔白純真無垢な美少女とは私のことですよ？

『そういうところです』

こういうところらしい。ワタシ、清廉潔白。ワタシ、純真無垢。ウソツイテナイネ。

まぁいいや。

いちいちポーションの効能を説明するのも面倒くさいのでさっさと治してしまうことにする。まずは抵抗されないように威圧《ズウィン》をかけて――

ふと。私の視界の横で何かが動いた。威圧《ズウィン》の範囲対象外だった市助君だ。

「…………」

「…………」

目と目で打ち合わせをして、頷き合う私と市助君。言葉もなしでのこの連帯感はもはや肉親のそれだろう。

『たとえ肉親もアイコンタクトで通じ合うことなんてできないと思いますが』

プリちゃんのツッコミを聞き流しつつ、まずは市助君が病人（お父さん）に取り付いた。そのまままいい感じに口を開けさせてくれる。

そして私が！　お父さんの開いた口にポーションをビンごと突っ込んだ！　チェストー！

「ごぼがぼっ!?」

うまく飲み込めていないようだったので魔法でポーションを操り、喉から胃袋まで無理やり飲み込ませる。よし、あとはナノマシンが適当にやってくれるでしょう。

一仕事終えた私は市助君に親指を立てた。いわゆるサムズアップとかグッドサインと呼ばれるものだ。

もちろん戦国時代にそんなジェスチャーはないはずなのだけど、市助君は魂で意味を感じとったのか同じように親指を立ててくれた。

うんうん、市助君のお父さんの病気をタダで治してあげたとかまさしく薬師如来の化身よね。良いことをしたあとって気分がいいわ。

『……そういうところです』

こういうところらしい。

「せ、咳が止まった!?」

「え!?」

「ま、まことか!?」

ポーションの効果が出たのか市助君のお父さんたちが驚愕の声を上げていた。奥さんらしき人なんて状況を理解したあとは涙まで流している。

百日咳は大人だとそこまで酷くなる病気じゃないのだけれど。戦国時代だとそんな診断もできない上、結核とかの可能性もあったのだから喜びも一入《ひとしお》なのでしょうきっと。

なんだか「阿伽陀……まさしく薬師如来の化身か！」と拝まれている気がするけれど、気のせいということにしておく。

『いえ完全に拝まれていますが。信仰心が発生していますが』

ポーションをビンごと口に突っ込まれたのに信仰してしまうとか、チョロすぎない戦国時代の人？

私が（自分の行動を棚に上げながら）呆れていると、またまた服の裾を引っ張られた。

「……ありがとう。おっとう、治った」

うんうん、おねーさん、ちゃんとお礼が言える子は好きよ？　どっかの王太子なんて助けられて当たり前と勘違いしていたし。

思わず市助君の頭を撫でていると、市助君はちょっとくすぐったそうにしながら私を見上げてきた。

「――ねぇね、ありがとう」

「…………」

ねぇね。

姉《ねえ》ね。

つまり、お姉ちゃん。

ずぎゅんときた。

バキューンときた。

ビビビッときた。

姉。

おねーさん。

おねーちゃん。

そうか！　その手があったか！

「弟ならしょうがないわね！　ちょっと美濃まで連れて帰りましょう！」

『落ち着けショタコン』

「ショタコンじゃないわよ!?　姉と弟が一緒にいるのは普通のことでしょう!?」

『あなたの思考回路は普通じゃありません』

「姉と弟が――」

『以下略』

「略された!?」

『……そもそも、あなたもう運命の相手（笑）に出会ったでしょうが。浮気はどうかと思いますよ？』

「浮気じゃありませーん。弟枠でーす。夫は一人だけだけど弟なら何人いてもいいんでーす」

『……人間のクズ』

「もうちょっとオブラートに包んでくれないかな!?」

私とプリちゃんがいつも通りのやり取りをしていると、

「……ねぇね、その光の球、何？　しゃべっているけど」

「…………」

『…………』

あれ？　もしかしてプリちゃんが見えてる？

プリちゃんって人工とはいえ妖精だから、普通の人間には見えないはずだし、声も聞こえないはずなんだけど。

「まさか『妖精の愛し子』……？　え、冗談じゃなく美濃に連れ帰るべきなのでは？」

『連れ帰るかどうかはともかく、貴重な人材であることに変わりはありませんね。まさかこの世界に妖精が見える人間がいたとは……。いえしかし安倍晴明の逸話を見るに妖精と関わり合いのある人間もいる可能性がありますし、ここは高野山も近いですからそういう『血』が流れてきても不思議では――』

はいプリちゃんが長考に入りました。今が好機！　さっそくお義父様《とうさま》（予定）とお義母様《かあさま》（予定）に市助君義弟計画を伝えて――

「――で、あるか」

背後からとても有名な、とても聞き慣れた言葉が聞こえてきた。

ぎぎぎと振り向くと、そこにいたのはやはり三ちゃんだった。

「帰蝶。美濃ではどうか知らぬが、年端もいかぬ少年を拐《かどわ》かすのは感心せぬな」

「か、拐かすとは失礼な。ちょっと美濃まで連れて帰ろうとしただけよ？」

「それを拐かすというのだ」

「お、お義父様とお義母様から許可は取りますしー？」

「命を救った対価に息子を差し出せと？　ずいぶんとマムシの娘らしい言動であるな」

三ちゃんのツッコミが切れ味抜群だ。……これは、あれなのでは？　自分じゃなくて市助君を求めているから嫉妬しているのでは!? やだも～三ちゃんったら情熱的なんだから！

『はいはい』

せめて突っ込んではくれませぬかプリ様？

『この人《アホ》にお説教をして、しかも大人しく聞き入れさせるとは……。織田信長、やはり只者ではありませんね』

なんか変なところで感心するプリちゃんだった。さらっとアホ扱いするのやめてもらえません？

『しかし、正論を並べ立てて説教する信長とかとても面白かったですよね。イメージ逸脱しすぎてて』

まぁ織田信長って理路整然と説教するよりプッツンしてバッサリしそうなイメージあるものね。

……追ってきた平手さんが「若様……成長なされて！」と感涙していたのでイメージ通りなのかもしれない。

ちなみに同じく追ってきた光秀さんは「また何かやらかしたのか帰蝶……」と頭を抱えていた。解せぬ。

三ちゃんからのお説教はある意味ご褒美だったのでいいとして。私は一度咳払いしてから『浄化《ライニ》』の呪文を唱え、家の中を浄化した。百日咳は感染症だからね。幸いにして家族には感染していなかったけど、ここは念のために浄化してしまった方がいいでしょう。特に子供の市助君が危ないし。

市助君とお母さんにそれぞれポーションを手渡す。

「お父様の病気は感染性のものだったから念のために渡しておくわ。元気だったら無理に飲まなくてもいいから、いつか別の病気で困ったときに使えるよう取っておきなさい」

「うん。ありがとう、ねぇね」

ねぇね。やっぱりいいわぁ萌えるわぁ。

私が自分でも分かるレベルで頰を緩めていると、なぜか三ちゃんが不機嫌そうな声を上げた。

「なんだ、帰蝶はまた男を落としたのか？」

人聞きが悪すぎである。こんな彼氏いない歴＝年齢だった私を捕まえて。

「光秀から話は聞いたぞ。光秀だけではなく生駒家宗や今井宗久、小西某まで口説き落としたそうではないか。しかも犬千代やその小童《こわっぱ》まで……」

いつ口説き落としたというのか。と、抗議したかった私だけれども。よく考えたら今の状況って憧れの『逆ハーレム』なのでは!?　ダメよ私には三ちゃんという人が！

『大部分が既婚者ですが』

夢くらい見させてください。さすがの私も既婚者は攻略範囲外でござる。

しかし……明らかに不機嫌そうね三ちゃん？　嫉妬しているのね三ちゃん？　どうやら私は順調に三ちゃんを攻略しているようね!?

『……なんというか、ポンコツ』

解せぬ。

プリちゃんは『ほんとに攻略できているんかいな？』という態度だけど、第三者である市助君からはちゃんと仲のいい男女に見えているようであり。

「ねぇねの夫？」

市助君の疑問に全力で首を縦に振る私！　そうでーす！　私が！　信長の嫁の帰蝶でーす！

『ポンコツ』

解せぬ。

プリちゃんは疑わしげだけど、市助君は私と三ちゃんの関係性を正確無比に理解したようだ。

「ねぇねの夫……にぃに？」

にぃに。

兄《にい》に。

つまり、お兄ちゃん。

その言葉の直撃を受けた三ちゃんは明らかに機嫌が良くなった。

「…………、……はっはっは、中々面白いことを言うではないかこの小童は」

嬉しそう。それはもう嬉しそうに市助君の頭をがしがしと撫でる三ちゃんだった。そんなに私の夫扱いされたのが嬉しいのかしら？

『違うと思いますが。……信長にも弟がいますが、「うつけ」として距離を取られているでしょうしね。しかも、母親が同じ弟・信勝は跡継ぎの座を争うライバルですし。実母の愛情も信勝にだけ向けられていたとされていますから。純粋に『弟』として可愛がることのできる市助君は意外と貴重な存在なのでは？』

三ちゃんの家庭環境、ハードである。母親から愛されないのなら――その分私が愛するしかないわよね！

市助君の頭を撫でる三ちゃん。

そんな三ちゃんの頭を撫でる私。

「……何をしているのかおぬしは」

声こそ不機嫌そうだし顔つきも不機嫌そうだけど。それでも三ちゃんが喜んでいることは分かったので私は存分に彼の頭をなで回したのだった。

そんな私たちを見て市助君の家族は「なんだこいつら……」って顔をしていたけれど、きっと気のせいだ。気にしなければ気のせいだ。


市助君のお父さんはもう大丈夫なので、港に戻ることにした。

私たちの姿を見つけた犬千代君が気安げに手を振ってくる。

「姐御！　どこ行ってたんですか！　光秀殿も、優勝者がいなくなっちゃあ盛り上がりに欠けるでしょう！」

突如として始まった相撲大会は光秀さんが優勝したらしい。凄いぞ明智のみっちゃん。さすがは三日とはいえ天下を取った男である。

『三日じゃなくて十一日ですね。……畿内すらろくに掌握できなかったのですから「天下を取った」というのも無理があるのでは？』

プリちゃんの酷評に私の中の全明智光秀が泣いた。

でも正直本能寺ったあとの明智光秀のダメっぷりを見ると「ざっまぁねぇなぁキンカン頭！」ってなるよね？　ならない？

まぁ史実の『明智光秀』と明智のみっちゃんは別人としか思えないし、もし謀反《むほん》を起こしたらグーで殴るからそれは置いておくとして。

ふ〜む、私の家臣である光秀さんが大活躍したのだから、ご主人サマーとしては何か褒美を与えないといけないかな。ふふふ、なんて素晴らしいご主人サマーなのでしょう！

『主人と家臣というか、問題児な妹と苦労性の兄なのでは？』

私のどこが問題児だというのか。こんなにも可愛くて素直で優秀な妹分だというのに！

『そういうところです』

こういうところらしい。

さてご褒美は何にしようかな？　この時代にないもので、光秀さんが喜びそうなもの……くっ！

ライフリング火縄銃が完成していれば嬉々として渡したのに！

『そんなもの渡されて喜ぶのはあなただけなのでは？』

えー絶対喜ぶのにー。男の子は絶対喜ぶのにー。

あ、そうだ。この前父様とお酒を飲んだって言っていたな。こういうとき、現地で生産されていないお酒を造って大人気！　ってのは異世界ものの定番だし、お酒をあげよう。

たしか師匠のために醸造したのはいいけど、渡す前に異世界転移しちゃったので結局は死蔵することになったお酒たちが空間収納《ストレージ》の中に……あった。

とりあえず一番手近なところにしまってあったワイン樽を取り出す。ほかにも焼酎やらウィスキーやら各種取りそろえております。師匠がお酒好き（オブラートに包んだ表現）だったもので。

「はい、では優勝した光秀さんにはご褒美をあげましょう」

「……こんな大きな樽をどうやって……いや馬車を出し入れしている時点で今さらか。しかし帰蝶。こんな私闘のような相撲大会で賞品をもらうわけには……」

真面目に渋る光秀さんの肩を三ちゃんが抱いた。まぁ身長差があるので『ぶら下がった』って感じだけど。

「はっはっはっ、光秀は真面目だのぉ。主人が褒美を与えるというのだから、ありがたくもらっておくのが礼儀というものだぞ？」

あの織田信長が礼儀を語ってるの、超面白い。というかいつの間にか仲良くなってない？　やはりあれか？　半裸でぶつかり合ったことで打ち解けたのか？

『ただの相撲を意味深な表現にしないでください』

今日もプリちゃんのツッコミは絶好調であった。

「ところで帰蝶、褒美とは一体何なのだ？」

「うん？　お酒よお酒」

「……で、あるか」

三ちゃんが興味なさそうな顔をする。そういえば織田信長って下戸だったっけ。お酒で三ちゃんの胃袋ゲット作戦は使えないか……。

そんな三ちゃんの反応とは対照的に、犬千代君たちは爛々と目を輝かせた。

「酒！」

「酒ですか!?」

「そんな大きな樽に酒が!?」

「帰蝶様のことだから、もしかして珍しいお酒だったり!?」

私のことだから、という物言いには納得しかねるけれど、まぁこの時代この国においては珍しいものに変わりはないでしょう。

「珍しいことは珍しいわね。ワインよ、ワイン」

「わいん？」

おや通じてない？

『この時代だと「珍陀酒《ちんだ》」じゃないと通じないでしょうね。そもそもまだザビエルも来ていないので日本に伝来していない可能性が高いですが……南蛮商人は来ているみたいですし、もしかしたら堺の商人である今井宗久さんや小西弥左衛門さんは知っているかもしれません』

ワインもないのか戦国時代。なんて辛く悲しい時代でしょう。

愉快な仲間たちが「是非拙者たちにも！」と期待の目を向けてきたけれど、まずは光秀さんに飲ませてあげることにした。ワイングラスを取り出し、中身を注いで光秀さんに手渡す。

「なんと、血のような赤……。き、帰蝶。これは本当に酒なのか？」

「赤ワインですからね。南蛮では神の血と呼ばれるお酒なんですよ？」

「ぬぅ、匂いは血ではないが……」

恐る恐るワイングラスに鼻を近づける光秀さん。ビビりすぎである。

『あなたが今までやらかしすぎたせいで、本当の血を飲まされるかもと警戒されているのでは？』

私のことを何だと思っているのか。さすがの私でも血は飲ませんわ。いやスッポンの生き血ならあるいは、だけど。

そんな光秀さんの様子を眺めながら家宗さんたちがひそひそ会話する。

「ほう、珍陀酒というものですな」

「たしか宗久殿は飲まれたことがあったとか」

「ええ、機会に恵まれまして。……高い銭を払った割には酸っぱくて飲めたものではありませんでしたが」

「ふぅむ、安いならともかく、高くて酸っぱい酒など売れはしませせぬか」

「売れるようなら仕入れてもいいと思ったのですが」

さすがは商人だけあって金もうけのことばかり考えているらしい。

『あなたの同類ですね』

失礼な。武器開発のことや三ちゃんのことも考えていますことよ？

『もっと真っ当なことを考えて、真っ当な人生を送ったらどうですか？』

今さら生き様を変えられるものかいな。

「――何という芳醇な香り！　鼻の奥を突き抜けていくかのようだ！　それにこの目も覚めるような甘さは今まで味わったこともない！」

恐る恐るワインを口にした光秀さんはグルメ漫画みたいなことを口走っていた。戦国グルメものとか斬新――いや意外とあるな。戦国時代、懐が深すぎである。信長が世界征服したり探偵やったり……。

光秀さんの感想を聞いて、愉快な仲間たちが光秀さんに「拙者たちにも！」と圧をかけているし、商人たちも「ほぅ、甘いのですか」と興味津々な目を向けている。

あかん、このままでは押しに弱い光秀さんからワインが奪われてしまう。

『押しに弱いというか、あなたの押しが強すぎて負けているだけというか』

プリちゃんのツッコミを右から左に受け流しつつワイン樽をもう一本追加する。

「はいはい、今日は船酔いでみんなに迷惑かけちゃったから、自由に飲んでいいわよ？」

「まことですか!?」

「さすがは帰蝶様！」

「早く若様と結婚してください！　一生ついて行きます！」

現金な愉快な仲間たちと、商人たち、ついでに三ちゃんと隆佐君にもワイングラスを渡していく。

味見くらいしたいだろうし。

おっと市助君はダメよ？　キミ明らかに子供なんだから。

『愉快な仲間たちも明らかに未成年ですが』

この時代に禁酒の法律なんてないだろうから、たまにはいいんじゃない？　もちろん脳を壊すレベルで暴飲するなら止めるけどね。

初めて飲むワインに愉快な仲間たちはドンチャン騒ぎを始め、逆に商人たちは難しい顔で皮算用を始めた。そんなみんなの様子を見てから三ちゃんと隆佐君もグラスを傾ける。

「ほぅ、甘いな。酒は好かんが、これならばいいかもしれん」

「いや、まったくですな！　酒はどうにも酒精（アルコール）が強くて苦手だったのですが、これならばいくらでも飲めそうです」

「口当たりが軽いからって飲みすぎはダメよ？　酒精自体は強いんだから」

「ほぉ、そうですか。気をつけます」

気をつけると言った舌の根も乾かぬうちに2杯目を注ぎに行く隆佐君だった。きみも市助君ほどじゃないけど小さいのだから飲みすぎに気をつけなさいね？

海賊さんたちも物欲しそうな目をしていたので、せっかくだからと分け与えることにする。……正直、みんなに分けないと愉快な仲間たちが樽を飲み干しそうだし。それはさすがに飲みすぎだ。

ちなみに平手さんもさらっと飲み会に参加していた。むしろ浴びるように飲んでいた。それでいいのか傅役。

……三ちゃん関連でストレス凄そうだし、少しくらい分けてあげてもいいかもしれない。もちろんアルコール依存症にならない程度に加減して。

う～ん、となると師匠用に造った分じゃ足りなくなるか。日本酒は米を増産すれば何とかなるとして、消毒用エタノールも欲しいから蒸留酒も作りたいところ。

原材料は――大麦とか芋。ジャガイモ――寒い地域――北海道――開拓――クマ鍋――

『また面倒くさそうなことを考えていますね』

面倒くさそうって何やねん。北海道開拓とか乙女の浪漫だというのに。

まぁ北海道開拓は後々やるとして。問題なのはワインか。三ちゃんが美味しそうに飲んでいるのだから胃袋を摑む意味でも手に入れたいところ。

『宗久さんが酸っぱいと言っていたのは、おそらく船の中で劣化していたのでしょうね』

南蛮商人から買うのはダメと。そうなるとブドウから栽培しなきゃならないのだけれども。この時代にブドウってあるの？

『戦国時代でも京都や山梨では栽培されていたかもしれませんね。ただ、ワインに使うには向いていないでしょうけれど』

う～ん、となると、何とかしてワインに向いた品種を――

「帰蝶。何を難しい顔をしているのだ？」

「あら三ちゃん。顔を赤くしてご機嫌ね」

「この『わいん』とやらは美味いからな。これならば宴のときも面倒くさい思いをしなくてすみそうだ」

しらふでの飲み会ってつまらないものね。戦国時代でも変わらないらしい。

「じゃあやっぱり定期的に入手できるようにしないとね」

「今井らに頼めば買えるのか？」

「たぶん、船旅で劣化して酸っぱくなったものが届くんじゃない？」

「む、それはいかんな」

「だから日の本で原材料のブドウを育てて醸造するのが一番なんだけど——栽培に適した場所はたぶん甲斐国なのよね」

今で言う山梨。名産なんだからきっと適しているんじゃない？　よく知らんけど。

「甲斐か。武田の領地だったたな。——攻め込んで手に入れるか」

「お、いいんじゃない？　今のうちに武田信玄を殺《や》っちゃえば後々楽だものね」

くっくっくっくっと黒い笑みを浮かべる私と三ちゃんだった。もちろん冗談である。イチャイチャしているだけである。……今のところは。

『……いえ山梨以外でもあなたなら育てられますし。尾張一国すら手に入れてないのに甲斐国とか気が早すぎですし……ブドウのために攻め滅ぼされる武田とか前代未聞すぎるのでやめてもらえませんか？』

珍しく長文で突っ込むプリちゃんであった。ご苦労様です。

結局。光秀さんへのご褒美授与式は海賊さんたちを巻き込んだ大宴会に発展した。

数々の肴が並べられ、川の対岸の集落からも海賊さんたちが集まってきて、もはや当初の目的が何なのか分からない有様だ。一応は郷長（市助君のお父さん）の快気祝いということになるのかな？

もちろん私は三ちゃんの隣に陣取りイチャイチャしていますともさ。私はもう予約済みだから口説こうとするな海賊どもめ。しっしっ。

海賊たちを追い払いつつ三ちゃんにお酌をしていると、宴会場が騒がしくなってきた。まぁ酒の席での乱闘なんて珍しくも――

うん？　なにやら人混みの上に槍の穂先が見えるような？

まさか乱痴気騒ぎに武器を持ち込んだ？　人がせっかくイチャイチャしているときに刃傷沙汰とかふざけるな――じゃなくて、ケガ人が出ると結局私が治療するハメになる――でもなくて、痛い思いをする人が出たら可哀想なので止めに入ることにした。

現場に到着すると、二手に分かれた男たちが喧々囂々《けんけんごうごう》に言い争いをしていた。一方の男性たちは槍やら刀やらを持ち出して物騒なことこの上ない。

近くで見守っている人たちの中に見慣れた男性がいたので近寄って事情を聞いてみる。たしか十ヶ郷の源三と名乗っていた人だ。

「源三さん、でしたよね？　どうしたんですか？」

「へぇ。中郷《なかごう》の連中が山の境界に文句を付けてきやして。ま、境界争いってヤツですな。騒がしくしてすみません」

よく見ると集団の片方は見慣れた顔が多いので、私たちの世話をしてくれた海賊たち（十ヶ郷の人）だ。

となると、もう片方の、槍やら弓やらを持ち出しているのが隣の集落（中郷）の連中と。

『境相論《さかいそうろん》ですね。中世では農地や山林資源の領有などをめぐって隣り合う集落の争いはよく起こっていたそうで。時には武家を巻き込んだ合戦にまで発展したとか』

怖いな戦国時代。裁判をしなさい、裁判を。

『戦国時代にも一応裁判みたいなものはありましたが――』

プリちゃんの解説の最中、妙に通りがいい声が響いてきた。

「――あいや待たれよ！　争いによって多くの血が流れることは御仏も望まれぬでありましょう！」

うわ。坊主だ。いかにもな袈裟を着たリアル坊さんだ。

……ややこしいことになる前に雷魔法落としていい？　いいよね？　許されるよね？

『許されませんって。あなたのその坊さん嫌いはどうにかならないんですか？』

坊主が嫌いなんじゃありません。エセ宗教家が嫌いなんです。特に「進まば往生極楽、退かば無間地獄」とかほざいて信者を煽る坊主はまずお前が死ねお前が地獄に堕ちろ以下略。

『略した意味がない、ないですよそれ』

プリちゃんがツッコミする間にも坊主はオーバーな身振り手振りで耳目を集めている。

「ここは仏神に判断を委ねるべき！　いざ、『火起請《ひぎしょう》』とまいりましょう！」

ひぎしょー？

『中世における裁判——というか、神判の一種ですね。簡単に説明すると双方の代表者が焼けた鉄片を素手で握って所定の場所まで持ち歩き、その完遂度合いによって争論の是非を決めたとされています』

何それ野蛮。絶対ヤケドするじゃん。

『ヤケドどころか障害を負うことも多かったそうで。火起請の実行者やその家族は所属集団によって手厚く庇護されたらしいですね』

そこまでしてやる意味は？

『下手をすれば合戦になって双方に多くの死傷者が出ますし、血で血を洗う報復合戦になる可能性もありますから。犠牲者が一人で済む火起請の方がマシという判断では？』

どうしようもねー……

火起請を持ちかけられた十ヶ郷の人たちは戸惑っていた。そりゃそうだ。美味しい酒と肴で楽しく宴会していたのに「神判だ！　火起請だ！」とか騒がれているのだから。もうちょっと空気読めクソ坊主と中郷の連中。

なんか面倒くさそうだし、坊主が仕切っているのも気にくわない。ここは私が乱入して有耶無耶にしてしまおうかと考えていると、

「——やる」

坊主の前に出たのは市助君だった。

まさか、自分がやるって？　火起請を？　いくら郷長の息子だからってこんな馬鹿げたことに付き合わなくてもいいと思うけど……。

十ヶ郷のみんなは良識のある大人だったらしく慌てて止めに入る。

「い、市助様！　やめてください！」

「こんな無茶に付き合う必要なんてねぇですって！」

「なんならこいつらの首を落とせば解決ですから！」

「あの偉そうな坊主も含めてな！」

わぁお、さすが海の男たち。血気盛んである。良識はあっても容赦はなかった。いいぞもっとやれ。

思わぬ展開になったのか煽っていた（そしてたぶん中郷に入れ知恵した）坊主が蒼い顔をする。いいぞもっとやれ。

ここは十ヶ郷のみんなに加勢するべきかしら。そして坊主に痛い目を見せるべきかしら。私がそんなことを考えていると、

「――はっはっはっ！　よいぞ市助！　それでこそ我が義弟よ！」

そんな、とても快活で格好良くて可愛らしい声が響き渡った。まぁつまりは三ちゃんの声である。

「集落のために我が身を差し出すその覚悟！　気に入った！　ここは市助の兄であるわしが火起請をやってやろうではないか！」

織田弾正忠家の嫡男にして将来の天下人がこんなアホなことをやろうとしていた。つまり三ちゃ

んはアホなのだろう。

平手さんや可成君が止めに入るけれど、三ちゃんは聞く耳を持たない。生臭坊主に「さっさと準備せんか！」と命令している。

三ちゃんの説得は無理と判断したのか平手さんと可成君がこっちに駆け寄ってきた。

「き、帰蝶様！　どうか若様を止めてくだされ！」

「こんなことで若様が不具者（障がい者）となれば我ら腹を切らなければなりません！」

「あー、大丈夫ですよ。私が三ちゃんにヤケドさせるわけないでしょう？　というかヤケドくらいならすぐ治せますし。たぶん三ちゃんも私が何とかすると確信しているんじゃないですかね？」

いや三ちゃんの場合は考えなしのノリと勢いで決断していてもおかしくはないけれど。そんなところも可愛いぞ三ちゃん。

「む、」

「たしかに、帰蝶様の『真法《まほう》』であれば……」

渋々ながら平手さんと可成君も納得したらしい。

『いや納得しちゃダメでしょう二人とも。織田弾正忠家の嫡男が火起請をやること自体に反対しませんと……』

せっかく気づかずに騙されているんだから、細かいことは言いっこなしよ。

「で、ではさっそく……」

いきなり登場した三ちゃんに坊主は戸惑っていたけれど、首を落とされるよりはマシと判断したのか火起請を進めようとする。

十ヶ郷の代表は三ちゃん。そして、中郷の代表は……痩せこけた青年だった。

いや本当に痩せている。飢饉であれば納得もできるけど、周りの中郷の連中は普通だから彼の栄養失調具合がひときわ際立っていた。

『おそらく、解死人《げしにん》でしょう。他の集落との間で揉め事が起こった際、犯人の代わりに差し出すために村で飼っている人間でして。元々は集落の人間じゃない流れ者ですから、たとえ障害を負ったり死んだりしてもかまわないと』

すげぇなぁ戦国時代……悪い意味で。

私がドン引きしている間にも準備が着々と進んでいく。

プリちゃんによると火起請とはまず精進潔斎（肉食を断ち、酒を飲まず、心身を清めること）をしてから牛王宝印《ごおうほういん》（お札・守り札）を手のひらに広げ、その上に赤熱した鉄片を置くらしい。

いや三ちゃんこの前クマ鍋食べたじゃん。さっきまでワイン飲んでたじゃん。というツッコミはグッと飲み込んだ私だった。神様なんて人間が何を飲み食いしたかなんて気にしないし、それに——珍しいものを見つけたから。

坊主が懐から取り出し、痩せこけた青年の手のひらに置いた牛王宝印。見た感じはただの大量生産されたお札でしかない。

でも、私には分かる。アレは一種の魔導具だ。

その効能は、耐熱強化。

「へー。見たことない術式。いや初代勇者が使っていたものと似ているかな？　ほぅほぅ、なるほど。ここをこうすることで大気中の魔力を使えるように――」

軽い足取りで痩せこけた青年に近づき、牛王宝印（魔導具）を観察する。

「な、なんだこの南蛮人は――ぐっ!?」

なにやら生臭坊主がうるさかったので威圧《ズウィン》で動きを止める。

ふむふむ。正直言って拙《つたな》い術式だし、所々訳の分からない部分もある。たぶん魔術の才能がある人間が最初に術式を完成させ、それを代々受け継いでいくうちに変質していったのだろう。つまり、この魔導具を複製した人間は魔術の『ま』の字も理解してないってこと。

耐熱強化といっても大した効果はない。私が作ればマグマすら摑めるようになる術式だけど、魔術を理解していない人間の作った複製品ではヤケドを軽減させる程度の効果しかない。

でも、効果があることは確かであり。

ヤケドはするだろうけど、それでも赤熱した鉄片を持ち歩くことくらいはできるようになるはずで。そんな魔導具を、神判とやらに持ち出すのはルール違反だ。

痩せこけた青年から牛王宝印を取り上げる。そして――

「はい没収。こういうのは正々堂々とやりなさい」

炎の魔法を使うと牛王宝印はメラメラと燃え始めた。いくら耐熱効果があろうと私の魔法を防げるほどではない。結果、牛王宝印は十秒もしないうちに灰になってしまった。

「な!?　馬鹿な!?　法主様に御祈禱していただいた牛王宝印が――!?」

どこの寺か知らないけど、大したことないな法主様。いや魔術の知識がないのにこれだけのものを複製できるのは凄い……の、かな？

坊主のオーバーリアクションで気分が良くなった私は三ちゃんの右手を掴み、天高く掲げた。

「――刮目せよ！　薬師如来の加護やあらん！」

ぺっかーっと三ちゃんの右手が光り輝いた。

まぁ光らせたのはただの演出だけど、その他には効果的な魔法を付加しておいた。

具体的には耐熱強化。あとついでに万が一の自動回復。ふっふっふっ、これなら溶鉱炉に手を突っ込んでも無傷って寸法よ。どんとこい火起請。鉄片が冷めるまで持ち続けられるぜよ。

『……あなたさっき「こういうのは正々堂々とやりなさい」って言っていませんでしたか？』

卑怯卑劣な坊主相手なのだから、是非もなし。ふははっ、マムシの娘を前にしてインチキしようとしたのがあやつの敗因よ！

騒然とする坊主と中郷の連中を無視するように三ちゃんは近くにいた人に命じて鉄片を赤熱させた。

手のひらの上に牛王宝印を広げ、その上に赤熱した鉄片を置かせる。

迷うことなくその鉄片を握りしめたけれど、もちろんヤケドすることはないし三ちゃんも平然とした顔をしている。

そのまま、十歩ほど離れた場所に設置された台まで歩き、鉄片をそこに置いた。

「――見よ！　これこそ我らが正道の証である！」

傷一つない手のひらを掲げてみせる三ちゃんだった。この織田信長、ノリノリである。実はこういうイベント大好きだな？　そういうところも可愛いぞ？

うぉおお！　と、こちらもノリノリに騒ぎ出す十ヶ郷のみんなだった。そりゃあ相手が一方的に喧嘩をふっかけてきて自滅（？）したのだから是非もなし。悪の栄えた例《ためし》なし。

『あなたが健康無事に過ごしているのですから悪は栄えまくっているのでは？』

あはは－、どういうことかなプリちゃん－？

まぁでもこれで火起請もお終いでしょう。私や十ヶ郷のみんなはそう思っていたし、たぶん中郷の人たちもそう考えたはずだ。

なのに。中郷の代表者――痩せこけた青年は火起請を続行した。手のひらに新たに用意された（普通の）牛王宝印を広げ、その上に赤熱した鉄片を置かせる。

「ぐっ！　ぐぅうぅぅうっ！」

肉の焼ける嫌な音と臭いが辺りに漂う。熱された鉄片は特別な加護のない青年の手を容赦なく焼いていく。顔が赤くなるほどに歯が食いしばられ、額からは脂汗が噴き出し、頬には涙が伝っている。

熱くないわけじゃない。痛みを感じていないわけじゃない。なのに青年は嗚咽をかみ殺しながら一歩二歩とふらつきながら歩き続け、ついに、指定された台にまでたどり着いた。

青年が手を広げる。

しかし、鉄片が落ちることはなかった。あまりにも長時間握っていたせいで、鉄片と焼けただれた皮膚がくっついてしまっていたのだ。

「ぐっ！　がぁ！　あぁあああっ！」

青年が鉄片を引きはがす。自らの皮膚と肉が剝がれることも構わずに。

血と肉片が付着した鉄を青年が台の上に置いた。これで双方の代表者が一応成功したことになる。

しかし、頑張った青年には悪いけど、無傷である三ちゃんと、手のひらが焼けただれた青年とではどちらが『仏神に選ばれたか』など火を見るより明らかだった。

「俺たちの勝ちだ！」

十ヶ郷の誰かがそんな声を上げた。

すると、敗北した中郷の連中が一斉に痩せこけた青年に視線を向けた。その目には一種の狂気が宿っている。と、感じたのは気のせいではないだろう。

「――殺せ！」

「仏神を謀《たばか》った！」

「神を欺いた以上、殺さねばならん！」

中郷の連中が我先にと痩せこけた青年に手を伸ばし、拘束する。そして持ち出した刀を青年に向けて――

いやいや、ちょっと待って？　何で公開殺人事件が始まろうとしているの？

『火起請で破れた者は境界争いで嘘の主張をした――つまりは神を欺いたとして惨《むご》たらしく殺される決まりだったようですね。引き裂いた身体を別々の場所に埋め、塚を建て、その塚を新たな境界線にした例もあったそうで』

…………。

……ふぅん？

つまり、あいつらは、あんなに頑張って火起請を成し遂げた青年を殺そうとしていると？　神様を怒らせたなんてくだらない理由で？

「ふざけるなっ！」

中郷の連中の真ん中に雷の魔法を落とす。まさしく青天の霹靂《へきれき》となった雷に中郷の連中の動きが止まる。

しかし私は容赦しなかった。

「——跪け」

重力操作の魔法を受けた中郷の連中が地面に叩きつけられた。正確に言えば火起請を頑張った青年を除いた中郷の連中が。

「が、ぐっ、い、息が……」

少々魔法が強すぎたのか窒息している人間もいるようだけど、知ったことか。人を殺そうとしたのだから自分が殺されても文句は言えないでしょう。

そもそも。楽しい宴会の最中に境界争いを仕掛けてきて、火起請だなんだと騒ぎ立て、負けた鬱憤を頑張った青年に向ける。そんな連中が死のうが生きようが私としてはどうでもいいのだ。

なのに——

「帰蝶。そこまでにしておけ」

三ちゃんが、私を後ろから抱きしめた。

止めるように。

慰めるように。

「あの迷信深さはくだらないが、そんなくだらない人間の血で帰蝶の手を汚すこともあるまい。ここは当事者である十ヶ郷の皆に任せておくがいい」

「……お優しいことで」

三ちゃんに言われたのなら否《いな》やはない。私はため息をついてから魔法を解除した。

ちょっと『おしおき』しすぎたのか魔法を解いても中郷の連中が立ち上がることはなかった。

背中から回された三ちゃんの手を二、三度叩き、抱擁を解いてもらってから痩せこけた青年に歩み寄る。

酷いヤケドを負った手を取り、皆に見えるよう天高く掲げる。

「――薬師如来の加護を、今ここに」

青年の手に回復魔法を掛ける。ゆっくりと。治っていく様がよく見えるように。

剝き出しとなった骨が隠れ、血管が修復し、神経が元に戻り、肉が隆起し、皮膚までが元通りになっていく様子は回復魔法を知らない人間からすれば『奇跡』にしか見えないだろう。

三ちゃんが私の隣に並び立つ。

「見よ！　薬師如来はこの者に許しを与えた！　今後、この者を虐げることは薬師如来の怒りに触れると知れ！」

ノリノリだ。実は三ちゃんこういうの好きだな？　あの織田信長が新興宗教の教主みたいなことやってるの、超面白い。

三ちゃんの言葉に中郷の連中は「へへー！」とばかりに深く頭を下げたのだった。さすがは後の天下人ってところか。

……今さらだけど私が薬師如来の化身というのは確定なの？

『自分でも散々都合よく利用していたのですから、ほんと今さらの疑問ですよね』

今日もプリちゃんのツッコミは絶好調でござった。

「ま、真に申し訳ございませぬ！」

長老格だという男性三人を筆頭に、中郷の人たちのことごとくが土下座してきた。なぜか私に向けて。解せぬ。

『むしろあなた以外の誰に頭を下げろと？』

ここには騒ぎを聞いて駆けつけてきた十ヶ郷の郷長やら未来の天下人やら三日天下人やら加賀百万石やらいるやん。……やだこの空間、未来の石高《こくだか》高すぎぃ……。

私が首をかしげている間に中郷の長老たちは弁明を始めた。

「わ、我らはあの坊主に騙されていたのです！　あの牛王宝印の札を使えば確実に勝てると！」

「そこの青年を連れてきたのもあの坊主でして！」

「我らは悪くないのです！」

そういえば。煽りまくっていたあの坊主はいつの間にかいなくなっていた。何という逃げ足の速さ。

まぁ生臭坊主はあとで懲らしめるとして。

私は中郷の長老たちの前にしゃがみ込み、にっかりとした笑みを作った。端《はた》から見れば、今の私の瞳はきっと妖しい光を灯しているように見えることでしょう。

そして、唖然とする連中の心を読む。

「――ほぅほぅ？　あの青年の妻子を人質にとって、火起請をやるよう強制したと？　なるほど、であれば青年が頑なに火起請を行ったわけも理解できるというものですね。……青年を連れてきたのは坊主でも、妻子を人質にすることに同意したのですから『悪くない』という物言いは無茶があるのでは？」

というか、あれだけの奇跡《まほう》を見せたあとでこうも平然と嘘を吐《つ》かれるとは思わなかった。神経図太すぎない？　悪い意味で。

「な!?　な、なぜそれを!?」

素直に認める長老たちであった。神経の図太さからしてもうちょっと言い逃れとかするかと思ったのだけど。

『……そりゃあ心を読まれたら言い逃れとかできないでしょう。怖くて』

こんな優しい人間に向かって怖いとはなんだ怖いとは。

『そういうところです』

こういうところらしい。

でも、涙目になりながら「お、お許しを！」と震えられるとこっちが悪いことをしているような気になってしまう。え？　私怖い？　三ちゃんに嫌われちゃう？　市助君から「ねぇね、怖い」とか言われちゃう？　そんな事態になったら致死る自信があるわね……。

中郷の人たちに言いたいことはいっぱいあったけど、グッと飲み込んで笑みを浮かべた私である。

「…………、……まぁいいでしょう。これからはみんなと仲良くしてくださいね？」

「「て、天地神明に誓いまする！」」

地面にめり込まんばかりの勢いで頭を下げる長老たち、そして中郷の皆さんだった。結局怖がられてるし。こんなにも優しい笑顔を向けたというのに。

『いえ笑顔が怖すぎでしたが。問答無用で切り捨てられるレベルの怖さでしたが』

こんなにも朗らかで優しげで心穏やかになる笑顔はないというのに。解せぬ。

首をかしげつつ、痩せこけた青年へと視線を向ける。幸いにして彼は私のことを怖がってはいないようだった。

「さて、じゃあ奥さんとお子さんを助けに行きましょうか」

私が腕を引っ張って青年を立ち上がらせると、

「ほぅ？　興味深いな？　詳しく話せ帰蝶」

好奇心を刺激されたのか、私の肩を摑む三ちゃんだった。

「拙者は鳥居半四郎と申す者。父の代より三河野田城城主・菅沼定村様にお仕えしておりましたが、勘気に触れましてこの地まで流れて参りました」

瘦せこけた青年はそんな自己紹介をしてくれた。流れ着いたこの村で妻子を人質に取られ、火起請に参加させられてしまったと。

「ほぅ、つまりはそこな半四郎の妻子を救い出そうというのだな？」

察しのいい三ちゃんはやる気満々に刀の鯉口を切っていた。ちなみにさらに察しのいい犬千代君たちは槍などの武器を持ちに私たちが乗ってきた船まで駆けていった。

前田利家――槍の又左《またざ》がやる気満々とか血の雨が降りそうな予感。まぁでも女子供を監禁して脅すような連中だから是非もなし。

「さてと。妻子を監禁しているのは坊主たちで、長老たちも監禁場所は知らないみたいだし、ここは私が魔法でちょちょいと探索してあげましょうか」

「……『真法《まほう》』とはまこと便利な技であるな」

あれおかしい？　褒められているはずなのに呆れられている気がするぞ？　もっと全身全霊全力全開で褒めてくれてもいいのよ三ちゃん？　ほらほらほら！　私褒められて伸びる子だから！

『あなたはもう少し縮んだ方がいいのでは』

どういうことやねん。

そんなやり取りをしている間に犬千代君たちが武器を携えて帰ってきたので、空間収納《ストレージ》から鎖型の魔導具を取り出した。

「ほ～ら、この男の人の奥さんと子供よ。さっそく捜してちょうだい」

私が鎖を半四郎さんに近づけると、鎖はニオイを嗅ぐように鎌首をもたげ、半四郎さんの前でゆらゆら揺れた。

必要な情報を得たのか鎖は地面へと降り立ち、蛇のように蛇行しながら山に向けて移動し始めた。

「おぉ！　鎖がまるで意志を持っているように！」

「何と面妖な！」

「この世のものとは思えぬ！」

「……だが、帰蝶様であるしな」

なんだか最近どんなことが起こっても「まぁ帰蝶だし」で済まされている気がする。もっと褒めてくれてもいいと思うのだけど。

『まぁ、是非もなし』

とうとうプリちゃんからツッコミ放棄されてしまった。解せぬ。

鎖型の魔導具について行って森の中に分け入ると……たどり着いたのは古ぼけた寺だった。

近くの茂みに身を隠しながら本堂に近づく。

魔法で堂内の声を聞いてみると、あの生臭坊主の取り乱した声が聞こえてきた。

「くそっ！　何だあれは!?　あんなバケモノがいるだなんて聞いてないぞ!?」

バケモノ扱いされてしまった。薬師如来の化身（他称）に対して無礼な坊主である。

三ちゃんが興味深そうにしていたので、他のみんなにも堂内の声が聞こえるようにしてあげる。

「おい、どうするんだ？」

「法主様の護符を使って失敗したとなれば首を刎《は》ねられるぞ？」

「だからこんなことはしたくなかったのだ」

「う、うるさい！　お前らも賛成しただろうが！　もうこうなれば出世など関係ない！　逃げるしかあるまい！」

お、逃げてくれるなら人質も簡単に確保できるかな。と、甘いことを考えてしまう私だった。

まったく以《もっ》て甘い。

屑はどこまで行っても屑だというのに。

「……へへっ、その前に、この女で楽しませてもらおうじゃねぇか」

「お、いいねぇ」

「ずっと我慢してたんだ、最後くらい楽しまなきゃな」

「ガキはどうするよ？」

「騒がれても面倒だ。殺しちまえばいい」

うわぁお。屑だ、屑がおる。これはもう雷を落としていいのでは？　物理的に。

準備運動とばかりに手のひらに帯電させていると――

「貴様らの悪事！　天が見逃してもわしが許さん！」

真っ正面から。

本堂の扉を開け放って叫ぶ三ちゃんだった。せめて奇襲するとか、犬千代君たちに指示するとかしなさいって。弾正忠家の跡取りが真っ先に突っ込んでどうするのか。

さては三ちゃん結構アホだな？

私が確信を抱いているうちに森可成君や犬千代君たちが駆け出して、三ちゃんの側に侍《はべ》った。そのまま本堂の中に突撃して――

うん、まぁ、小悪党が第六天魔王とか攻めの三左とか槍の又左とかに勝てるはずがないものね。

ちょっと悲鳴とか生々しい音とか響いてくるけど是非もなし。私には何も聞こえません。

すべてが終わったあと。三ちゃんたちは意気揚々と本堂から出てきた。きつく縛られ、顔がボコボコになった坊主たちと一緒に。

人質の若い女性と幼子は無傷なようだったけど……目の前で容赦ない暴行が繰り広げられたせいか蒼い顔をして震えてしまっていた。

なんというか、うちの第六天魔王がすみません。

「な、何とお礼を申し上げればいいかっ！」

深々と土下座する痩せこけた青年――鳥居半四郎さんだった。なぜか私に向かって。助けたのは三ちゃんたちなのだからそっちにお礼を言うべきなのでは？

『ほんと、あなたって自覚がないですよね。色々と。ヤケドを治したのも、長老たちの悪事を暴いたのも、監禁された妻子の居場所を突き止めたのもあなたじゃないですか』

おー、すっげぇ。そう言われると何だかとても優秀そうに聞こえるわね私。三ちゃんに惚れ直してもらえるのでは？

『惚れ直してもらうには、まず惚れてもらわなければいけないんですよ？』

まるで三ちゃんが私に惚れていないかのような物言いであった。こんなにもラブラブだというのに。

『そういうところです』

こういうところらしい。解せぬ。

首をかしげていると半四郎さんが頭を上げた。その目には神を前にした狂信者のような熱がこめられている。

「薬師如来様！　ぜひ！　ぜひ拙者をお側においてくだされ！　この鳥居半四郎、生涯を掛けてあなた様にお仕えいたす所存！」

ん～？

なんか妙な展開になってきたぞ？　つまりは光秀さんみたいに家臣になりたいってこと？　でも『薬師如来』扱いされているしなぁ。

「え～っと、半四郎さん。私は別に薬師如来でも化身でもないのですが？」

「……なるほど、そういうことでしたか。では、この世における名前を教えてくだされ」

なんだいその「分かってますよ、そういうことにしておけばいいんですね？」って顔は。小西隆佐君と同じような顔をしているぞー？

「……斎藤帰蝶です」

「帰蝶様。ぜひ拙者を家臣にしてくだされ。むろん禄（給料）など不要なれば」

いやいやそういうわけにもいかないでしょう。ここは光秀さんほどとはいかないまでもちゃんとした給料を――いや奥さんに子供までいるんだから少し多めに――いやいやちょっと待って。なんで家臣に加えること前提で思考しているのか私。

う～ん、どうしてこうなった？

わたしー、か弱い女の子だから押しに弱いのー。きゃは♪

『あなたが「か弱い」のだとしたら世界中の生命のことごとくが生存競争に負けて死に絶えます

が』

どういうことやねん。

まぁとにかく、簡潔に言えば押し切られた。二人目の家臣、鳥居半四郎さん爆誕である。どんどんぱふぱふー……。

いやだってしょうがないじゃん。こんな騒ぎが起こったら半四郎さんもここには居づらいだろうし。そもそも農地とかの生活基盤もなさそうだし。だったらいっそ美濃で心機一転新たな生活をしてもらった方が良さそうじゃない？

『まぁ、あなたの人たらしはいつものことだとしまして』

いつたらしたというのか。というか豊臣秀吉がいる時代に人たらしを名乗るとか恥ずかしすぎである。マジやめてほしい……。

『ちなみにですが、』

と、プリちゃんが珍しく楽しそうな声を上げた。

『あくまで俗説ではありますが、鳥居半四郎は敵城から聞こえる笛の音に耳を澄ませていた武田信玄を狙撃したという伝説があります。信玄は即死こそ免れましたが、このときの傷が原因で死去したとか』

……うん？　武田信玄？　病死じゃなくて？

『鳥居半四郎という名前だけなら同姓同名の別人である可能性もありますが、「三河野田城の城主」に仕えていたのならほぼ確定ですね。武田信玄を殺っちゃう話題を出したあとに鳥居半四郎を家臣にするとは――ええ。さすがですね』

プリちゃんが楽しそうだった。伝説上の歴史人物と遭遇できて嬉しいのだろう。この歴史オタが。

9 天下に武を布《し》く

まぁ半四郎さんには武田信玄が攻め込んできたら容赦なく狙撃してもらうとして。タダ飯を食わせる趣味はないのでやはり美濃常備兵軍団を編制するべきか……。

『あなたはどこを目指しているのですか？』

え？　当面の目標は三ちゃんに天下統一してもらうことだけど？　そしてさっさと息子に家督を譲って引退、その後は私とのんびりまったりスローライフを過ごしてもらうのだー！

解せぬ。

『ポンコツ』

まぁとにかく。半四郎さんたちを伴って寺から十ヶ郷に戻ると、広場がなにやら騒がしかった。さっきまでなかったはずの櫓《やぐら》（城にあるやつじゃなく、祭りの時のようなやつ）が建てられ、キャンプファイヤーかって勢いで焚き火が燃えていた。

近くにいた人に聞くと、市助君のお父さんの快気祝いと境界争いの勝利記念、そして薬師瑠璃光如来を称えるために急遽お祭りを開催することになったらしい。

いや最後。最後はどういうことやねん。ただ祭りをしたいだけじゃないのか？　私をダシにしているだけじゃないのか？

呆れ半分でお祭りの準備を眺めていると、なにやら河原に木の棒が立てられた。高さは1mくらいだろうか。

そしてその棒に釘で板が打ち付けられ、二重丸が描かれた。

なんというか、射撃の的っぽい。

私の予想が的中したのか十ヶ郷の人たちが火縄銃を持ち出してきた。数は10挺。この時代・この時期にしてはかなり多いはずだ。

「――ではこれより賭火縄《のり》（射撃大会）を開始する！　優秀者には賞品もあるぞ！　腕に覚えのある者は前に出よ！」

うおぉおおおっ！　と雄叫びを上げる十ヶ郷の人たちだった。

射撃大会か。ここは歴史に残る百発百中である光秀さんに乱入させるべきでは？

私が悪巧みしていると、偶然か必然か、弟（断言）である市助君と目が合った。とてて、と市助君が近づいてくる。

「ねぇね。火縄銃」

光秀さんが背負った刀袋を指差す市助君だった。光秀さんは私があげた火縄銃を刀袋に入れて携帯しているのだ。

刀袋の中に刀じゃなくて火縄銃が入っているって見抜くとか、私の弟、優秀すぎない？

『……姉バカと突っ込むべきか、そもそも弟じゃないと突っ込むべきか……』

真面目なプリちゃんが悩んでいるうちに話を進めてしまう。

「なるほど！　そこまで言われては仕方ないわね！　射撃大会で美濃守護代☆斎藤家の武威を示しなさい光秀さん！」

「市助はそこまで言ってないが!?」

光秀さんは全力でツッコミをしていたけれど、何だかんだで押しに弱いので光秀さんも参加することになった。

『こういうことが積もり積もって本能寺……』

やめてもらえません？

市助君も出場するらしく一緒に的の方へと向かっていった。光秀さんも何だかんだで楽しそうだから本能寺は回避できた。と思う。

「帰蝶は出ないのか？」

むしろなぜ出ると思ったのか三ちゃん。わたしー、か弱い乙女なんですけどー。箸より重いもの持てなーい♪

『キモい』

「オブラート!?」

私とプリちゃんが愉快なやり取りをしていると、

「そういえば、帰蝶様は熟練の兵に劣らぬほど火縄の扱いに長けておられましたな」

余計なことを言う今井宗久さんだった。キラキラした目を向けてくるのはやめなさい三ちゃん。

あなた私が何でもできると勘違いしてない？

『実際大抵のことはできるのでは？』

できませーん。箸より重いもの持てなーい♪

『そのキャラは何なんですか……？』

プリちゃんが呆れている間に。光秀さんと市助君、その他数名が参加する射撃大会は開始されたのだった。

さすが自薦するだけあって参加者の腕前は優れていた。的を外した人はいないし、真ん中近くを撃ち抜いた人もいる。ライフリングによるジャイロ効果なんてない滑腔《かっこう》銃でこれだけの命中率を誇るのは端的に言ってバケモノ揃いだ。傭兵として雇ったらメッチャ強そう。

そしてとうとう光秀さんの番になった。

ふっふっふっ、私の家臣である光秀さんには正しい射撃姿勢を徹底的に叩き込んであるからね。たとえ滑腔銃身の火縄銃でも相応の命中弾を叩き込んでくれるでしょう。

『……どこでそんな「正しい射撃姿勢」なんて学んだのですか？』

軍オタの基礎知識ですよ？

『あなたの中の「軍オタ」はスーパー超人すぎませんか？』

スーパーと超で二重表現になっていますわよ？

私がツッコミを入れていると光秀さんが引き金を引いた。

――ど真ん中！

一斉にどよめく観客たち。ふっふっふっ、これぞ我が家臣の実力よ！

隣で観戦していた三ちゃんが感心した声を上げる。

「ほぅ、いい腕だな。帰蝶の家臣でなければ勧誘しているところだ」

「ふふん、私と結婚すれば光秀さんも付いてくるわよ？」

「……魅力的だが、そういうのは好かんな。家臣が欲しくて帰蝶と結婚するみたいではないか。わしは帰蝶が帰蝶だからいいのだ」

「ぐはっ！」

三ちゃんの言葉が心にクリティカルヒットした私だった。くぅ、私にここまでのダメージを与えるとはやるじゃないの三ちゃん！

『ポンコツ……』

せめて恋は盲目と言いなさい。

ど真ん中を射貫いた光秀さんが十ヶ郷のみんなに称えられる中、最後の挑戦者——市助君の番となった。

今さらだけど大丈夫？　市助君、どう頑張っても十歳を超えているようには見えないのだけど。銃なんて撃ったらひっくり返るんじゃ？

『……まぁ、「彼」なら大丈夫じゃないですか？』

意味深なことを言うプリちゃんだった。さてはおぬし何か知っているな？　そうやって自分だけ分かっている状況を楽しむのはプリちゃんの悪い癖だと思いまーす。

私が抗議している間にも市助君が銃を構えた。一般的な頬付けではなく、腰に銃床を当てた腰だめで。

火縄銃の射撃方法には頬付けの他に腰だめや膝立ち、伏せの姿勢、さらには刀をバイポッド（二脚銃架）代わりにした射撃姿勢なんかも伝わっている。

市助君がやっているような腰だめ射撃は、射撃時の衝撃には耐えやすいけど命中率は極端に落ちるはずだ。体格が子供だから仕方ないとはいえ、射撃大会で使うのは――

私の心配をよそに市助君は引き金を引き、見事、ど真ん中を射貫いてみせた。

「――ほうほうやるわね！　日本に伝わっている火縄銃は瞬発式火縄銃つまりは引き金を引いてから発射までのタイムラグが少なく狙撃に向いているとされている。でも火縄が火皿に落ちるまでどうしてもタイムラグが生まれるし、火皿の火薬から銃腔内の火薬に引火する間にもまたタイムラグが発生してしまう。もちろんこの間に銃本体を動かしてしまうと狙いがズレてしまうし、火薬の爆発時の衝撃に耐えきれなければやはり狙いを外してしまう。でも市助君はあえて火薬爆発時の衝撃に耐えることをせず、銃身が跳ね上がる動きすら計算して的を射貫いてみせた！　正しい射撃姿勢で正中させた光秀さんももちろん素晴らしいけど市助君の技はもはや神業！　戦国時代の白い死神かホワイト・フェザーか――」

『はいはい』

熱い解説をたった4文字でぶった切られてしまった。解せぬ。

「ねぇねー」

市助君が駆け寄ってきたので抱きしめ。からの高い高いをする私である。凄いぞ市助君さすが私の弟ね！

『弟は確定なんですか……』

弟のいないプリちゃんが私たちの姉弟愛を羨ましがっていた。

「……ねぇねは、やらないの？」

市助君までそんなことを言っていた。三ちゃんといい、私のことを何だと思っているのか。

「でも、ねぇね、凄いでしょ？」

すべてを見透かしたような目で私を見る市助君だった。ふっ、強者は強者を見抜いてしまうというところかしら？

『中二病……』

違いますー。純真無垢な心を捨てていないだけなんですー。

「しょうがないわねぇ。三ちゃんだけじゃなく市助君にまで頼まれたなら断り切れないわ」

私は市助君を小脇に抱えながら射撃地点にまで移動した。市助君を降ろし、握り拳の状態から人差し指と親指を伸ばして『指鉄砲』を作る。

そして、指鉄砲で的に狙いを定めて――呪文詠唱。

「――焔よ、我が敵を討《ゲ・エンナ》て！」

突如として的は燃え上がり。瞬きする間もなく燃え尽きた。あまりの火力のせいか灰すら残っていない。

「うわぁ……」

そんな声を発したのは三ちゃんか。市助君か。あるいは両方か。

おかしい。望まれて実力を見せたというのに、なぜこんな白けた空気というかドン引きな雰囲気に包まれているのだろう？

『そりゃあ火縄銃でも穴を開けるのがやっとの強度の的を消滅させれば……そもそも火縄銃での射撃大会なのに攻撃魔法を使う意味が分かりませんし』

プリちゃんによる容赦のないツッコミであった。

攻撃魔法の威力に恐れおののいたのか。十ヶ郷の人たちからの信仰心（？）がうなぎ登りになってしまった。もういっそ新宗教『帰蝶教』でも立ち上げちゃう？　不労所得ゲットだぜー。

『エセ宗教家が嫌いとか言っていたくせに』

実際に奇跡（魔法）が起こせるのだからセーフ、セーフです。

『人としてだいぶアウトでは？』

ギリギリセーフでお願いしたい。

『ギリギリという自覚はあるんですね？』

人間とはオールタイムでギリギリに生きているものなのだ。

まぁ信仰心はとりあえず置いておくとして。重要なのはキラッキラした目で私を見つめてくる市助君だ。どうやら無事お姉ちゃんとしての矜持は守り通せたらしい。

まぁ、お父さんの病気を治してあげたときよりも尊敬の目を向けられている気がするのはどうかと思うけど。うん、しょうがない。男の子って攻撃魔法とか好きそうだし。

「うへぇ……」

「怖い人だ……」

「明智殿の活躍が翳《かす》んでしまうぜ」

「若様、浮気したら射貫かれるんじゃ……？」

愉快な仲間たちはもう少しひそひそ声を抑える努力をした方がいいわよ？

あと浮気したくらいじゃ射貫かないから。三ちゃんの魅力ならしょうがないから。女の方から寄ってくるから。なんだったら信忠（予定）を養子にしてもいいわよ？

『ポンコツ……』

正妻（予定）としての余裕を見せているというのに。解せぬ。

愉快な仲間たちにはあとでお説教するとして。まずは優秀な成績を残した光秀さんと市助君を表彰しましょうか。

『あなたのせいでせっかくの活躍が翳んでしまっていますけどね。やはり本能寺……』

やめていただきたい。

とりあえず、光秀さんにはお酒を追加。ワインばかりではつまらないので清酒の樽だ。

ワインとはまた違う酒だと知った犬千代君たちや商人たち、そして密かに平手さんが獲物を狙う野獣のような目になったけど頑張れ。頑張って死守してください。

そして市助君には装飾された火縄銃を。これは今井さんから最初にもらった3挺のうち、私の手元に残しておいたものだ。

市助君が満面の笑みを私に向けてくる。

「ねぇね！　ありがとう！」

ぎゃあ眩しい！　可愛い！　尊さで目が潰れる！

『あなたは腹が真っ黒ですからね。純真無垢な少年の笑顔を前にして灰になりましたか』

誰の腹が真っ黒か。私も純真無垢だっての。灰になるって吸血鬼じゃあるまいし。

怒濤のツッコミをしていると三ちゃんが近づいてきた。

「光秀にやったのは『わいん』とは別の酒か。アレも甘いのか？」

「甘くはないわねぇ」

酒飲みは「米の甘みがうんぬん」と語るけど、三ちゃんの望むような甘さじゃないでしょう。

興味なさそうな顔になる三ちゃんだった。清酒争奪戦から三ちゃんを脱落させたのだから光秀さんは私に感謝していいと思います。ビバ☆本能寺回避。

「なんだつまらん」

『そういうところです』

こういうところらしい。

やはり三ちゃんの興味を引くにはワイン量産しかないか。南蛮商人と接触して何とかワインに適したブドウの品種を入手して――

あ、わざわざ入手しなくてもいいか。

空間収納《ストレージ》からワイン樽を取り出す。犬千代君たちが期待の目を向けてくるけど無視。蓋を開け、魔法で時間を巻き戻す。

ちょっとした演出でワインを樽から空中に浮かべつつ、魔力を注ぐとワインはだんだんとドロドロになり、やがて固形化して果肉となり、皮によって包まれ、最終的には複数個のブドウとなった。

そのブドウをいくつか手に取り、近くの地面に埋めて――

「ふんがーっ！」

ちゃぶ台返しのように両手を振り上げる。

「おお!?」

驚愕の声を上げた三ちゃんの目の先にあるのは地面からちょっと顔を出したブドウの芽。その芽に向けてさらに魔力を注ぎ込む。

「出ろ～、出ろ出ろ育て～、育て～育てや雲までも～」

『……なんですかその素っ頓狂な歌は？』

葡萄《ブドウ》賛歌（作詞作曲☆帰蝶ちゃん）です。

そんなやり取りをしているうちにブドウの木は私が見上げるほどの高さにまで育った。蔓も伸びたので支柱が欲しいけど、今はとりあえず後回し。

存分に魔力を注ぎ込んだのですぐに複数個の実がなった。一つを収穫し、食べてみる。

うん、甘露甘露。

三ちゃんが羨ましそうにしていたので一粒つまんで食べさせてあげる。おぉ、これが巷間の女子が憧れるという「あ〜ん♪」か！　とうとう大人の階段を上ってしまったのか！

『……その程度で大人の階段とか』

プリちゃんに嘲笑されてしまった。解せぬ。

ちなみに。私の超高速ブドウ育成を見ていた十ヶ郷の皆さんは「へへーっ！」とばかりに頭を下げていた。解せぬ。

『あなたは自覚がなさすぎる』

なんか知らんけど、スマン。

祭りも佳境となり。

私と三ちゃんは櫓の上に昇り、だいぶ火勢の弱まった焚き火というか、キャンプファイヤーを眺めていた。

火の周りで踊っているのは十ヶ郷のみんなの他に、元々宴会に参加していた川向こうの集落の人、そして火起請を仕掛けてきた中郷の人たちも一緒になって騒いでいる。

『元々は同じ惣国（自治共同体）の一員ですし。薬師如来の化身（笑）に言われたのですから仲良くするもの必然ですね』

いや（笑）ってなんやねん（笑）って。

まぁ、仲良きことは美しきかな。

私が薬師如来扱いされている現実から目を逸らしていると、三ちゃんは難しい顔をしながら祭りの様子を見つめていた。

「眉間に皺を寄せてどうしたの？」

「……うむ、なぜ人は争うのかと思うてな」

おっともしかして「本当は争いたくないのだ！　ラブ&ピース！」系の思考に陥っちゃった？　戦国時代にそんなことを考えたら一瞬で族滅でござるよ？

ふざける私に対して三ちゃんの顔は真剣そのものだ。

「わしは皆が豊かになれば争いもなくなると思っていた。だが、濃尾平野を有し、津島や熱田のおかげで豊かな尾張でも争いは終わらぬし、海産物や堺との交易で他より豊かであるはずのここでも境界争いは起こっている」

「……争いは嫌い？」

「家を守るため。家族を守るため。そして領民を守るため。戦うことに何の不満もない。領民を守るからこそわしらは税を徴収し、生活することができるのだからな」

おぉ、ちゃんと領主としての責任を理解しているようだ。うつけ呼ばわりされているのに偉いぞ三ちゃん。

そうそう。領民が税を納めるのはいざというとき守ってもらうため。その意味で言えば領主と領民は本来なら対等な契約関係にある。契約を履行できない領主は領民に逃げられたり一揆によって排除されるのが戦国時代なのだ。

「帰蝶。なぜ争いは止まらぬのだ？」

「う～ん……。簡単に説明すれば、食べるものがないから生き残るために他所《よそ》から奪うしかない。というのが第一段階。食べるものは十分だけどさらなる富や権力を得るために侵略する。それが第二段階。尾張やこの郷は第二段階ってところね」

その他にも宗教や民族、イデオロギーの違いなどで起こる戦争もあるけど、まぁそれらは一旦置いておいて。

というか光秀さんにあげたお酒をめぐってちょっとした争いになりかけたのだから、人間から争いをなくすのは無理な話だ。人より金持ちになりたい。人より優れた伴侶が欲しい。人より偉くなりたい。など、など。争いの種なんて生きていれば避けようがない。

もしも人類が相争うことがなくなるほど成熟したとして。はたして、そんな生物を『人間』という言葉でくくっていいのか甚だ疑問だ。

「豊かになっても人は争うのか。――争いをなくすには、どうすればいいのかのぉ」

天を見上げた三ちゃんの呟きは、きっと答えを求めてのものではない。ただ、ただ、応仁の乱から80年経っても終わらない戦国時代を憂えているのだ。

しかし。私は答えを知っているので、悩める少年に教えてあげることにする。

「……争いをなくしたいのなら『惣無事令』を発すればいい」

「そうぶじれい？」

「自力救済の否定。領土争いを武力ではなく法律によって裁定する時代。すべての争いを私闘と断じ、その一切を禁止すること」

「……そんな令を発したところで、誰も言うことを聞くまい」

「帝からの勅令であっても？」

「……少なくとも、山門（比叡山延暦寺）の坊主共は聞かぬだろうな」

まだまだ子供と呼べる年齢だというのに、子供らしい希望を抱けずにいる三ちゃん。きっと『戦国』という時代を肌身で感じて育ってきたのだろう。

そんな少年に希望を与えるのも、おねーさんの役割だ。

「ふふん、三ちゃん。あなたには世界の真理を教えてあげましょう」

「真理？」

首をかしげる三ちゃんに対して、私は握り拳を作りながら言い切った。

「――言って聞かなきゃぶん殴れ！」

なぜなら拳《パワー》は全世界共通言語なのだから！　異世界だって通じるぜ！

『……あなたは脳みそが筋肉でできているんですか？』

ふふふ、この灰色の脳細胞を持つ私に対して酷い言いぐさもあったものである。

私がプリちゃんとの終わらない争いを始めようとしていると――三ちゃんの目が、変わった。

「………………」

なんだか私を見る目に『熱』が込められている気がする。特別な感情が込められている気がする。

これは、あれかしら？　私のおねーさん力《ぢから》に感心しちゃったとか？

『……なんでこう、肝心なときに鈍いのか。だから彼氏いない歴＝年齢になるんですよ？』

なぜ急に辛辣な言葉を投げかけられているのだろう？

私が首をかしげていると、三ちゃんが拳を握りしめながら立ち上がった。

「で、あるか！」

その瞳に籠もるのは私への熱。そして、未来への希望の光。

「感謝しよう帰蝶！　わしは今、道を得た！」

突然の大声に踊っていたみんなが櫓を見上げ、三ちゃんの姿を視界に収めた。

河原を埋め尽くさんばかりの人。人。人。

そんな群衆に向かって三ちゃんは――織田信長は、高らかに宣言した。

「皆の者！　わしは天下に武を布《し》くぞ！　さすれば戦国の世も終わりを迎えよう！」

……天下布武？

それ、岐阜を手に入れてからじゃなかった？

三ちゃんの突然の宣言。それは少年の戯《ざ》れ言にしか聞こえなかったはず。

しかし、皆は馬鹿になどしなかった。

「おう！　いいぞ三郎！」

「男ならそのくらいの夢を抱かなくちゃな！」

「さっさと尾張を統一しろ！　そうしたら傭兵として雇われてやるよ！」

「ちゃんと銭は払えよ！」

「儂らは高いぞ！」

やんややんやと乾杯する十ヶ郷のみんなだった。どうやら相撲大会などで一種の絆が生まれたみたい。

そんな皆に手を振りながら、三ちゃんはそっとつぶやいた。

「……帰蝶と共にいると飽きぬなぁ」

こちらのセリフである。

エピローグ

見届けんとする者

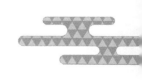

平手政秀とて、立身出世を夢見ないわけではない。織田弾正忠家の跡継ぎとして公言されていた織田信長の傅役を命じられたとき、我が家の未来は明るいと密かに歓喜したものだ。

ただ、問題だったのは。織田信長が『うつけ』だったことだ。

勉学からはすぐに逃げ出す。傾《かぶ》いた格好で町を練り歩く。次期当主として必要な礼節を学ぶことなく、弓馬の訓練に明け暮れる。側に侍らせているのは家を継げない次男や三男ばかり……。

絶望した。

暗澹たる思いに囚われた。

このままでは家督が弟・信勝に移ってしまうだろう。そうなれば傅役である自分と我が家の未来も……。それを防ぐために平手は信長を『立派な跡継ぎ』になるよう教育しようとしたが、そんな平手に反発するかのように信長の傾きは悪化していった。

このままでは、もはや……。

絶望する平手だったが、事態は思わぬ好転を見せる。あの日、いつものように城を抜け出した信長が、帰ってくるなり「沢彦宗恩《たくげんそうおん》を呼べ」と言ったのだ。

信長の僧侶嫌いは平手も知るところであり、臨済宗の僧侶である沢彦から教えを請うことに反発していたはずだ。なのに信長は自ら沢彦を呼び出し、今までの無礼を詫び、改めて師として勉学を教えてほしいと頼んだのだ。

あまりの急変に平手だけではなく沢彦宗恩も絶句したのは言うまでもない。

あのときは理解ができなかったが、今なら分かる。帰蝶との出会いが信長を変えたのだろう。

そう、変わった。

信長は、変わったのだ。

「皆の者！　わしは天下に武を布《し》くぞ！　さすれば戦国の世も終わりを迎えよう！」

その言葉を聞いた平手は絶句した。

大風呂敷に唖然とした、わけではない。

大言壮語に呆れ果てた、わけでもない。

器が違った。

うつけだったのではなく、自分程度の『器』では、信長の『器』を量れなかっただけなのだ。

――古代中国、春秋左氏伝にいわく、武に七徳あり。

つまりは暴力を禁じ、戦を止め、天下の静謐を保ち、功績を正しく評価し、民を安心させ、集団を争わせず、国を豊かにすること。

天下に武を布《し》くとは、日の本に七徳を布《し》きつめるという意思表示に他ならない。

自らの出世と我が家の安泰ばかり願っていた平手の、何と小さなことか。

「…………」

胸の鼓動が速まった。

老年である平手が、まるで青年のように血を滾《たぎ》らせていた。

皆が信長に歓声を向ける中、平手はその場で正座をし、深々と頭を下げた。

――お仕えしよう。

傅役としてではなく。主君・織田信秀に命じられたからではなく。一個の武士として、若様……いいや、信長様にお仕えしよう。

この日。平手政秀は、真なる主を得たのだった。

……ちなみにではあるが。

信長としては「言って聞かなきゃぶん殴れ！」の極致として天下布武を宣言しただけであり、そもそも勉学から逃げていた信長が武の七徳などというものを知っているはずがない。

ただ、幸いなことに。その辺の認識のズレを平手が知ることは生涯なかった。結果良ければすべて良し。なべて世は事もなし。すべて帰蝶が悪いのだ。

番外編1

信長と、沢彦

臨済宗の僧にして、織田信長の教育係である沢彦宗恩は驚きを隠せなかった。

うつけとして有名な信長が、勉学に励むため沢彦の下へやって来たのだ。

しかも、それだけではない。

信長はこれまでの無礼を詫び、沢彦の下で一から学び直したいと頭を下げてきた。

武家の嫡男が僧に頭を下げることなんて滅多にないし、それが信長であれば尚更だ。どこかで頭でも打ったのではないかと本気で心配してしまった沢彦は悪くないだろう。

しかし信長の改心は本気だったらしく。遅まきながら当主として必要な教養を学び始めた。

信長は元々頭がいい。それに、民と共に過ごせるだけの『情』もある。勉学を始めるのが遅かったので時間は掛かるかもしれないが、それでも立派な当主に育ってくれるだろうと沢彦は確信していた。

そんなある日。

どこか辛そうな顔をした信長が、沢彦に問いかけてきた。

「戦乱の世は、いつ終わるのでしょうか?」

「…………」

きっと何かを見たのだろう。

飢えによって自ら命を絶った家族か。盗賊に襲われる商家か。あるいは男共に拐《かどわ》かされる女か……。何があったのかあえて問いかけるようなことはしないが、それでもそのような「戦国らしい」光景を見たのだろう。

他の跡継ぎであれば、まず目にすることのない光景だ。

民とは距離を取らされ、城の中で大事に育てられ、一流の知識人から教育を施されるのが跡継ぎなのだから。民の惨状を話として聞くことはあっても、実際に目にすることは滅多にない。

だが、信長は違う。

うつけとして城を抜け出し、うつけとして町を徘徊し、冷や飯を食っている武家の次男三男や農民たちと深く交流している。

そんな信長だからこそ、支配者階級にありながら、真に民の窮状を理解することができている。

――そんな彼にこそ、沢彦は希望の光を見た。

「終わらせたいのならば、強くなりなされ」

「強く……？」

「今は戦国。誰も彼もが自分の欲望に従って生きております。まずは、そんな戦国の世を生き抜けるだけの『力』をつけなされ。武力。そして知識。信じられる者を見抜ける目。悪しきものを断ずる勇気。まずはそれから。まずはそれから手に入れなければ、この世では『夢』を見ることすら叶いませぬ」

「……夢、でありますか」

「理想を語るだけならば誰にでもできます。ですが、理想を実現できるだけの力を持つことは限られた者にしかできません。そして、三郎様ならば力を持つことができると、拙僧は確信しております」

「力。力でありますか……」

小さく呟いたあと、自分の中で咀嚼するように押し黙る信長。

そんな彼を見守りながら、沢彦は感動を覚えずにはいられなかった。

信長は確かに変わった。

いや、元からあった夢を、隠すことなく表に出すようになった。

きっと良き出会いがあったのだろう。

自分の夢が、夢ではないと確信できる出会いが。

民を思い。民のために行動し。民を救ってみせる。そんな、戦国の世ではあり得ぬはずの夢を実現している者と出会うことができたのだろう。だからこそ自分の夢も夢物語ではないと確信できたのだろう。

(三郎様を変えた御方……いつかお会いしたいものだ)

そんな、ささやかな『夢』を抱いてしまう沢彦であった。

番外編2　加納口の戦い

「なんか歴史オタ《プリちゃん》が加納口の戦いとやらの詳細を知りたがっていまして」

「ぷりちゃん、とな？」

聞き慣れない名前に首をかしげる斎藤道三《父様》。

「いえ～す。まい・えたーなる・ふれんど・プリニウスちゃんでーす」

でで一んっとプリちゃん（光の球）を掲げてみせる私だった。もちろん父様にプリちゃんは見えないんだけどね。

「……ふむ、ぷりにうすであるか……」

じーっと私の手のひらを見つめる父様だけど、もちろんプリちゃんが見えている様子はない。

「というわけで♪　父様の♪　ちょっといいとこ聞いてみたーい♪」

私が囃《はや》し立てると父様は「うむ、うむ、であるか」とまんざらでもなさそうに語り始めたのだった。

それは天文16年。西暦で言えば１５４７年。私が戦国時代に転移してくる半年ほど前のこと――

——斎藤道三と、織田信秀（信長父）との間で合戦が起こった。

織田信秀は正統なる美濃守護・土岐頼芸を支援するという大義名分で土岐頼芸や越前朝倉氏と協力して美濃へと攻め入ったのだ。

しかも尾張守護・斯波義統《よしむね》は美濃を制圧し、かつての斯波氏領国・越前を取り戻すという『夢』を見ていた。その夢を実現するために斯波義統は本来ならば信秀よりも家格が上である織田伊勢守や、同格である織田因幡守にも憑《たの》み勢（兵の動員）を命じて……美濃侵攻軍は総計2万とも3万とも呼べる数にふくれあがっていた。

対する、道三の準備できた兵士は４０００程度。いくら地の利があるとはいえ、普通であれば決して勝てぬ数だ。

だが。

稲葉山城の物見櫓で、道三は不敵な笑みを浮かべながら尾張の軍勢を眺めていた。

そんな道三に近づく男が一人。

「——父上。敵は木曽川（美濃・尾張国境）を渡河。道中の村々に放火しながら進軍、稲葉山城《こちら》を目指しているようです」

そう報告したのは長井道利《みちとし》。

本来は道三の年の離れた弟であるが、生まれてすぐに父が亡くなったため、家督を継いだ兄・道三を父として育てられた経緯がある。

普段はもっと人を食ったような砕けた口調をした道利であるが、さすがにあれだけの敵が迫っていては巫山戯《ふざけ》る余裕もないらしい。

対して。道三は不敵な態度を崩さない。

「で、あるか」

たったそれだけ。

まるで覇気がない返答に、道利ですら「ついに覚悟を決めたか……」と諦めの感情を抱きたくなってしまう。

だが、この男は『美濃のマムシ』である。

妻を失い、二人の娘をも失った今。往年の勢いこそ失われてしまったが……それでも、美濃のマムシが死んだわけではない。きっとその頭の中では織田信秀を撃退するための謀略が渦巻いているのであろう。

……その謀略を、道利にすら教えようとしないのが悪い癖なのであるが。

そんなやり取りをしている間にも尾張勢は稲葉山城下に到達。さっそく城下町に放火をし始めた。

「父上、いかがいたしましょう」

「……動くまでもない」

口数の少なさに道利は頭痛を覚えるが、ここは根気よく問い続けるしかない。

「しかし、このままではいずれ城も囲まれましょう。此度《こたび》の戦、尾張守護である斯波義統の肝煎りと聞きます。城周辺の焼き討ちだけで満足して帰ることはないでしょう」

道利からの詰問に、道三が「そんなことも分からないのか」とばかりにため息をつく。

「確かに。斯波や弾正忠（織田信秀）はそのつもりであろう。この儂を討ち取る好機とみて、長期間の滞陣も覚悟の上であるはずだ」

「………」

道利も道三の弟であり、息子として育てられてきたので、そこまで言われれば道三が何を言いたいのか何となく察することができる。

「他の尾張勢は、そうでもないと？」

「織田伊勢守は、弾正忠の主君と同格の守護代家。だというのに、此度の戦は格下である弾正忠の下手に付いて、美濃くんだりまで出陣させられた。しかも、いくら手柄を立てようがそれは総大将の弾正忠の名声にしかならない。やる気など、あるはずもなかろう」

「本来であれば織田弾正忠家と同格である織田因幡守家なども同様であると？」

「本来、織田弾正忠家とは織田大和守家の家臣にすぎぬ。だというのに尾張守護の覚えめでたく、尾張の代表面をしておる。他の『織田家』からすれば面白くないだろう。――そこを突けば、あとは勝手に瓦解する」

「ははぁ」

つまり、すでに織田伊勢守や織田因幡守には接触していて、撤退させる算段は付いているのだなと道利は理解した。こちらとしては尾張勢が引き下がればそれでよし。伊勢守や因幡守からすれば、たとえ侵攻が失敗してもそれは弾正忠信秀の責任。信秀の名声が地に落ちるだけ。双方に『利』があるのだから、難しい交渉ではないだろう。

その考えが正解であると示すように。尾張の軍勢から、少しずつ部隊が離脱し始めた。

気持ちは分からないでもない。

なにせここは尾張勢にとって敵地。そして時刻は夕暮れ間近。日が暮れる前に木曽川を渡り、川を天然の水堀として夜間の安全を確保した方がいい。

……と、おそらく伊勢守らはそのように信秀に申し入れ、信秀もそれを受け入れるしかなかったのだろう。なにせ伊勢守家は弾正忠家より格上の守護代家。それに他の家も同調したとなれば、信秀だけで止められるものではない。

いくら数が多かろうが、しょせんは寄せ集め。道三の敵ではなかったし、かの織田信秀であろうとも統率し切れていないいようだった。

だが、しかし。

「……往年の弾正忠であれば、ここまで上手くはいかなかったであろう」

どこか悲しげに道三がつぶやく。

「道利。儂はな、儂の死後は弾正忠に美濃をくれてやってもいいとすら思っておった。それだけの才覚が、あの男にはあると確信していた」

「それは――」

なんとも剛胆な話である。なんとも<u>うつけた</u>話である。自らの子供がいないならまだしも、道三には義龍という立派な息子がいるのだ。だというのに、なおも赤の他人である信秀に美濃を譲ろうとするなど……。

道利には到底理解できない思考だ。

おそらく、この世で道三くらいしか理解できぬであろう。

一人の女のために国盗りを決意した、国すらも女を手に入れる手段の一つでしかなかった、この男でなければ……。

だが、そこまで見込んでいた信秀に往年の勢いはなく。おそらくは、信秀が病身で長くはないという噂は真実なのであろう。

信秀は道三より20近くも若い。親子でもおかしくはない年齢差だ。

しかし年上である道三は健在であり。年下の信秀は病に冒されている。

ままならぬものよ、と道三はため息をつき――配下の饗談（忍者）に命じた。

「全軍、突撃。尾張勢を川の底に沈めよ」


「――痴《し》れ者どもがっ！」

勝手に撤退を開始した尾張の諸部隊に対して織田信秀は憤怒した。暗くなったから帰る？　城下町を焼き討ちしたからもう十分？　なんという愚かさであろうか！　美濃各地で反道三勢力が戦を仕掛けている今こそが稲葉山城を落とす好機だというのに！

「……落ち着いてくだされ兄上。元より、伊勢守殿や因幡守殿にやる気はありませんでしたからな」

「しかも総大将が兄上となれば……。おそらく道三はそこを突いたのでしょう」

「あのマムシであれば、話を通していても不思議ではありませぬか」

信秀の弟である織田信光、織田信康も呆れた様子だ。

その態度が信秀の怒りにますます油を注ぐ。

「武衛《ぶえい》様（尾張守護）も余計な口出しをしてくれたものよ！　なにが尾張国中の憑《たの》み勢か！　これでは儂一人で攻め込んだ方が増し《マシ》であったわ！」

「兄上。あまり激高なされますと……」

　病身である信秀を信康が気遣っていると、

「――鋭《エイ》、鋭《エイ》、応《オウ》！」

稲葉山の麓《ふもと》から、鬨《とき》の声が上がった。

美濃勢だ。

美濃の兵たちが尾張勢の撤退を見計らい、追撃のための兵を出してきたのだ。

たちまちのうちに大混乱に陥る尾張勢。

「う、うわぁあああぁあっ!?」

「に、逃げろ！」

「早くしろ！　早く川を渡れ！」

圧倒的な大兵力を持つ側とは思えぬ取り乱し様だが、是非もない。撤収の号令が掛かり、今回の戦はこれで終わりだと誰もが考えていたのだ。この時代の戦では、大きな被害が出る城攻めはせず、敵の城下を焼き払うだけで撤兵することなどありふれた光景だったのだから。

戦も終わったと緊張の糸が切れたとき、後ろから敵の大軍勢が現れたのだ。混乱するのも仕方ないし、――我先にと川に入ってしまうのもまた仕方のない反応であった。

だが、渡ろうとしているのは暴れ川として有名な木曽川。しかも、先ほど渡河したときよりも明らかに流量が増えている。

「……上流で大雨でも降っておるのでしょうか？」

「あるいは、道三めが堰《せき》を築いて水を止め、それを切ったのやもしれませぬ」

「どちらにせよ、これでは渡れませぬな」

努めて冷静さを保っている信光や信康であれば今渡河する危険性が理解できるのだが、大混乱に陥っている足軽たちはそのような判断もできないのか、次々に川へ入っては流されていく。

……もしも川辺に留まっても、いずれは美濃勢の手に掛かるのだから、ならば少しでも生き残れる可能性の高い渡河を選ぶのも致し方のないことではあるのだが。

「――だ、弾正忠！　助けてくれ！」

足軽たちと流されていくのは織田因幡守。伊勢守と共に撤退し、渡河したはずなのだが……どうやら運悪く流されてしまったらしい。

あの激流。しかも身に纏っているのは先祖伝来の大鎧。たとえ助けようとしても助けられぬだろう。

そもそも、助けようという気すらもないが。

どうせ道三からは「離脱するなら追撃はしない」とでも持ちかけられたのだろうが……あのマムシの言葉を信じるなど、耄碌《もうろく》したにもほどがあろう。

「しかし、因幡守を笑ってもいられませぬか」

「美濃勢もいずれはこちらへ向かってきましょう」

委細承知とばかりに頷き合う信光と信康。

まずは体躯の優れた信光が信秀を抱え上げ、無理やり馬に乗せる。

それを見届けてから信康が腰の刀を引き抜いた。

「兄上。堰を切っただけなら激流もいずれ治まりましょう。まずは川に沿って下流へと逃げ、頃合いを見計らって渡河してくだされ」

「……待て。信康。おぬしはどうするつもりだ？」

「兄上らが逃げる時間を稼ぎます」

「ならぬ！　おぬしが死んでは弾正忠家が立ち行かなくなろう！」

「ですが、兄上が死んでは弾正忠家自体が沈むのです。せめて、三郎が立派な跡取りとなってからではなくては」

「……三郎、であるか」

信秀の息子には長男ながらも側室の子である信広と、次男ながら正室の子である三郎信長がいる。すでに武将として結果を残している信広と、『うつけ』である信長。家臣団の中でも信広を跡継ぎにという声が上がっているのだが……。

「弾正忠家は、三郎に継がせるべきと申すか？」

「兄上。あの子はうつけではありませぬ。我ら程度では、あの器を推し量れぬだけのこと。三郎であれば、いずれ美濃すら――いいえ、天下一統すら成し遂げるやもしれませぬ」

「……そこまでの大器か」

「そこまでの大器で御座います」

断言した信康の瞳には、死を前にした者特有の清々しさがあった。

死ぬつもりなのだ。

信秀と、三郎にすべてを託し。弾正忠家の未来のために死ぬつもりなのだ。

「………」

「では、御免。織田弾正忠家の飛躍、地獄の底から見守っておりまする」

そう言い残して織田信康は馬を走らせた。振り返ることなく。今生の別れは済んだとばかりに。

「兄上」

「……分かっておる」

信秀も、戦国乱世を生き抜いてきた男だ。ここで情に流されて信康の覚悟を無にするようなことはしない。

ゆえにこそ、信秀は笑った。この程度の負け戦では、弾正忠家の飛躍を止められぬと示すかのように。

「――呵呵《かか》ッ！　逃げるぞ！　大敗じゃ！　道三坊主に為《し》て遣《や》られたわ！」

斯波義統に対する不満。伊勢守らへの怒り。道三に対する憎しみと尊敬。そしてなによりも、自らの不甲斐なさへの憤り。それらの感情をすべて飲み込んで信秀は馬を走らせた。付いてくるのは信光を含め、数人のみ。あとの人間は信秀を逃がすための時間稼ぎとなることを選んだのだ。

信長公記にいわく。

稲葉山城下にまで進軍した尾張勢であったが、暗くなってきたため軍を引き上げ始め、半分が引き上げたところで道三の軍が攻め寄せてきたという。

尾張の兵は川に追い落とされ、５０００もの兵が水死・討ち死にし。その中には信秀の弟である織田信康や、織田因幡守、信長の家老青山信昌らがいたという。

この戦がきっかけとなり織田信秀は斎藤道三との和睦を決断。道三の娘を、嫡男の嫁に迎え入れる交渉に入ったという。

父様の自慢話を聞き終わった私は、愕然とした。

「え？　ちょっと真面目すぎません？　あまりにシリアスなんで帰蝶ちゃんビックリしちゃったんですけど？」

『あなたが普段からアホな言動をしすぎなだけです』

アホってあんた。

「……ふっ、これが先年の戦の顚末よ。我がことながら見事な大勝であったわ」

ドヤ顔で胸を張る父様だった。もしや回想に出てきた斎藤道三とは別人なのでは？　帰蝶ちゃんは訝しんだ。

あとがき

※この物語はフィクションです。実在の人物・団体・事件・ポンコツ魔女とは一切関係がありません。
また、今日では不適切とされる語句や表現がありますが、当時の時代背景と主人公のポンコツさを考慮してそのまま掲載させていただきます。


はじめまして。書き下ろしをやりすぎて編集さんを困らせたアホの子です。

この度は拙作『信長の嫁、はじめました ～ポンコツ魔女の戦国内政伝～』をお手にとっていただきありがとうございます。

……大丈夫ですか？　久賀フーナ先生の美麗なイラストに騙されていませんか？　まぁたとえ騙されていたとしてもサブタイトルに『ポンコツ魔女』と明記してあるので責任は負いかねますが。

そう、この作品、イラストレーターが久賀フーナ先生ですよ。何ですかこのミラクル。もしかして一生分の運を使い果たしました？　我が人生に一片の悔いなし。ゴメン嘘。1000000000部売れて欲しいっす。なんてささやかな願いなのでしょう。

この作品のコンセプトは『戦国時代を分かり易く・身近に・楽しんで』となっております。ちょっとやりすぎたかもしれません。主に帰蝶さんが暴走したせいなので、文句はそちらへどうぞ。私は悪くねぇ。

ちなみに作品テーマとしては『親子愛』となっております。本当ですって。それにしては斎藤道三の扱いが悪すぎるように思えますが。本当なんですって。作者、嘘つかない。

ＷＥＢ版をお読みになった方は気づかれたかもしれませんが、ＷＥＢ版と書籍版とでは細部が異なっております。具体的に言うと書籍版の方が帰蝶さんに対するプリちゃんの好感度というか親愛度が高いです。本当です。辛辣な突っ込みは親愛度が高いからこそ。作者、嘘つかない。

それとＷＥＢ版が織田信長にとっての『グッドエンド』だとしたら、書籍版は『トゥルーエンド』となる予定です。予定は未定。

……帰蝶さんに気に入られた時点でバッドエンド？　ハハハッ、なんのことやら。こんな美少女主人公がＳＡＮ値チェック必至の邪神系なわけないじゃないですかー。

さて。手遅れなような気もしますが真面目なご挨拶を。

この度は様々な方の尽力を賜りまして、未熟な拙作を書籍として世に送り出すことができました。

この場をお借りしまして、まずはＷＥＢ版から応援していただきました読者様に感謝御礼申し上げます。

そしてこの作品を世に送り出すきっかけとなってくださった編集者様と、アース・スター編集部様、そして制作に関わってくださった全ての皆様方に厚く御礼申し上げます。

また、拙作のために素晴らしいイラストを提供してくださった久賀フーナ先生にも心から厚く感謝と御礼を申し上げます。

なにより、この作品を手にとってくださった読者様に、感謝の気持ちを伝えたいと思います。

私はこのような作品しか書けませんが、このような作品が好きな読者様の期待は裏切らないと思いますので、今後ともどうぞよろしくお願いいたします。

九條葉月

EARTH STAR NOVEL

信長の嫁、はじめました ①
～ポンコツ魔女の戦国内政伝～

発行 ——— 2024年11月15日　初版第1刷発行

著者 ——— 九條葉月

イラストレーター ——— 久賀フーナ

装丁デザイン ——— 名和田耕平＋宮下華子（名和田耕平デザイン事務所）

発行者 ——— 幕内和博

編集 ——— 結城智史

発行所 ——— 株式会社アース・スター エンターテイメント
〒141-0021　東京都品川区上大崎 3-1-1
目黒セントラルスクエア　7F
TEL：03-5561-7630
FAX：03-5561-7632

印刷・製本 ——— 中央精版印刷株式会社

ISBN 978-4-8030-2035-9